巧婦當家 2

風 文創 523

半巧 著

目錄

第二十六章

李空竹想著，躲不開渾不吝的大房、二房，又不可能把他們弄死了，唯一能做的就是從小娃子抓起，能培養成明事理、知羞恥就行。以後長大了，小娃子至少不會恨她，有可能還能為她所用呢！

她倒是真敢想！一旁的麥芽兒簡直有些無語了，看著她涼涼的來了幾句。「妳又不是不能生，給別人養孩子哩。要真想熱熱鬧鬧的，就趕緊跟我三哥加把勁，說不定來年就能抱個大胖小子了！」

李空竹難得的鬧了個大紅臉，眼睛瞥了那邊正在攪著果醬的男人，瞪了麥芽兒一眼道：「說話分分場合啊！」

「這有啥啊，不都是那點事兒？誰還不明白不成？」

她一副滿不在乎的樣子，讓李空竹很無語。「光說我有啥用，妳也沒瞧著大哩！」

「俺不急啊！」麥芽兒嘿嘿的笑了幾聲，看了那邊自家男人一眼。見他也有些不好意思了，就趕緊壓低聲音兒道：「俺跟當家的都商量好了，今年暫時不要，先掙點錢，來年有銀，想把房子整大點，弄個兩間磚房住住。」

好吧，當她沒說。

李空竹見一邊的糖已經可以拉絲了，趕緊叫男人們把攪好的山楂醬拿過來，要開始準備攪和了。因為每一樣都做得不多，是以李空竹他們幾人一起動手，在快要天黑之際，就已經全部做出來。

晚飯後，惠娘還不願意走，說是要看看水晶糕到底長啥樣？她不走，要讓他們住到自家去的麥芽兒兩口子，自然也不好意思把客人晾在這裡先走。

李空竹見此，就點著桐油燈，找了幾根繡花用的線，搓在一起編成一股繩後，喚著她們道：「反正還得等一會兒才能涼透心，乾等著多鬧心，還是來翻花繩玩吧！」

惠娘和麥芽兒直說這個主意好，三個女人便這樣圍坐在炕頭，開始嘰嘰喳喳的翻起花繩來。

男人們這邊，趙君逸是個冷情的，李沖又是個話不多的。是以，這邊除了趙猛子一個人在那兒苦著臉外，倒也算得上祥和一片。

待時間差不多了，李空竹趕緊去外面將晾涼的山楂糕端進來，拿著乾淨的油紙放在桌上，把盆子罩著就是那麼一扣，頓時裡面晶瑩還帶著點彈性的水晶山楂糕，就那麼顫巍巍的出現在眾人面前。

惠娘看了一眼那沈在盆底的白色羊羹，薄薄白白的一層，襯著下層晶亮的厚紅色，紅紅白白之間，別說嚐了，光是看著都有食慾。

「還真是好看哩！」惠娘忍不住嘆了聲。

「嗯哪！俺也是頭回見著這麼好看的糕！光看著就覺得比那店裡的糟子糕跟桂花糕，要好幾個等次不止呢。」麥芽兒也在一旁看得驚詫不已。

李空竹去廚房將洗淨擦乾的菜刀拿過來，對比著切成大小相同的方形，二指厚，大約女人手掌長。切到最後，將邊緣剩下呈現不規則的角料，遞給幾人道：「嚐嚐！」

幾人接手過去。惠娘首先忍不住嚐了一口，依舊是酸甜可口，可比起在鎮上的普通山楂糕來，要細滑不知多少倍。還有那軟軟的、白色層面的羊羹，混著這酸酸甜甜裡面帶著點嚼勁，一種說不出的感覺，卻又莫名的好吃。

那邊的麥芽兒早已忍不住嘆出了聲。「俺還是頭回吃這麼好吃的糕哩，可真是味兒都不一樣，看來還得有錢人才吃得起啊！」

趙猛子也連連點頭道：「當真是好吃！」

李空竹看了眼趙君逸，只見他依然一臉淡然，不過這回卻答得極肯定。「比之以前的來說，已經是一個天一個地了。」

李空竹聽了很得意的挑起眉。

連旁邊在大戶宅門裡吃過不少好東西的惠娘，都忍不住衝她豎了個拇指。「當真美味！」

「那是。」李空竹自己也忍不住拿一塊來吃。看著不算太過透明的水晶糕，心想，要是有瓊脂的話，就可以做成完全透明狀，裡面直接放一半的紅紅山楂果，那樣式，才真正有賣相。

見也見了，吃也吃了。惠娘他們最後又商量第二天早早出發的時辰，待確定好了，才心滿意足的告辭家去了。

李空竹跟趙君逸送完他們後，也速速淨了面，上炕睡覺。

第二日雞叫三遍，還不到寅時，李空竹便驚醒過來。

跟趙君逸起來後，去到小廚房，將已經晾好的山楂條跟山楂卷、果丹皮之類的，開始切好分裝起來。等麥芽兒他們來叫門時，正好到寅時時分。

麥芽兒他們一進來，見他兩口子把該做完的活兒都做完了，就忍不住嗔怪。「再忙也該等我們過來才是，人多人手快，幾下就能好了。你們這樣早早就弄好，怕是連覺都沒睡好吧！」

李空竹笑著吩咐，讓把裝籃子裡的東西，趕緊搬出去。「不過就是心頭記掛著，有些睡不著，這會兒弄完了，心頭也鬆快點。待一會兒你們走了，我沒啥事，還能睡個回籠覺哩！」

見她都這麼說了，他們自然也不好多說什麼。

將東西搬到趕來的驢車上後，李空竹拉著準備上車要走的惠娘，又跟她交代道：「這麼裝著實在不像個樣，一會兒惠娘姊若到了縣裡，記著去買些好的食盒裝了。擺得好看點，看著心情也愉悅點。」

「我知哩！」惠娘拍著她的手，讓她放心。「這趟若成功了，不說能掙什麼大富大貴，一般小富還是能有的。」

「嗯！」李空竹伸手將她扶上馬車，那邊李沖拿著鞭子也跟著跳上車駕。

李空竹跟麥芽兒兩口子站在院門口衝他們揮手，直至馬車消失在不甚明亮的黎明裡，才放下手，對麥芽兒兩口子道：「你們也回去睡個回籠覺吧，猛子老弟待天亮後再去租借牛車收山裡紅。錢的事，我這兒還有二兩，等我一會兒，這就去拿給你。」

麥芽兒見狀，一把將她拉回來，嗔怪道：「咋地，嫂子就這麼看我們的啊？幾個錢兒的事，這麼著急做啥？他去收了多少，先墊付著就是了，待回來後，一起算了不就成了？」

李空竹想了想，倒也是，點頭道：「成，那猛子老弟先去收吧！花了多少錢，去里長家花幾文借個筆紙記一下，到時，我們平攤就是了。」

「嫂子，妳不是為難俺嘛！」趙猛子不好意思的撓頭。「俺一個大粗人，哪會記啥帳啊？筆都沒拿過的人，這不是讓人笑話嘛？」

麥芽兒白了他一眼，用手指點了他腦袋一下。「不會，你還覺得光榮了？瞅這傻樣！」指完，又忍不住跟著樂起來。

一看她樂，趙猛子也跟著樂起來，這下可好，兩口子都傻樂了起來。

李空竹無語，想到自家那冷漠的男人，很是受傷的揮手道：「行了、行了！趕緊走吧！不會就用腦子記著，回來再慢慢算。」

這兩口子簡直就是給她一萬點傷害，想她如今還在單相思著，這幫子人一對對恩愛著，也不怕把她給虐死了！

麥芽兒不明所以，聽了這話，也沒當啥，只招呼著。「那行，嫂子妳再去睡一會兒吧，我們先回去了。」

「嗯。」木著臉看他們走後，她才將門關上。

去到主屋，見男人不在，又轉身去到廚房，卻還是不見人影。她心頭莫名跟著跳了一下，心下慌得趕緊跑出去，見前院沒有，就再向後院衝去。

這一去，正好遇到回轉過來的趙君逸。他見她跑得一臉慌張，還以為出了啥事，就皺眉看著她問：「怎麼了？」

李空竹悶頭跑，沒注意，突然聽到他的聲音，沒來由的眼圈就有些忍不住發紅。抬頭見他正蹙眉看她，就趕緊收了心神，沒好氣的說了句。「跑來後院，你說怎麼了？除了拉屎，還能怎麼著？」

男人眉尖跳了兩跳，耳朵有些不自然的暗紅了下，哽著嗓子想清咳一下，又覺得沒面子，只好道了句。「快去吧！」

「哼！」李空竹嫌棄的看了他一眼。「剛拉完的臭得慌，等一會兒再去！」她又不是真的想上，真是找抽的才會去聞他拉的大便！

男人的臉色立刻由不自然變成了暗沈，看著她的眼神，直恨不得將她射穿才好。

李空竹鄙夷的一個轉身，抬頭挺胸直接向前院走去了。

立在她身後的趙君逸，一雙大掌背在身後，伸了又捏、捏了又伸，才堪堪忍住想要掐死她的衝動。而李空竹呢，在回到主屋後，直接躺炕上，又是一覺的睡了過去。

待再醒來時，已經是接近晌午了。李空竹伸著懶腰從主屋出來，就看到了立在柵欄外的三個小兒。

她皺了下眉頭，趕緊過去問他們。「來多久了？咋沒叫門？」

「叫了！三嬸沒聽見哩！」見趙苗兒臉都凍紅了，在那兒抽著鼻子的樣子，讓李空竹驚得趕緊開了柵欄門，將她跟趙泥鰍拉進來。

趙鐵蛋也想跟進去，卻被李空竹擋下。「回去！」

「憑啥！」趙鐵蛋見不讓進，頓時就梗了脖子紅了眼。「俺也等好久了，三嬸妳偏心！」

「呵！」李空竹看著他，拍著已經進門的兩個小兒道：「去屋子裡暖著，一會兒給你們拿吃的。」

「好！」趙泥鰍很喜歡她這拍他的手法，點著小腦袋就趕緊向主屋衝去了。外面的趙鐵蛋一看，更加不願意了，咧了嘴就要開哭。

李空竹見此，涼涼看著他道：「你就是哭也沒用，沒知錯之前，我這裡是不歡迎你的。」

「憑啥！憑啥！俺又沒錯！」他抹著眼淚，很不服的高聲叫著。

「你要沒錯就回去吧！」李空竹說完，轉身便抬腳向屋子走去。

趙鐵蛋見狀，立即就「哇哇」的大哭起來，邊哭還邊抬了眼睛覷她，看有沒有回轉？只是沒想到，她不但沒有回轉，還關了柵欄，去小廚房端了碗亮晶晶的東西出來。

見此，趙鐵蛋就哭得更加大聲了。

可是不管他哭得多麼「撕心裂肺」，李空竹還是向主屋走去了。只是在進主屋前，又朝外問了一句。「你有沒有錯？」

「俺沒錯，是妳讓俺幹的，是妳指使俺幹的，妳才有錯！」趙鐵蛋見還是在問他有沒有錯，趕緊抹著眼淚，將他娘教的說出來，末了，還不知悔改的指著李空竹，說她才是錯的。

李空竹呵笑了聲，隨後再不管的進了屋。屋裡的趙泥鰍聽了自家哥哥在哭，就想跑出去。

「你要幹麼？」掀簾進來的李空竹正好撞見，拉著他問道。

「哥哥哭了，娘罵！」

李空竹聽了點點頭，鬆了拉他的手，摸了下他的小臉，又從碗裡拿了一塊山楂糕給他，道：「你吃一塊再出去。」

趙泥鰍很想出去，可又捨不得那亮晶晶的山楂糕，但聽著越來越大的哭聲，他終究是怕鄭氏罵占了上風，搖搖頭，邁著小短腿就跑出去。

趙苗兒伸手拿過水晶山楂糕，吃得滿嘴邊都是殘渣。看到二哥跑出去，就噘著嘴，很不滿的皺著小鼻子道：「大哥壞，打二哥！」

李空竹挑了下眉。看來那小子是教不好了啊！

這邊的趙泥鰍跑出去，搆不著門閂，只好巴著柵欄門，對自家哥哥道：「大哥，你別哭，俺一會兒給你留！」

趙鐵蛋見他兩手空空的出來，就很不高興的叫道：「那你快去拿啊！」

趙泥鰍應了聲，轉身就要跑回屋裡，卻見李空竹已經立在屋簷下看著。「要拿沒有，只能吃完了才能出去。」

趙泥鰍立在那裡一臉茫然。為什麼沒有？他剛才看到有好些塊哩。

那邊的趙苗兒也跑出來，手上拿著塊透亮的紅白水晶糕，對趙泥鰍喊著。「二哥，快來，好好吃哩！」

趙泥鰍一看她手中的山楂糕，就忍不住嚥了嚥口水，聽著她叫，趕緊點了點小腦袋，跑了過去。

趙鐵蛋看到了，就開始大叫起來。「俺也要吃，俺也要吃！哇哇……三嬸偏心，三嬸偏心，娘啊！」

在這邊院裡聽著的鄭氏，心頭火早就冒得高高的了；張氏出來看她那憤怒的樣子就忍不住鄙夷了一番。都這個時候了，還不識趣，也活該了她蠢！

「賤皮子的玩意兒，憑啥不讓俺兒子吃了？都他娘的有，為啥就不給我兒子！」鄭氏氣得牙根癢了，聽著自家兒子越來越大的哭聲，再也忍不住的開門走了出去。

一出去就正好聽見李空竹問：「可是知道錯了？」

趙鐵蛋本來要軟了心思開口認錯了，哪承想，他一個擦眼的機會就看到自家娘從隔壁院子出來，頓時又覺得找到靠山一樣的大哭起來。「娘、娘，三嬸偏心，她讓泥鰍跟苗兒進去，不讓俺進去，還讓俺認錯。哇哇，俺也要吃山楂糕。哇哇……娘，俺也要吃！」

「認錯？憑啥認錯？我兒子哪個地方做錯了要認錯？」

鄭氏扠著腰、瞪著眼，又來了精神，幾步衝過來，衝著裡面的李空竹喝道：「憑啥讓我娃子認錯？明明就是妳讓幹的，妳不指使他能去做啊？他一個小娃兒能懂啥，妳憑啥要這麼對待我家娃子！」

「三歲看到老！」李空竹哼了一聲，看著她冷哼不已。「我又憑啥給一個專門罵我的人吃東西？」

鄭氏氣結。「不給，那妳為啥又把我小兒子叫進去了？」

「我樂意，我高興！」

「妳個賤婦，妳高興就這麼整著我兒子玩啊！妳真當老娘好欺負不成？有種妳就開門，看老娘能不能讓妳好過了去！」她聽得氣急的直接捋了袖子，一副她馬上開門，就馬上衝過來幹架的架勢。

李空竹瞅她那樣，突然間就有些想發笑，轉眼見這會兒趙鐵蛋也不哭了，只睜著一雙眼，巴巴地望著門裡面，就哼了聲。「不認錯，你找天王老子來我也不給。」說罷，轉身就又要回屋。

趙鐵蛋見他娘來了也沒有好使的樣子，就開始又咧嘴的衝著他娘纏。「我要吃山楂糕，我要吃山楂糕！啊——哇我要吃！」

鄭氏被他磨得沒法，這會兒又見她抬腳就要進屋，就忍不住飆了口髒話，看著那立在屋簷下跟趙苗兒一同在吃的趙泥鰍，大喝了一聲。「你個小兔崽子，沒看到你哥在哭啊？從小吃獨食的玩意兒，你就是這麼合著外人來欺負自家人的？吃裡扒外的東西，老娘養你有啥用？還不趕緊過來，給你哥留一口！」

趙泥鰍聽著他娘又在罵了，嚇得一個哆嗦，手中的糕點也沒拿住，直接掉在地上，翻了個滾就沾滿泥。趙泥鰍見狀，嚇得臉都白了。

在家裡要是他不小心把饅頭掉地上了，他娘都會打他一大耳刮子，這漂亮的糕掉了，三嬸會不會打死他啊？想著的同時，他趕緊要蹲下小身子去撿。

李空竹卻已經走過來，先他一步將那糕點撿起來。「髒了，重新進去拿一塊吧！」

趙泥鰍頓時愣在當場，仰著小腦袋問她。「三嬸，妳不打俺啊？」

「我打你幹啥？」李空竹疑惑，只轉瞬，便明白過來，摸了下他的小腦袋。「不打，重新去拿一塊吧！」

那邊的鄭氏看得是肺都要氣炸了，指著李空竹，直接就叫罵起來。「李氏，妳個賤人！妳敢教壞我兒子，我要跟妳拚了！妳個不要臉的玩意兒，那是老娘的兒子，妳這是幹啥？自己生不出，想搶老娘的啊？」

李空竹懶得相理，只當瘋狗在那兒吠著。看趙苗兒吃得有些噎到，就喚她進屋，給她倒水喝。

那邊正罵得起勁的鄭氏，見她領著兩孩子進屋，愈加不憤的瞪大眼，吼道：「妳他娘的遭天譴的玩意兒，把老娘的兒子還來，快還過來！」

「妳鬧夠了沒有！」不知何時也跟出來的趙金生，衝著她就是一聲高喝。

鄭氏聽著他喝，回過頭就衝著他告狀道：「當家的，這死婆娘不安好心，她要搶了咱兒子，快把咱兒子叫出來。妳個死婆娘，自己生不了，就打我兒子的主意。不行，我要去跟她拚了，賤人！賤人！」

她這會兒有些語無倫次了。剛剛李空竹笑著摸她兒子的那幕，一直在她腦中跳著，想著小兒子被她摸了時那種害羞又高興的臉，她是氣得心肝都疼了。

「你個白眼狼的玩意兒，老娘辛辛苦苦懷你、生你，你他娘的就讓人拿幾塊糕子給哄了，小崽子，看回來老娘不剝了你的皮！」

裡面李空竹正給兩小兒倒著水，聽了鄭氏的叫罵，不由得狠皺了下眉。看向喝水的趙泥鰍，見他臉都白了，就趕緊招他過來，又叫上趙苗兒，一手牽一個就向外面走去。

「死婆娘！妳要想死，老子就成全妳去。妳個四六不分，就只知道吃的，老子今兒就打死妳！」那邊的趙金生眼看她又要發瘋，一旁的大兒子又一直磨著、哭著要吃山楂糕，就氣得轉過身，回頭從門後拿了根抵門用的木棒子。

「死婆娘，我要讓發瘋，我讓妳發瘋！」他一邊咬牙罵著衝出來，一邊一個狠力就向著鄭氏後背敲下去。

鄭氏被敲得猝不及防，後背狠狠受了一棒。那沈重的麻痛，痛得她「啊」的一聲就慘叫起來。下一瞬，那木棒擦過耳朵側脖處，尖刺的地方，頓時將她的脖子刮出血來。

第二十七章

李空竹正好領著兩小孩走出來，一見這陣仗，趕緊摀了兩小孩的眼。

那邊趙鐵蛋見自家娘被爹打了，哭得愈加撕心裂肺，眼看都要背過氣去了。

趙金生見狀，直接又一個大耳刮子抽過去。「成天不學好，淨學著聽你那死娘嚼舌根，要你有什麼用？除了哭就是要吃的，除了吃，你還能幹個啥？還哭！信不信老子一腳踹死你！」

被打的趙鐵蛋吃了痛，當然要哭了。不過下一瞬，趙金生還當真用腳踹了過去。

李空竹皺眉不已，那邊反應過來的鄭氏也跟著尖叫起來。「你個殺千刀的，你殺了俺吧！你殺了俺，就去跟那小賤人睡吧，跟她去生吧！最好生一窩的斷子絕孫出來！」

趙金生被她罵紅了眼，直接又是幾棍子連著打過去。「死婆娘，我讓妳說，我讓妳說！妳個賤婆娘，妳還不留德哩，老子今兒就打死妳，到時再給妳陪葬！」

鄭氏被打得亂竄，一邊跑，還一邊不知悔改的叫著。「怎麼，你心虛啊？你打啊，你打啊！反正那騷狐狸的賤人就是會勾男人，你去吧，看能不能餵飽她！」

李空竹聽到這兒，連最後一點的勸架之心也沒有了。本聽著鄭氏罵趙泥鰍，看趙泥鰍那害怕的樣子，就想著只怕平日沒少挨打，她將趙泥鰍送出來，不過是怕到時回去，鄭氏真要揍了他。想著出來時，再拿塊山楂糕堵趙鐵蛋收嘴，和平的解決這事兒。

如今看來，鄭氏還真是欠教訓。雖然對趙金生故意作戲的樣子不爽，不過看他們狗咬狗的，也是活該。這樣想著的同時，她淡道：「兩娃子還小，我領著進屋去避會兒，你們啥時打完知會一聲。還有，我家門口可不是鬧事的地方，實在惹急了眼，到時別怪我報官去！」

趙金生一聽她要報官，就有些不敢再下手。

一旁被打得嗷嗷叫的鄭氏聽了，又立即還嘴回去。「殺千刀的賤玩意兒，不得好死的東西！妳還敢報官？老娘沒告妳就不錯了，妳不但到處勾男人，如今還想著把老娘的兒子也騙了。妳個賤婦，遭天譴的玩意兒，妳不得好死……啊！」

突來的破空尖叫，別說把李空竹嚇一跳，連一旁正舉棒子要打的趙金生，也被嚇得心肝哆嗦了好幾下。

再去看鄭氏，就見她這會兒雙手摀嘴，不停「嗷嗷」低叫著。那緊摀的雙手縫中，開始有紅色的東西不斷滲出來。

趙金生嚇得眼皮直跳，扔了棒子，喊道：「死婆娘，妳咋地了？」

鄭氏疼得眼淚直冒，搖著腦袋就是說不出話來。

這時不知何時立在他們身後、扛著柴的趙君逸走過來，對兩人不鹹不淡的道：「讓開！」

趙金生嚇得又是一個哆嗦。不知怎的，看著他冷寒至極的眼神時，手腳都抑制不住的打顫起來。

趙君逸見他們不動，蹙眉將兩人掃了一眼後，便直接抬步。也不管後面的柴枝會不會掃到跪爬在地的鄭氏，對著大門裡愣怔的女人道：「開門。」

「喔！」被叫回神的李空竹趕快跑過去。

趙苗兒跟趙泥鰍兩人，這會兒也被這詭異的氣氛嚇得直拉著李空竹的褲腿子，跟在她的後面。

李空竹將門拉開，見鄭氏摀嘴不停的冒著眼淚，那手指縫的血，更是堵也堵不住的不停往外冒。不會是把舌頭割了吧？李空竹心裡驚得不行，可又不敢跟男人對視，怕露了破綻。

等他將柴禾揹進來後，李空竹就拉著兩娃兒出了院，看也沒看那一家子，直接越過去敲了隔壁的院門。

張氏在院裡也聽得正疑惑，就聽見有人敲院門的聲音，想了想，趕緊跑過去，將門打開。見是李空竹，又趕緊帶著溫笑問：「老三家的，妳……」

李空竹將兩娃子交給她。「妳幫忙看著點吧！」說完，眼神就掃向那邊還在靜默的三人一眼。

張氏見狀，立刻明白過來，把兩小兒接過去道：「妳放心吧！娃子在我這兒，包准照顧好了！」

李空竹心中冷笑。甭說泥鰍，苗兒還是她的孩子呢，照顧好是天經地義的事吧？不過面上卻不顯的笑了笑，沒有接話的轉身向自家走去。

那邊趙金生嚇得不輕，見叫了好幾次也沒應的鄭氏，嚇得趕緊去扳她的手。鄭氏摀著不讓，趙金生就下了死力去扳。這一扳開，就聽見「嘩啦」一響，那摀了一包的暗紅色血液就那樣啪的掉一地。

趙金生順著血流的位置看去，這一看，嚇得狠抽了口涼氣。只見鄭氏上下嘴唇高腫不說，更誇張的是，她那上嘴唇，居然就那樣生生的從人中那裡撕裂開來！

看著向外兩邊翻腫的紅肉，趙金生只覺噁心。只一眼，他就別過眼，眼中嫌惡不已，同時又疑惑不止。

這到底是怎麼弄的？腦海裡不期然的撞進了剛剛趙君逸的表情，不自覺又打了個冷顫。搖搖頭，應該不是他才是，死婆娘背朝著他哩，他走來時，死婆娘已經在搗嘴了。

那不是他，又是誰？趙金生小心的環顧四周一圈，見遠遠的有幾個村人向這邊看著，卻誰也沒有再圍攏過來，心下不由得有些生寒。正當他還在猜著呢，卻發現一直哭鬧的大兒子，好似也沒了聲兒。

尋眼找去，再次嚇得一個激靈。只見四歲多點的趙鐵蛋，這會兒正一動不動的躺在一旁，那樣子靜悄悄的，就跟……

「鐵蛋！」趙金生嚇得心跳驟停，趕緊跑過去蹲下，一把將兒子自地上撈在懷裡。手有些顫抖的向那鼻子探去時，又忽然聽見一聲呻吟，趙鐵蛋哼叫著又轉醒過來。

見此，趙金生那顆差點嚇破膽的心臟這才緩過了氣。將兒子抱在懷裡，看了眼那邊還在搗嘴的婆娘一眼，冷喝著。「還不趕緊起來，等著血放乾去死不成？」

正搗嘴痛得哭不出聲的鄭氏，聽到死這個字，立時嚇得趕緊鬆手，轉眼就衝他眼淚汪汪的搖頭。

趙金生一見她又露出那翻腫的嘴皮，就忍不住嫌惡的皺緊了眉頭。「還不趕緊的！」

鄭氏點著頭，伸手又開始將嘴摀起來，搖搖晃晃的從地上撐起身，跟著趙金生向自家院子走去。

李空竹從回來後就一直透過門縫偷覷著，見人離開，就轉頭看向已經將柴禾整理好，回屋的男人。

「不會真把舌頭給割了吧？」那嘴腫她倒是看到了，不過因為離得遠，還不知道鄭氏的上嘴唇被他從中間剖開。

趙君逸因上山走得發熱出了汗，這會兒坐下，正給自己倒茶喝。聽了她問，只挑了下眉頭道：「不過給點教訓罷了。」實在是罵得太難聽，他也有聽不下去的時候。

知道不是真割了舌，李空竹心下鬆了口氣。又見時辰不早，趕緊去準備做午飯了。

兩人在吃過中飯後，一人打坐，一人則開始給男人裁起衣、絮著棉，準備起新衣來。

待做到下晌申時天黑之際，將做好飯，麥芽兒兩口子就趕著牛車過來了。

李空竹前去開大門時，就見著一整車的山裡紅。由於門小實在沒法進來，加上他們拉著這麼一大車進村，自然就引來不少村人圍觀。

李空竹見狀，只好請眾人幫著抬進院，在小廚房裡的地上鋪上厚厚的草簾，全堆在地上放著。

眾人在抬完山裡紅後，還不願離去，李空竹只好將家中桌子搬抬出來，放在院子裡，拿出家中還剩下的山楂條擺上，又燒了熱茶，拿了些碗出來，請他們輪流嚐嚐。

有心思的村人，自然不在乎有沒有凳子啥的，即使就這麼站著，都將這小小的院落給擠了個滿滿當當。

有漢子們喝了茶、吃了山楂條，就催著自家婆娘。婦人們也拉得下臉，看著李空竹就問道：「那個趙老三家的，這是要做多少啊？瞅這一牛車拉的，能忙活過來嗎？」

李空竹自然明白這些人這般問的目的，笑道：「現下還不知道是個啥行情，今兒我那姊妹才出發去府城，就算要見主子，也得明早才行。也不知能不能得了那府城主子的喜歡，只能先等著了。今兒收這些果子上來，不是眼看著要過年了嘛，想著家家都要置年貨，便乘機掙點過年的買肉錢。」

一些婦人聽了就有些癟嘴兒，想張口酸個兩句，卻又聽她道：「不過這果子收得確實挺多，明兒又是小年，自是不能耽擱了中飯。要不這樣吧，一會兒我去找了王嬸，讓她幫我挑兩個手腳勤快的嬸子，過來幫我洗果子、去果核的。一上午時間，應該差不多吧！」

聽她要找人來洗果子去核的，就有人開始熱絡的問起她的價來。

「雖說價不高，但大半斤肉錢還是有的。」李空竹笑道。

眾人一聽大半斤肉錢的價，就在心裡換算了一下。只幹一個上午就能白得十幾文，還是挺划算的。

一時間，起了心思的就開始自誇起來。

李空竹見她們不但爭著自誇，且誇的時候，還自帶的貶了他人。

眼看事情就要失控了，她趕緊清了下嗓子道：「這活兒真就要不了兩個人，現在還在初期摸索階段。一會兒我就去找王嬸，我來的時間短，啥事都不懂，得找個長輩教著點好。還有若是王嬸沒挑著妳們，妳們也莫要著急。我在這兒應一句，若府城的門戶打開了，到時需要大量的果子，自然也會多要人手。這東西我打算長做，不會只做一時的。」

這話已經很明白了，別為著眼前這點蠅頭小利而失了以後的大利。

大家聽她這樣說，先頭誇自己的就忍不住嘀咕。「那妳也可以自己挑人啊，為啥還要王氏挑？」

李空竹笑而不語。她能說自己若沒挑中某些人的話，會引得一些人心中不滿，到時來報復她，得不償失？找王氏，至少陳百生這個里長在那兒壓著，就算因為沒挑中，心中不愉快，也沒誰敢去得罪陳百生的老婆。

眾人見她這樣決定了，就想著趁這會兒天還不太晚，去里長家走走門，混個臉熟啥的。

李空竹見狀，自是樂得笑著將他們一一送了出去。

待關了院門，一直跟自家男人等在這兒的麥芽兒，就忍不住翻了個白眼。「有點好就上趕著巴著，也就嫂子妳心善哩！」

李空竹正笑著讓趙猛子幫忙將桌子搬進去，聽見她這話，就好笑的搖搖頭。「要做大事、走長路，一個人獨貪可不行。一些人總得給點好處才能得以安分，何苦要死噎著不放，給自己拉仇恨？」

想獨來獨往定是不行的，到時不但會被孤立，還會得罪人。就算有人報復也沒人站你這邊為你叫陣，那才是真正的得不償失。

麥芽兒不太懂，總覺得她一個人整得那麼辛苦，不但拉了他們兩口子合夥，如今更是鬆口，讓村中一些不懷好意的也前來掙工錢，那得花多少銀子。

「其實這一車也不算多，我們也能忙過來，那些人一看就知道不懷好意，到時若方子洩了出去的話……」

看她一臉的擔心，李空竹拉著她向廚房走去，準備讓她幫忙端飯擺碗。「不過是洗個果子、去果核，能有什麼好洩的？再說了，一會兒吃完飯，我還得去里長家一趟，相信以王嬸的本事，應該能替我找兩個可靠的人。」

「唉！」麥芽兒幫著端碗，嘆道：「妳也就是爛好心！」

是嗎？李空竹淡笑。她要挽回形象，就要挽得人人都站在她這一邊，不會再說她的不是、看她的熱鬧才行。

吃過了飯，趙猛子趕著牛車去送還，也順帶把挎著籃子的李空竹送去里長家。

待從里長家出來時，已是明月高掛枝頭，北風呼呼了。

李空竹打了個顫，緊了緊身上的棉襖，藉著夜裡發亮的雪光，向自家所在的方向行去。不想，剛轉了個牆角，就瞅著前面立著個人影。

先頭看時，她還嚇了一跳，待定睛仔細辨認後，才發現是趙君逸的身影。快步走將過去，藉著暗夜的雪光，她仰頭看著他道：「你咋來了？」

「走吧！」男人低眸看了她一瞬，並未多解釋的抬步向著前面走去。

李空竹癟癟嘴，心頭卻忍不住有些雀躍的趕緊小跑著跟上去……

第二天一早，辰時剛到，王氏就領著兩個婦人敲響院門。

李空竹迎了三人進來。

王氏給她介紹。「這是妳趙山子哥家的雲氏，妳得叫聲嫂子。」

李空竹笑著朝那二十出頭，著碧青粗棉襖的婦人叫了聲。「嫂子！」

「這是妳柳二嬸子。」

「柳二嬸子！」李空竹又點頭衝那年近四十的中年婦人叫了聲。

兩人皆點點頭。雲氏顯得有些拘謹，倒是柳氏放得開，上來就拉著她的手拍了拍，道：「妳這活兒我們心裡都明鏡似的，妳能捨得讓外人來幫忙，說明啊，妳這心地軟著哩！」

李空竹淡笑著將幾人請進屋。「哪有二嬸子說得這般好，是真忙不過來。先進去暖暖，等會兒芽兒兩口子來了，咱們再正式開工。」

「哎喲，哪用得著等啊，妳現在就帶我們去吧！哪有來拿錢，還有坐著玩的道理？」柳氏聽她讓進屋去坐著，就有些不大好意思，催著她一個勁兒的道：「走走走，咱們現在就去開工去。」

「是！嬸子說得在理，我們開工吧！」雲氏也覺得這樣不太好，也跟著催了句。

李空竹只笑了笑，依舊請她們進屋。

還是王氏在一邊看出來了，就給兩人使眼色道：「這丫頭就是這麼個隨和的性子。既然讓等著一起開工，妳們也就客隨主便便是了，她都不心疼錢了，妳們著急個啥。」

「是哩！」李空竹笑著回答一句，讓幾人快進屋。

趙君逸迎出來，給三人見了個禮。王氏笑著跟他打趣兩句，另兩人有些不知該說啥，只點個頭了事。

趙君逸將幾人讓進屋後，對李空竹道了句。「我先上山了。」

「好，當心點兒！」

「嗯。」

幾人見他轉身出去了，王氏就笑著打趣。「還是個會疼媳婦的。」

「當家的就看著冷了點，人還是不錯的。」李空竹聽得喜歡，自然不忘再給自己男人貼點金。

王氏見她誇得臉不紅、氣不喘，就笑得更加大聲。幾人說說笑笑間，外面的麥芽兒就推門進來叫著嫂子了。

李空竹起身對幾人道：「來了，走吧！」

幾人起身，出得屋來時，又與麥芽兒打了招呼。麥芽兒雖說心頭不願，面上卻還是挺和樂的。

領了幾人進屋，王氏見果子不少，就挽了袖子說也要留下來。李空竹自是應了，找來幾個空盆，又著趙猛子回家拿了挑子過來。五個女人按工分配，一人清洗，四人去核，開始工作起來。

其間，趙猛子回去拿筐，村人又聚集過來。看到趙猛子拿著幾個筐過來時，就忍不住問著請沒請人來？請的又是誰？

趙猛子自是一一回了。

一些人聽著還有王氏，就忍不住癟了下嘴。不過也不敢說太過難聽的話，為了以後還有活兒，只得暫時忍下這麼一天半天的。

裡面的五個女人，清洗的部分很快，待清洗完了，又開始過來幫著去核。一冒尖牛車的山楂果，一上午的時間，也弄得差不多了。

看著沒剩多少，李空竹便讓停手，從腰間拿出早準備好的荷包，打開來，一人給了十八文。「今兒是小年，該說家家戶戶都準備著過年哩，可別耽擱了！」

王氏看著那十八文錢，就想著昨兒夜裡她付過的二十文，眼神閃了下，就給推回去。「我就是閒來無事幫把子手，不算請的在內，妳給她倆就好。」

李空竹嗔怪的遞過去。「哪有這樣的？嬸子這是看不上哩？」

「哎喲，那妳可折煞我了，看來我不要還不成啊！」王氏聽她這樣說了，哪還有推的道理？再說她本就是做個樣子罷子，這會兒見她推回來，自然就笑咧了嘴，又接了過去。

另兩人接過她送來的十八文錢，也都有些不大好意思的笑了笑。「看著沒做多少活兒，倒是拿得有點多了。」

「不多哩！今兒小年還把妳們請來，本來就有些不妥。」李空竹笑著頓了下，又道：「兩位嫂子、嬸子還是快回家去吧，這晌午頭的，怕還得忙活家裡的飯菜。」

兩人聽她交代，點點頭。「那成，我們就先走了啊！」

李空竹在送走她們時，又每人給了一小包山楂條。幾人雖連番推拒，到底還是沒有推過，只得收下後走了出去。

第二十八章

待送走幾人，李空竹便又叫著麥芽兒兩口子也趕緊回去。麥芽兒也知今兒這個日子特殊，自是沒多說什麼的辭別了她。

見人都離開了，李空竹便去院角處的雪堆裡，翻到了排骨跟一塊肉。

燒了鍋水化著凍肉，她準備先做糙米乾飯。淘米下鍋時，李空竹想著離過年沒幾天了，來這麼久還沒吃過一頓白米乾飯，就想著要不趁著賣完年貨後，去買個幾斤精米回來。

正燒著鍋時，趙君逸扛著柴禾回來了。沒問他是怎麼進院的，反正他有他的辦法。李空竹起身，將手洗淨擦乾，摸了下肉也化得差不多了，就叫著剛回來的趙君逸幫忙燒鍋，道：「過年哩，能不能幫把手？」

男人掃了她一眼，點頭道：「知道了。」

待他把柴禾卸去雞舍後，才又進廚房幫著燒起火來。

李空竹這天中午炒了個糖醋排骨，又炒了個圓蔥炒五花肉，再來個醋溜白菜，配著雞蛋湯了事。

將三菜一湯端上炕，李空竹又給兩人盛了滿滿一碗冒尖的糙米乾飯。沒有酒，她又倒了兩碗茶，在開飯的時候，就先舉起茶碗道了句。「當家的，新年快樂！」

正準備拿筷挾菜的男人聽得愣了一下，轉回眸看她時，見她正挑著秀眉朝他笑得好不明媚。眼睛挑著指了下他面前的茶碗，很明顯是讓他端起碰杯。

男人心頭訝然了下，勾起淡粉的薄唇，伸手將碗端起，如願的與她碰了一下。

「你也該跟我說新年快樂。」得了他碰碗的李空竹，見他仰頭就乾了那碗茶水，就有些不滿的嘀咕了句。見他又轉眸看來，她又垂眸的將嘴放在碗邊抿起了碗中水。

男人眸光閃動，半晌，終是從薄唇裡飄出一句極淡的話。「新年快樂。」

李空竹滿意了，雙手摀臉的撐在桌上，看著他笑得一臉花癡。「當家的，我可有說過你的聲音很好聽？」淡淡的、低低的，帶著男子獨有的沙啞，說出的每句話就像柔風拂耳般，癢得人耳朵難受不已。

男人沒有說話，只平淡的伸著筷子挾起菜。

女人看他半晌，見他不理不睬，平靜的吃著飯菜，就有些不爽的放了摀臉的手，道了句。「無趣！」

男人聽罷，不經意的勾動了下嘴角，一絲笑意自眼中快速滑了過去……

小年一過，就開始正式步入過年的節奏了。

李空竹她們連著小年那天的半天，又忙了一個整天加半夜，才將那車的果子全給做出來。

待到二十五的這天一大早，幾人就又坐著牛車，拉著所做出來的貨物向城裡出發了。早在二十四這天晚上，幾人就賣貨之事，商量出了個章程。

李空竹跟趙君逸拿著半簍子的量去縣城賣，麥芽兒兩口子就在環城鎮賣。不管能不能賣完，最遲二十六這天下晌都得在環城鎮集合，到時在鎮裡歇息一晚。二十七日兩家人再一起採買年貨，準備過年之物。

幾人在環城分開時，牛車留給了趙猛子兩口子。為了趕時間，李空竹他們另租借了輛驢車趕往縣城。

一到縣城已經過了辰時，街上來來往往的行人，比他們前段時間來時，還多了一倍不止。

李空竹拉著趙君逸，一如既往的先去了集市，只是一到那裡就忍不住皺緊眉頭。集市裡，人來人往的擠著一團，那擺攤賣貨的地方，更是擺得密密麻麻的，不留一點空隙。

如今正是囤年貨的時候，不管是買的還是賣的，大家都卯足了勁，想趁這幾天好好的大整一場。他們擠得臉紅脖子粗也沒找著一個地方擺攤，最後，還是那賣疙瘩湯的老闆娘，抽空看到了李空竹，將他們招呼過去。

好不容易擠到了攤前，賣疙瘩湯的老闆娘也忙得很。

招呼兩人到她攤邊先占個位，待她給幾個客人下完疙瘩湯後，才擦著手過來，看著他們道：「好些天沒見著妳了，還以為不來賣了，這位是……」看著旁邊多了位眼生人的，那老闆娘就忍不住好奇了一句。

「我當家的，跟我來縣城賣哩。弟妹跟她當家的在鎮上賣，我們就想著趁這採買年貨的當口，過來多賣點兒，也好多掙幾個過年錢。」

「這樣啊！」那老闆娘看了眼毀容的趙君逸，見男人神色雖冷淡，可媳婦卻笑得很自然，猜想著怕是兩口子感情不錯，就笑著又開口。「不瞞妳說，我呀，今兒過了就要收攤不賣了，準備家去過年，想著置辦點啥回去好還真想不起來。看到妳來，就覺得妳那山楂條可是一絕，正好，妳這會兒趁著我有空，給我秤個一百文吧！」

「欸！好嘞！」李空竹趕忙讓趙君逸將背上的背簍放下來，打開裡面包著的大油紙包，問道：「只要山楂條不成？」

「對，就那玩意兒，家裡人多，沒辦法。」

李空竹卻笑著化解道：「就數這玩意兒最貴，老闆娘妳還真捨得！」

老闆娘得了她誇，自是哈哈笑了一陣。待她把東西秤好，付了錢後，又道：「瞅著集那邊也沒地兒占的，要不，你們暫時擺在我這攤兒前吧！」

「那我謝謝老闆娘了啊！」李空竹笑著又多給她一夾子的山楂條。「當我的出攤費。」

老闆娘自是爽快的應了，又說隔壁幾個攤位的老闆都在念叨她哩，說不定也是想買的，說著就去幫著招呼一聲。

李空竹自是又好好謝了她一番，因為她這一去吆喝，就成功引來不少人。

先前來賣過兩次，自然不用太多介紹，就陸續有人前來。如今逢著過年之際，省吃儉用了一年的百姓們，趁著這幾天都卯足了勁兒的囤貨。

李空竹他們的山楂零嘴雖然貴，可就算再捨不得錢的，也多少會買個一斤回去。是以，半背簍子一共也就三、四十斤的樣兒，不到兩個時辰就賣了個乾乾淨淨。

收拾好賣完的背簍，回應還在問的人道：「如今快過年了，怕是今年沒有了。年後我們又要給環城鎮一家店鋪送貨，也不知還能不能有空來？大家到時若想吃的話，不若問問哪家有親戚住在環城鎮的，到時就可去西北大街街道口的匯來福店鋪買。」

「真不來了嗎？」還沒買到嚐著味兒的人，聽了她這話，就有些不甘心的問了。早知道就不猶豫，買點兒就好了。

「不知道哩，若在環城鎮賣得好，怕是不能來了。」說完，她又似才想起般，故作低聲道：「應該能賣得好才是，聽那老闆說，都送去府城大戶人家裡頭了。」

眾人一聽連那大戶人家都來買了這玩意兒，就更不得了了。一些虛榮心高的甚至覺得，大戶人家吃的，都讓他給買到了，還能吃得起，頓時就覺得自己的身分也跟著提高不少。

李空竹見目的達到，就去包子鋪的老闆那裡買了幾個菜肉包子，最後又相繼跟幾個攤位熟的老闆、老闆娘們告辭。

拿著手中算厚實的荷包，去城門口租了輛牛車，兩人坐在車上，邊吃包子，邊慢悠悠的向環城鎮行去。

到了環城鎮的時候，天已經黑下來。

李空竹跟趙君逸去到和麥芽兒首次賣皮毛的小客棧，找著掌櫃的要房時，說出了趙君逸的名字，又問掌櫃的可有人傳話給他們？待掌櫃的說沒有後，李空竹便知道麥芽兒他們定是也賣完回家去了。

當初商量的是，若沒賣完，他們兩家人，就各自在賣的地方打尖住宿；若有一方賣得快，賣完的話，近的可以回家去，遠的就在縣裡，或是回鎮上住宿，待到二十六後，兩家人再一起到鎮上會合買年貨。

李空竹在得知後，心情很愉快的要了間不錯的下等房，付了三十文的房錢。沒想到晚間時，小二居然還送了熱水過來。

腳泡著熱水，緩著受了一天的凍，李空竹不由得感慨。果然到哪兒都一樣啊，大城市的物價比起小城市，都要高那麼多。

晚上睡覺時，李空竹又找了店小二，說是太冷要多加一床棉被，居然也沒有加價，就給了她。

抱著棉被回屋的李空竹，看了眼那已經洗漱好，正在脫外裳的男人，突然間對於店小二就有些不滿了。不管怎麼樣，店小二都該加點價才是，因為這樣一來，說不定她就會肉痛的不掏錢加被子了呢。

李空竹有些咬牙的想，剛剛她怎麼就那麼嘴賤的想著去多要一床被子？

脫去外裳的男人，轉眼正好看到她一臉糾結的站在那燈影處，一副很苦大仇深的模樣，忍不住的問：「怎麼了？」

李空竹被喚回神的清咳了聲，很厚臉皮的說了句。「沒怎麼，就是覺得這被子這麼薄，會不會冷著了？」

說完，抱著被子走過去，鋪在那小磚炕上。到底還是有些不甘心的又道了一句。「要不兩床合一起？」

男人很鄙夷的看了她一眼，轉身，到一旁掛衣之地，拿下自己的厚襖穿上，隨即淡道一句。「兩床都給妳吧，我不用。」

李空竹咬牙切齒的瞪著男人的背影，有些抓狂。連白送都不想要，她是不是也太掉價了點？

睡了個很不愉悅的覺，李空竹第二天早早就起來退了房。

不管不顧的又跑去街攤上吃了三個肉包子，並著一碗疙瘩湯，甚至很是不滿意地又要了張蔥油餅。

拿著邊走邊吃，就像跟那餅有仇一般，不停嚼著、咬著，末了還很不客氣地將最後剩下的一點也給捏成了渣，這才心裡舒服了點。

吃著捏成渣渣的蔥油餅，她一邊逛著，一邊向城門口走去，想著去那兒等麥芽兒兩口子會合。

今兒二十六了，也不知惠娘他們有沒有回來？想著這會兒店鋪大多還未開門，就準備待買完年貨時順道去看看。

行到城門口，也將將是開門不久的時候，這會兒已經有百姓提著要賣之物，陸陸續續進城了。

李空竹站在城門口一個正面打眼處。這地兒三面通風，正面的風還尤其大，站沒多久，她臉就有點僵了的感覺。

想著背簍裡放著的毛皮，李空竹很想拿過來，可一想，自己還在跟男人賭氣哩，才不會主動過去說話服軟。是以，她就那麼繼續吹著、凍著，任那清鼻水長流的掛成霜，也不願轉眼去看男人一眼。

趙君逸其實挺無辜的，無語的看著她自己賭氣自己找罪受，又覺好笑不已。見這會兒她又聳了下鼻子，且那臉都給吹紅了，就皺了下眉峰，解下簍子，將放在裡面她圍頭的毛皮拿出來，走將過去，搭在她的頭上。

李空竹不自然的僵了一下，下一瞬又很不屑的冷哼了聲。「誰讓你披的？你問過我了嗎？」

「要不扯下來？」男人故意挑眉問她。手在給她搭毛皮時，指尖不經意的觸碰到她的臉頰。

李空竹有些不自然的暗紅了下臉，聞著他靠得極近的身上散發出的清冷氣息，有些失神的嘀咕著。「是你主動找過來的。」

「什麼？」

「哼！」很彆扭的又轉了眼。「沒什麼！」

男人好笑不已。幫她將頭包好後，又極順手的抓了下她那被風吹得亂飛的碎髮，捋著那絲黑髮從手心快速的翻飛出去，男人眼神暗了幾許。

李空竹整張臉都有些發燙，開始有些搞不懂他了。明明不願意接受她，卻還任著自己有時開個小玩笑；明明不喜她，在她表明自己的心意後，卻又未回到從前的冷淡時期。

相反的，她覺得這些日子以來，他跟自己越發的……怎麼說呢？合拍起來！這很明顯就是……

「以後離我遠點吧！」她嘆息。

男人從幾許失神裡回過神，對於這話，他只淡淡的「嗯」了一聲。

李空竹又有些不高興了。覺得他要是遠著自己，讓她心頭很不舒服；可不讓他遠吧，自己好像有點越陷越深的意思。

輕吐了口氣，她決定還是不去想的好。就這麼過吧，能得一天是一天，哪天他真要走了……就那天再說吧！

麥芽兒兩口子並未讓她等多久，來時，正好是李空竹暫時想通的時候。

「是不是等很久了啊？」麥芽兒走過來，幫她撲落著頭上風吹來的雪粒子。

李空竹搖搖頭。「也才來不久，剛吃過早飯。」說著將她的手自頭上拉下來挽著，道：「走吧！趁著這會兒人不是很多，我們早點去買，買完了好早點回去。喔，對了，一會兒還得去匯來福看看惠娘回來沒？若是回來了，也好乘機問問那山楂行情怎麼樣？」

「嗯！」麥芽兒點頭，拉著她就快步走起來。「走吧！咱們快點！」

「好！」

一行人笑鬧間進了城門，一進去就開始在各大鋪子轉悠，大肆採買了起來。

李空竹買了很多乾貨，又秤足了肉，還買了鞭炮跟春聯。逛得心情好時，又跟著麥芽兒去了繡鋪，買了兩條絡子掛在身上。

走走停停間，趙君逸由先頭的淡漠，到後面眼中有疑惑閃過，再後來，眼神開始變得警覺。到了巳時，他眼中的銳利又消了下去，變成若無其事。

待等著大包小包裝滿簍，李空竹跟麥芽兒兩人也覺買得差不多了，就商量著去匯來福。轉頭招呼兩個揹著簍的大男人，又轉了方向，向西北行去。

由於店鋪還未開張，這會兒他們到來時，只見店門緊閉，清冷的門庭與周邊相鄰的熱鬧喧譁比起來，顯得尤為冷寂。

見店門關著，一行人就有些拿不定主意。對於惠娘的娘家，李空竹腦中還有點印象，可對於她新嫁的男人麼，就完全不知了。

「要不敲門試試？」麥芽兒提議。

李空竹點點頭，上了那臺階，李空竹試著敲幾下，沒得到回應，收了手，與麥芽兒對視一眼。「可能還沒回來吧！」

「回去？」

「嗯。」李空竹應著，並未注意到身後男人的眼神閃爍了一下。

正當一行人轉身，準備往回走之際，抵門的門板卻吱吱的響了數下，待幾人奇怪的回頭時，就見那緊閉的門板，已經卸了下來。

「是你們？」開門的李沖眨著睡得有些矇矓的眼，看到他們時，並未有大驚小怪，又卸下了另一塊頂著的門板招呼。「進來吧！」

李空竹忙道：「會不會有些不方便？」

「不會，都已經醒了，正好還有事找你們，是關於府城的。」

一聽是關於府城的，眾人趕緊走進去。

一進去，惠娘就掀簾迎出來，喚著幾人去簾後的房間。「廳堂太冷沒燃爐子，去裡面吧！當家的，你先回內室去洗漱吧，水我都替你打好了。」

「嗯。」李沖點頭，伸手比著請，讓他們先進。

幾人進了那隔出的外間，相繼坐下。

惠娘趕緊將拿出的茶碗擺上，又從燃著的小爐上提了水壺，給幾人倒水。「本想著下晌時去趟趙家村的，沒承想，你們卻先來了。正好，也省得再走一趟，趁著現在，就把這事跟你們說說。」

倒完茶，她推到幾人面前。「來來，先喝口熱茶暖暖身。」

李空竹笑著先行拿起茶碗喝了幾口，麥芽兒見狀，也跟著學她拿茶碗喝了起來。

去內室洗完臉的李沖出來，跟惠娘交代了聲。「我去買朝食回來，妳想吃什麼？」

「你看東集那裡有沒有賣豆腐腦的？若有，就給我買碗回來吧！」

「成。」李沖說著，便準備行出屋去。

一旁的趙君逸見狀，也跟著起身道：「我與你一起。」

李沖眼露疑惑，趙君逸卻未打算多解釋，提腳先行到了他的前面。「走吧！」

李空竹看著他掀簾的手，皺眉喚了聲。「當家的？」

「很快回來。」男人並未轉頭看她，只交代完這句後，便掀簾走了出去。

李沖轉眸看了惠娘一眼，惠娘又詢問的看著李空竹。

若我真知他咋想的就好了……李空竹在心裡苦笑了聲，衝著惠娘點了個頭。一旁的李沖見此，明瞭的跟著掀簾走出去。

屋裡的氣氛一下子顯得沈寂起來。

惠娘伸手過來，握了下她放於身旁的手。「沒大事吧？」

「沒事。」恢復過來的李空竹搖搖頭。他有他的大事要做，自己本無權干涉，想多了，也不過是庸人自擾罷了。從她手中將手抽出來，故作不在意的又喝了口碗中水，開始問起府城之行。「還順利否？」

「倒是順利的。」惠娘盯著她臉色看了又看，見無任何不妥，便放下心來，又道：「老夫人很是喜歡那山楂糕，吃著軟和、解膩；府中哥兒、姊兒們則很愛那山楂條跟果丹皮。走時大奶奶特意又著我見了一面。」

說著，她跟著起身道了句。「妳且先等一會兒。」便向著內室走去。

李空竹他們坐在那裡等了片刻，見她再從內室出來時，手中拿了個木雕盒子出來，放於桌上後，用指尖點了點那盒蓋道：「打開來看看。」

第二十九章

李空竹聞此，便存了半分疑惑，伸手將盒子打開來。一打開，立時就被那閃著銀光的銀子吸住了眼光。

惠娘喝著碗中熱茶，繼續道：「這是二十兩的定銀。怕這個年，你們要不消停了。」

李空竹用手撫了下那閃著銀光的四個小銀錠。「什麼時候交貨？」

「年三十那天必須送過去。」如今已經二十六了，也就是說最遲得二十九一早出發才行。

「要多少？」

「比著交好之家來算，一家至少三、四斤的水晶糕，怕是不能低了百斤之多！」

麥芽兒倒吸了口氣，在旁驚得連端碗的手都有些抖了。

李空竹倒是淡定的蓋了蓋子，看著她問：「不知道惠娘姊所定的價位是？」

「水晶糕二兩銀子一斤，山楂條這些是半兩銀子！」

麥芽兒是真的嚇著了，那茶碗落地的聲響，讓她很尷尬臉紅的連忙蹲身去撿，連一旁的趙猛子這麼大個男人聽了，都有些受不了的捂了把心臟。

李空竹卻是驚訝不小。二兩銀子？五百文？那純利就得一兩多的銀子啊！

「所得之銀妳我五五分帳，當然，這裡面的成本都算在一起。」

李空竹點頭，將二十兩銀子推回給她。「既然這樣，惠娘姊就負責冰糖、羊羹這部分的供貨吧。到時擬個契約，所得純利，五五照分即可。」

「好。」惠娘並未多說什麼矯情之話，將那盒子收回，算是應了她的要求。

李空竹點頭謝過，一行人又開始商議這開店後的城鎮山楂糕和山楂條要如何定價。

「不若分高中低三等來買賣。給大戶的，可全程用冰糖這種高價的糖來熬製；中等的用白糖，去酸味更徹底點；低等的，便是加入少量糖，保留一定程度的酸味。這樣一來，鋪子便可吸納各個階層的顧客前來消費了。」

「這倒是個好主意。」惠娘點頭。

李空竹卻還有絲憂心。「其他倒也罷了，那水晶糕怕是會招來多方嫉妒。惠娘姊可有確保萬全之策？」齊府之人難道會不動氣？畢竟是個奴才身分，若做得火紅了，主家心思會怎麼看待？

惠娘皺眉想著回府時，她委婉地表示願出一份股與齊府。可當時齊府的大奶奶並未表現出有興趣的樣子，只交予她一句安心做事便可。

若以後有變數的話……

「且先這麼定著吧！」惠娘也有些不確定。

李空竹點頭，也只能先待過年這批送走後，開了店鋪再說。想著要做的那些數量，她又有些頭疼起來，怕是這回還得找些可靠之人前來幫忙才成。

說話間，李沖買了吃食回來。

李空竹在他進屋時，不經意的看向他掀開的簾子後面，見並未有男人的身影，眉頭就有些蹙了那麼一下。

一旁的惠娘看到，給自家男人打了個眼色。

李沖會意，沈著性子開口。「說是與我同路，只是半道又說另有其事給繞開了。」到底不太相熟，總不能拉著個大男人直問去哪兒吧。

李空竹聽罷，未表露什麼，只笑了笑的喚著他們兩口子第二天去趙家村。「今兒我們回去準備果子，明兒惠娘姊擬好契約後來趟我家吧，屆時人手怕是不夠。熬製時，我想從自己人入手比較好。」

惠娘聽罷，有些驚疑。「妳等我一會兒，待吃過飯，我便與妳相商契約，待簽好後，再一同坐車回村便是，我們有驢車，不用太久。」

說著的時候，她趕緊喚了自家男人一聲。「當家的，你先去你朋友住處將驢車拉來，待吃過飯後，再一同隨了他們回村。」

李空竹很想拒絕，這會兒她心頭已經有些不是味兒了。可眼看著惠娘已經伸手將她的手拉住，只好嘆口氣的應下來。

待他們兩口子吃完飯、擬好契約後，一行人便將大包小包送上了李沖牽來的驢車上，上了車，由李沖趕著，向城門行去。

其間，趙君逸一直未歸。麥芽兒跟趙猛子幾次開口嘀咕，李空竹都故作未聽到。

就在最後要上車時，麥芽兒還有些忍不住的問了。「要不去找找吧？這是去買啥了不成？咋走了那麼久呢？」

惠娘也說再等等，著李沖過來，準備讓他跟趙猛子前去街上尋尋。

李空竹卻拉著未讓。而麥芽兒兩口子多少知道趙君逸會武之事，見她一點也不意外，便猜著怕是她知情的，是以也不再相管。

惠娘雖有些莫名，但見大家都未再說什麼，只好作罷的跟著上了車。

趙君逸在跟李沖分開後，便衝著一直跟蹤他們的人的方向行去。從進城後不久，他便發現被人跟蹤之事。先頭還不明是敵是友，直到對方一直故意留著破綻等他發現時，他才恍然明白過來。

心中有些迫切，面上卻顯得極淡定。那跟蹤之人見他回轉後，就再未故意露出過破綻來，不過還是有少量形跡讓他有跡可尋。

他一路尋著少許的蛛絲馬跡，追蹤至一處極偏西的地帶。

這一帶，大多為貧民住宅，宅院普遍不大，院牆也很陳舊，小道穿行間，牆與牆之間挨得極近極窄。

尋著最後一絲線索，趙君逸慢慢步到一處顯得極樸實的小宅院前。

抬眸看了眼臺階上那緊閉的單扇黑門。因年頭久遠，已有不少斑駁的漆漬掉落，露出裡面原本的青木之色。

不動聲色的抬步上前，伸手輕推了下那扇門扉，並不意外的聽到了門開動的「嘎吱」

聲。

抬步進去，見裡面並不如外景的蕭條。庭院被收拾得相當整潔乾淨，院子地上鋪有石板，不似貧民街道這一帶應有的泥土之地。三間樣式的小平房，中間正堂屋門大開。

裡面之人在聽到他推門的聲音時，一句頗為清脆的調侃聲飄來。「好久不見，君家世子，君逸之！」

男人未有變化的臉上，只冷淡的勾了下那輕薄的淡粉之唇，一步一步哪怕腳跛著也走得甚是平穩、直挺。

正堂屋上首端坐之人，看著他走得毅然挺拔的身姿，斜長之眼不由得緊眯了下。下一瞬，又換上了一絲邪魅之光，看著越來越近前的某人，得意的勾唇道：「想不到我變國境內，竟是這般藏龍臥虎，居然藏了個這麼重要至極的大人物。這當是甚好呢，還是大禍呢？」

上首之人邊說邊拍著手掌，上挑著一雙極為好看的眉峰，看著已然進屋的男人問道：「逸之兄，你覺得呢？」

男人抿嘴看著上首之人。「變國四皇子以為呢？」

上首之人並不覺訝異的挑動一側眉峰，笑道：「原來逸之兄早已知我的身分了啊！你這般明顯的引我存疑，又誘我探之，我該說你是想為著尋一方靠山呢？還是想利用我呢？」

趙君逸抬眸與他對視，並不怕他眼中的威懾，而是很實誠的開口道：「都有。」

崔九愣了一瞬，下一刻又覺好笑的搖搖頭。「你倒是大膽，就不怕我發怒翻臉？」

「四皇子如今想來也正是用人之際。變國雖富有，卻不如靖國的兵強馬壯，能勢均力敵的相持著，也不過是因著如今的靖皇是位昏庸之才罷了。」

還真是敢說啊！崔九瞇眼搖頭，片刻勾唇淡笑。「八年前，在君家以通敵之罪滿門抄斬之後，靖國的兵力怕早不如當年驍勇。君家祖上各代為統帥，於軍中士兵來說，那無疑是軍心的象徵。這些年來，本王對靖國之事，還是知之甚詳的。」

下首之人在聽到君家之事時，那暗藏在衣袖中的雙手已悄然捏緊。

上首之人用眼角不時覷著他的表情，見他面色雖冷，卻未展現出多大的憤怒與惱意，就不由得又緩緩開口道：「當年君家滿門抄斬時，本王還極為可惜了一番。要知道，君家之人個個驍勇善戰，長年鎮守極為苦寒之地，每每令敵國擾境之將都頭疼不已，連民間都有著那麼句傳言『得君家者，便是半個天下到手之時』。可見，君家在靖國的百姓心中，是有著極高的崇敬之意的。」

見下首之人，臉上的表情依舊看不出一絲一毫變化，就好像自己所說之事，於他來說，不過是他人之事般。收了端坐之姿，將手撐於下巴上，看著他，很好奇的「嘖嘖」兩聲。「果真這般無情？」說著，又促狹一笑。「既然這般無情，又何苦相救於我？又何必在明知的情況下前來呢？」

「無不無情，有不有情，並非如明眼看到那般。」眼睛能看人，也最能欺騙於人。若他藏於袖中之手，不是已被自己掐得面目全非的話，又有何人知道他心中的苦痛？

上首之人在聽了這話，亦是變得有些沈默。

抬眸看他時，又揚了笑，道：「你能來這兒，便已說明一切。你就不怕我故意收攏你，再將你交予靖國？要知道，變國與靖國之間，至少表面上，還是相交甚好的。」

「若真相交甚好，又怎會允了刺客於靖國國境刺殺你四皇子？」男人眼中嘲諷閃過，說出的話依舊沒有多大的感情。

「哼！」崔九冷哼。他那位好皇兄，為著上位，當真是不擇手段至極。如今他正想著回去給他好好一擊呢。「你倒是十分明瞭。你又怎知不是靖國想要刺殺我？」

「當然不會。」男人極諷刺的道：「如今的靖國九王，哪還有多餘的心思對付鄰國？」想來能同意刺殺，這邊儲位爭奪之人，應是許了九王極大的好處才是。

崔九好笑的點頭。「是啊！如今的靖國，差不多已是九王的大半天下了。至於靖國之君麼……呵！」不過是個成日沈迷酒色之中的老色鬼罷了。

崔九伸手請他就座。「來這般久，還未請坐，倒是本王失禮於人了。逸之兄，來來來，坐在這裡便好！」

趙君逸看了眼，他所指之地，是上首與他平起之位。垂了眸，並未相理，而是坐於下首左手邊的第一位置。

崔九挑眉。「倒是客氣不少。本王怎記得當初給我餵藥之人，並未有這覺悟呢？」

「此一時，彼一時罷了。」某人極為淡定，臉色不變的道。

崔九聽罷，雖心頭不爽，到底只以一聲冷笑帶過。「既然逸之兄來了，是否已經想好了選邊站？」

「自然。」

「靖國呢？難道就不怕被靖國黎民仇恨？」

「想來靖國百姓，也望早日脫離苦海。」

還真是敢說，崔九搖頭失笑。不管再如何，哪有人心甘情願當亡國奴的？

趙君逸的手早已被掐得沒了知覺，聽著他的失笑連連，冷冷的勾起一邊嘴角。不叛國又如何，還不是被扣了頂通敵的帽子？不選邊站，早晚都是任人宰割的替罪羔羊。

既然這樣，他便落實這叛國之罪好了；既然這樣，那就選邊站好了。就像她所說的，白來的機會，不抓白不抓。既是讓他抓到了這個機會，那麼，就該是他復仇之機到了吧！

「有一事還得求了四皇子。」努力的平息陡然燃起的一腔怒火，男人就另外之事開口相求。

「何事？」

只聽他肅然道：「當年我被暗衛追殺時，早已被親信之人背叛，下了靖國皇室秘毒，即便之前有所察覺，用內功逼出一半，可還有一半存於體內，長達八年之久。雖不至於致命，卻時常在反覆發作時得用內力壓制，所發功力也達不到一半，倒是相當麻煩。」

「哦？那可有解？」崔九聽後，也跟著正經了臉色的問道。

「有，得靖國獨有的一味草藥才成，此草藥長於極北之地，皇宮太醫院裡，有專管皇室之藥的御醫醫正。」

「如此，便交給本王即可。」

「多謝四皇子。」聽他相幫，趙君逸直接起身，對他拱手一禮。

崔九嘴角輕抽，看著他似笑非笑的道：「不過，想來所得解藥之事，怕是得費些時間。」

「無妨。」這般多年他都等了，不太在乎再多等一時。

崔九見此，頷首說起將走之事。「如今正逢年節之時，本王正想著回京給父皇和皇兄一個大大的驚喜，有些事需要處理，想來，再相見時，怕是得有段日子了。逸之兄，可願與我同行？」

現下嗎？男人腦中有那麼短暫一瞬，浮現出女人那豔麗明媚的臉龐，下一瞬，又快速滅了下去。如今他身負血海家仇，兒女情長之事，實不該是他現下要談之事。想到這兒，他又拱手一禮。「臣……願意！」

崔九愣怔，下一刻又哈哈大笑起來。「逸之兄，你還真是鐵石心腸。想來，若我讓你現在立刻與我同行，你怕是也會毫不猶豫吧。」

想著他家中那個很會做零嘴的女人，雖接觸時間不長，卻是個很難令人忘卻之人，行事特別又聰慧。這樣一個集美貌與聰慧於一身的女子，他當真捨得？這般毫不猶豫，難道連一絲留戀也無？

崔九看著下首依然冷淡之人，不由為著有那幾日交情的女子可憐了一番。

聽著對方調侃的語氣，得知被耍的某人，並未表現出太大的怒氣，而是將手垂放於身體兩側，給了個極淡然的回答。「是。」

「沒有掛心之人？」崔九仍有些不相信的問著。好歹夫妻一場，如此這般，未免也太過令人心寒了。

趙君逸抬眸與他冷然對視，顯然不想回答這個問題。

崔九自知問了不該問的隱私，倒極為識趣的閉嘴不再相問，將手放於手心拍打了幾回，揮手再讓他坐下。「此次回去，時機尚未成熟，怕是還得請逸之兄繼續藏於此處較好。畢竟，京城之地還有跟靖國交好之人，倘若無意中發現你的真實身分，怕是為著討好合作的靖國，你的處境將變得十分危險。」

趙君逸坐下，在聽到不是現下讓他立時跟隨時，不知怎的，心頭居然鬆了口氣。「臣聽從四皇子的安排。」

「既這般，逸之兄就等著本王的好消息吧！」

「是。」

兩人達成了共識，見再無話可說，趙君逸便起身，作勢欲告辭離去。

崔九頷首應允，只是在他出門時，還有一事不解的出聲相問。「當日你救我時就已知我的身分，還是救我之後才查出來的？」

「當日救四皇子時，臣看到了你隱於腰間露出的龍紋玉珮，再加上變國派皇子出使鄰國之事，世人皆知；四皇子醒來時，也跟內子說了崔姓，排行第九。」

變國當今聖上的前皇后，娘家便是出自崔姓國公府，四皇子於外家孫字輩中排行第九。所以，這方方面面早就將他給摸了個徹徹底底？崔九想著自己當初想破頭也未想出對方是哪路豪傑，還懷疑是隱居的江湖俠客，有些黑臉，便不耐煩的揮手道：「走吧！」

趙君逸再次拱手後，才抬步走了出去。

片刻，從暗處出現一人向崔九行來，立於他身旁，低聲問道：「主子要用此人？」

「君家之人，自是要用。」

「可那人既是叛了國……」來人心有疑慮，開口相勸。

崔九卻抬手止了來人的話，道：「莫要多說，下去吧。」

他負手立於屋中，瞧著外頭冬日暖陽灑下的光輝，若有所思地勾唇冷笑。

李空竹他們在回村後，便開始商議起採果之事。

由於原材料需要很多，李空竹便想著讓趙猛子去找他往日組隊狩獵的朋友幫忙，這樣一來，誰閒著沒事做，只要跟著進山摘個一天，想來一、兩百斤的果子，根本不成問題。

這天寒獵物少，光摘果子一天就能摘個百十文的，已經算是很不錯的行情了。

趙猛子沈眸想了一下，道：「行，我現在就去住得比較近的幾家問問，趁著這會兒還早，下晌時應該還能摘個兩背簍回來。」

「好。」李空竹剛點完頭，就見他起了身。

麥芽兒見狀，趕緊塞了個回來時買的饅頭給他。「先墊點，晚上做好吃的！」

「噯！」趙猛子嘿笑的點頭接過後，便掀簾出了屋。

李空竹又說了收山楂果之事。「怕是要跑得遠點。那天猛子老弟收了一車回來，說走的是極偏的山溝子，因為溝裡窮，很少出來行買賣之事，倒是讓我們撿了個便宜。」

「無事，我倒是可去其他村問問看一些獵戶。若有人想掙這份銀子，自是知道這深山何處還有那山裡紅的。」李沖接了話，很沈穩的道：「這外在事兒，交於我便是。」

惠娘在一旁應和著。「他辦事妳放心，跑了外面這麼多年，自是懂得為人處事的。」

李空竹笑了笑。「我有什麼不放心的，惠娘姊可是比我這個笨人兒聰慧得多呢！」

「又打趣是不？」惠娘拍著她，嗔怪道：「妳也不差的，有啥事別憋肚裡，我瞅著妳這會兒可老是走神哩！」

李空竹不自然的笑了笑。雖說強逼著說事，來忘記一些不想想的事兒，可到底心中還是有些記掛得慌。失笑搖頭間，她接著又跟他們相商了住宿的問題，還讓他們去住了麥芽兒家。

商量好，幾人就著買回的包子饅頭，燒了一鍋熱湯，便簡單的解決了中飯。待吃過飯後，麥芽兒領著惠娘他們就先回了家。

李空竹則去了陳家，找了王氏，讓她幫著再多找兩個人手。

待安排好了，她又獨自回家。見趙君逸還未回來，沒了外人所在的這一刻，她心口的苦澀，已開始翻湧得疼了起來。

去到廚房，拿出糖罐，挖了幾顆冰糖進嘴，裝著很舒服的眯了眯眼，輕吁口氣的笑了句。「真甜啊！」

將罐子抱在懷裡，走了出去。她行到主屋，脫鞋上炕，趴在那炕桌上。等著嘴裡的糖塊化完後，又挖了一塊進嘴，再說一次。「真甜啊！」

反反覆覆說得多了，就在她以為心頭的澀然快沒了時，房門卻不期然的推開來，她直起上身望著來人。

進來之人，身材頎長，眉眼冷淡，一張臉，半面風華絕代，半面荊棘密布。不走路，看起來很正常；一走路，便會一跛一拐的。

盯著他看之人，正吮著口中的冰糖塊，看著他，笑得很是風華絕代。「當家的，你是不是要走了？」

第三十章

淚，不期然的流下來，順著她挺直的鼻梁滑到嘴角。

男人的心臟鈍痛了下。

沒有開口，只是慢步的行過去，看她抱著罐子，鼓著的腮幫子雖咧著、笑著，可那明晃晃刺痛人心的眼淚，卻令他心頭的悶痛越發的重了起來。

「怎麼了？」有些沙啞的聲音響起。

聽他關心，女人心裡很愛聽，卻搖搖頭。「怕你走！正吃糖哩……你要不要一塊？吃了，心頭就甜了。」

吃了，心頭就甜了。話音重重落入他心底，看她的眼神，變得格外幽深起來。

李空竹亦是仰頭看著他，看著他深邃鳳眼深處，想從那裡找到一絲屬於她的位置。可他的眼瞳太深、太黑，她看不見，亦找不到。

有些害怕的伸出手，招著讓他近前。待他真的近到炕前時，她一個快速起身，緊抓他的手問：「有沒有一點……一點點……」

她兩指捏著，急急的比了一個小點的樣子。「喜歡過我？」

有。男人喉結滑動，卻不出口，只一雙眼越發的濃黑起來。

李空竹盯著他，一直緊緊盯著他的神色。看不透，真的看不透。

有些頹廢的鬆了手。「不喜歡算了！反正我有好多糖，明兒就會好了。多吃點就會好了！」

喃喃的又趴了回去，再次挖了顆冰糖進嘴。

男人見此，很想就此與她攤開說明，可他不能。單不說他能不能活著回來，便是她是自己弱點一事，也絕不能讓外人知道，於她來說不公平，也不安全！

嘆息著上炕，與她面對面而坐，將罐子用力從她懷中拔下來。

「你幹麼！」女人來氣，很氣惱的坐起與他怒目相視。

「吃太多不好。」男人未理會她的氣惱，將罐子放於自己手邊，見她來搶，就毫不客氣的擋回去。

「趙君逸！」女人徹底的來了氣，扠了腰，很是不服的大叫著。「你以為你是我什麼人？你管我呢！還我，快還我！」

她瘋了一樣的去搶奪，男人亦是不慌不忙的任憑她的張牙舞爪，輕鬆的閃過，就是不給她糖罐子。

「啊——還我！」搶奪不到的女人徹底崩潰的大叫起來。

看著她眼淚又飆了出來，男人終是無可奈何的嘆息了聲。「暫時不會走。」

以為聽錯的某人頓住，眨著水光一片的剪水雙瞳疑惑的看著他。

心不受控的亂了幾許，男人有些無奈的又重複一遍。「暫時不會走。」

「真的？」

「嗯。」

「誰走誰王八？」

男人無語，抱罐下了炕。女人端坐回炕上，看著那即將掀簾出去的男人，咧嘴笑了起來。「當家的！」

男人頓步。

「謝謝你！」

唇角僵了一瞬。謝他嗎？若她知道了自己剛剛差點毫不猶豫的跟著崔九走的話，會不會恨死自己？

得知他暫時不會走的李空竹，又恢復了活力，下了炕，趿著鞋子，快速的掀簾追了出去。「當家的，你可有吃過午飯？」

「沒。」

「那我給你下碗手擀麵吧！」

「好。」

李空竹很歡喜的跟著他進了小廚房，拿著小盆舀了碗麵出來。著他幫著燒火，她又拿了兩顆雞蛋出來。

「瞅你這兩天臉又白了，還是多吃點雞蛋吧！從今兒起，我每天早晚給你煮一個可好？」

「嗯。」男人任憑她嘰嘰喳喳，在耳邊不停的說這說那，看著她咧嘴笑得很活潑的樣子，心情也隨之鬆快了一分。

剛剛她那頹廢加傷心時流出的眼淚，是真真讓他心頭悶痛至極，也不喜至極，想著，男人不由得自嘲了下。年少不足十歲時便與祖父征戰沙場，雖不是很大的戰役，但也受過不少外傷。

任何一個敵人在刺穿他身上的皮肉時，他都未覺得有半分心疼，只有她的眼淚，跟那場冤氣沖天的殺戮。男人的手不自覺的緊捏起來，尖刺的柴禾狠狠的刺進他於崔九面前因隱忍而掐得血肉模糊的掌心裡。

有血順著柴枝流下來，男人卻猶不自知的捏握得更緊。

正將話題由吃雞蛋，轉到又接了大單上的李空竹，不經意的掃了他一眼，見他蹲在那裡，手握柴禾不動一動的，就有些疑惑。待將視線移到他手掌時，不由得狠抽了口涼氣。

「當家的，你受傷了？」

男人回神，不在意的將手中柴禾拋進灶裡。

李空竹卻再顧不得攪和盆中麵團，丟了筷子，緊跟著蹲下去，伸手就去抓他骨節分明的大掌。「給我看看，怎麼會受傷？」

攤開他那流血的手掌，待看到那一片的血肉模糊時，眼眶不由泛紅，倒吸了口氣。

「你這是在哪兒弄的？」待翻開另一手，亦是同樣的狀況後，下一刻，她緊接著就要拉他起身。「不行，這麼晾著會不容易好的，還有傷口也得清洗一下，不然會感染的。對，得用酒洗才行……家裡好像沒有酒了……不行，得去買點回來。當家的，你先等一會兒，我去買點酒回來，你這傷口要洗一下才行哩。」

她絮絮叨叨，急得有些語無倫次，打著轉的翻找著上回翻修屋子時買了盛酒的容器。

趙君逸任她拉著自己，在她不停翻找東西時，又將她拉回來。「不要緊，無事。」

「怎麼會無事？」她急紅眼的怒瞪著他。難不成他沒看到都沒剩下一塊好肉了嗎？

「真無事！無須麻煩。」比這更重的傷他都受過，這點根本就不足為道。

「到底是為了什麼？」對於他拉著自己不讓找的，她整個心都不舒服極了，那種揪成一團沒法呼吸的感覺，真真是糟透了。她站在那裡仰頭看著他，極認真的道：「到底是為了什麼要這麼下狠手？」那上面的指甲印，已爛糊成了一片。

他心裡究竟隱藏著怎樣的秘密，竟讓他自虐到了這種地步？

「不過是皮肉傷罷了……」

「趙君逸！」女人截了他的話，突然很傷心的看著他道：「我很喜歡你，怎麼辦？」

男人登時愣住了。

「是不是很不要臉？」呵呵，女人冷笑著又鬆了握他的手。

男人看著被她放下的手，悄悄的回握起來。感受著指尖上她殘留的餘溫，哪怕多一點點的保留，也足以讓他心頭暖熱。

李空竹嘆息的轉身，暗自將溢出眼眶的淚水抹去，妥協的舀了鍋裡已然開了的熱水，拿了乾淨的鹽，放進盛水的木盆裡。

終究是無法狠下心的漠視。她將盆子放在灶臺寬敞處，轉眸冷淡道：「過來。」

裡。

鬼使神差的，男人竟真的走過去。女人將水兌溫後，很不客氣的將他的一雙手按進水盆裡。

有一點小小的刺疼，不過於男人來說根本不算什麼。女人小心的潑著水，給他洗著剛剛因架柴而染上灰的傷口。

一點一點洗得很仔細，她那認真的豔麗側臉，再配著那長長的髮翹睫毛，一眨一眨的，仿佛一把小刷子不停刷著他緊縮的心臟，痲痲癢癢，卻又讓他捨不得將之壓下。

給他洗淨了灰塵的李空竹，讓他跟著去了主屋。找出扯回的棉布，撕了一長條出來，分成兩半，給他將兩手小心的纏繞包好。完事後，又肅著臉對他道：「你安生在這兒待著吧！飯一會兒就好，不用你燒火了。」

「好。」男人難得乖順的點頭。

女人有些氣結，看著他冷笑一聲。「趙君逸，我等著你把我耐心磨完的那天。」待磨完的時候，就是他完蛋的時候。

她就不信，就是塊石頭她也要給他捂熱了，捂不熱就砸開，砸也要給他砸熱了！說罷，她傲然轉身，向著屋外行去了。

屋裡坐著的男人看著那晃動的簾子，無聲的勾了下嘴角。

這就是她可愛之處，不是嗎？

伺候著趙君逸吃過飯後，李空竹無事可做，又拿了裁好的衣服布料出來。如今棉已經絮好做成了夾層，只要再將裁好的衣服縫好就成了。

離過年沒剩幾天了，趙君逸身上那件衣服的布，多多少少有些洗得布料線條泛稀了，再這樣下去，衣服非得洗爛不可。趁著今兒有半天下午的空閒，趕緊將最後剩下的一點做出來。

男人自吃過飯後，便一直打坐著。

她也不管，如今她決定要從一些小細節慢慢滲入，包括他的鞋子、襪子，乃至裡面的褻褲。

等著瞧吧！哼哼的看他一眼，不停的走著手上歪七扭八的針線。

不知累的縫了近兩個時辰後，那裁成片的衣服，終於讓她縫好了。

再來就是鑲夾襖。待到真正做完後，女人累得是連連伸腰，都有些直不起來了。很是驕傲的抖了下那皺巴巴的衣服。「當家的，看，我給你做的新衣服，過年你就穿它吧！」

男人無語的只睜眼一瞬，便又閉眼不再相看。那意思很明顯，想來個眼不見為淨。

女人冷呵一聲，想不見能行嗎？

見時辰已然不早，她邊收拾桌上剩餘的布料，邊道：「瞅著這時辰不早，得做飯了，待一會兒晚飯後，我給你做條褻褲。來這麼久，見你洗衣就那麼兩條的換著，還沒有花色，多單調。一會兒我給你裁一條跟我肚兜一樣的大紅色，包你穿著風光無限！」錯，是風騷無限。

閉眼坐於炕上之人，耳朵終於有些不自然的紅了。

女人哼了一聲，將東西收拾好，放進箱櫃裡後，便出去做飯。

待到將做好飯，正待吃時，趙猛子領著兩個生人，一人揹了一大背簍的山裡紅過來。

李空竹見了，忙讓他們將山裡紅倒進小屋裡。

再問趙猛子可有算錢？趙猛子點頭說著早算了。李空竹點頭，想著得弄個帳本才行。到時買入多少記帳本上，一月結算一次就行了。

待送走幾人後，她又回到主屋，點上了桐油燈。

說到做到，開始在油燈下裁起了那準備給自己做肚兜的大紅細棉布。

男人見她真這樣做了，不由得咬了下牙。「別費力了，便是做了也無人會穿。」

「不穿我也留著。」當你穿過的！

男人登時被她的無恥弄得無語。

縫縫拆拆到了下半夜，油燈都快枯竭的時候，一條大紅的鮮豔四角褻褲終於好了。拿在手裡很得意的欣賞了一番，轉頭問著還未鋪床睡覺的男人道：「當家的，你覺得如何？」

男人很不想睜眼，可女人已然走過來。感受到眼前有晃動的暗影，男人只得免為其難的睜了眼，只一眼便垂了眸，不自然的移了目光。

李空竹還不自知的將那在昏暗的油燈下，顯得極豔麗的褲子又往前送了送。「怎麼樣？我可是做得很好？」

「……」男人紅著耳根，沒有應答。

「欸！你看嘛！快看看嘛！」終是發現了他的不自在，女人像是找到了極大的樂趣般，不停揚著手中的褻褲，逼著他看。

男人眼神去哪兒，她就拿到哪個地方晃他的眼。男人移來移去，終於有些無奈的閉了眼。

女人無趣的將褲子在空中抖了抖，癟著嘴，半真半假的道：「好歹也是我的一片心意，你既是這般糟蹋我的心意，當家的，你可知，你傷我心實在是太多了！」

男人聽得心顫，嘆息著又睜了眼，再次免為其難的看著她邀功的褻褲。「尺寸小了。」

李空竹疑惑的看他。

卻見男人直接暗紅著耳，又移了眼，咬牙道：「顏色太過豔麗，形如女子腰身大小。」

促狹一笑的女人，收了抖在半空的褻褲，一手扠腰，一手拿著褲子，在半空打了個轉，看著他道：「說起來，我與當家的成親這般久以來，還未知當家的尺寸是多少哩。既然這樣……」

不懷好意的向他的腰間盯去，頓時以迅雷不及掩耳之姿，撲了過去。「那就讓為妻量一下吧！」

男人正移著視線，躲著她不知羞的甩褲行為，卻不想，竟是讓她鑽了縫子，給她撞了個猝不及防，待再要閃躲時，卻為時已晚。

只那麼一下，狠狠撞來的女子，將他撞了個滿懷，差點向後倒去。就在他極力穩住心神之際，一雙纖細柔軟的手臂，就那樣不期然的環住了他精瘦的腰。

男人眼神幽暗，伸手放在她的肩膀處，想將之推開。

「一會兒好不好！」女人獨有的軟糯噥語，頭埋於他心口處，輕輕求著。「就一會兒，我就占一會兒便宜！當家的，你讓我抱抱好不好？」

男人啞然，心頭痲癢，刺疼得厲害，放於她肩上的手，有些不捨的移開來，很想用力回抱，卻又怕露餡過多，啞著嗓子，淡淡的「嗯」了一聲，便不再作聲的將雙手放於兩側，任她抱著。

李空竹將頭貼於他心口位置，聽著他沈穩有力的心跳，一下一下的輕數著，想辨別它有沒有因她的入懷變得加快起來。

停留半晌，顯然她又失望了。

除了剛撲來那瞬，聽到一聲極響的咚外，過後，便是極有規律的緩慢沈跳。

「好了沒？」

低沈淡然的聲響，打破了她想繼續賴下去的幻想，極無賴的在他懷裡搖搖頭。「沒有。」

男人有些無奈的勾動了下嘴角。「已經快過子時了，妳確定要這般坐一晚上？」

「確定！」反正這樣抱著也能入睡。

「我得睡了。」無情地扯著她的後頸，將她拉離懷抱。

怕再這樣下去，自己都快要失控。她那小腦袋不停的磨著他的心志，他不是聖人，無法做到坐懷不亂的地步。況且就算想要了她，也不是現在……

李空竹被無情的扯著遠離了他，看著他很俐落的鋪了炕，下一瞬又一臉坦然的睡了下去。

閉眼，半轉過身，當她是空氣般，未有半絲留戀的以後背對著她。

揪著手中紅得亮眼的褻褲，女人一臉凶樣的狠瞪著他。

「噗」一聲，油燈終於熬不住的滅了，屋子裡頓時變得黑暗。

「啊——」趙君逸，你個王八蛋！

賭氣的女人將褻褲一個用力，甩在他的頭上，再扯著炕頭上自己的被子，用力的裹在身上，躺下，閉眼，睡覺。

聽著身後女人的呼吸由剛開始的氣喘，終至變成了輕緩悠長，男人才暗吐了口濁氣出來，伸手拿掉自己頭上的褻褲。

無聲的勾唇笑了一下，悄然的起身下炕，又悄然的開門走出去。

如今的他，心頭有些燥熱，怕是這晚不能睡個好覺了！

不管趙君逸多麼不願意跟了自己，也不管自己有多想去黏趙君逸，這天一亮，就得裝正經人的李空竹，還得為著飽肚的生意忙碌不已。

才吃過早飯，麥芽兒跟惠娘他們就來了。進深山摘果的事兒，由趙猛子帶著以前組隊狩獵的朋友一起；買羊羹、冰糖，外加收果子找獵人採摘之事，就由李沖前去代為幫辦。

她們這幾個女人跟趙君逸則留在家裡，洗果加熬煮。

剛分配完，送兩位男人出了院，王氏就領著柳二嬸子過來了。

王氏看到李空竹時，笑道：「照妳說的，今兒先來倆，另還有三人，我讓著明兒過來。

除了上回妳見過的雲嫂子外，還有兩位本村的，都是老實之人，屆時過來後，我再給妳介紹不？」

「自然是成的。」李空竹笑著將兩人迎進來。

兩人一進去，就熟門熟路的開始清洗去核。趙君逸的用處是熬煮時負責攪醬，是以這會兒沒他啥事，就又出了門。

因為果子不是很多，五個女人不到兩個時辰，就將果子全弄了出來。

李空竹照樣付了一上午的工錢，走時又拿出小包的果丹皮作謝禮。

王氏在拿錢走出院子時，拍著她的手，很熱情的說以後有什麼事情儘管招呼她就行，鄉里鄉親的，別的不行，辦事卻是妥妥的。

李空竹自是明白這裡面的意思，送走了她。

麥芽兒有些不大高興的嘟囔道：「她家都那麼有錢了，咋還惦著這點蠅頭小利？跟著來賺錢，也沒說讓個位置給其他人。」

「誰還能嫌錢多了不成？」惠娘塞了個去核的果子進了她的嘴裡。「有道是閻王好見，小鬼難纏。不過是幾文子錢就能搞定，幹麼得罪了她？」

李空竹點點頭。要想在這村裡待下去，頭一個最不能得罪的就是管村裡庶務的里長。王氏雖說有點小心思，但心地還是不壞的。就衝她去了幾次，都很是好說話的幫忙這一點，以後都得儘量拉拔些。

眼瞅著還有一會兒才正午，惠娘提議要不先做一鍋出來？她還不大知道那東西咋做的，實在好奇得很。

李空竹卻搖搖頭，說先做飯的好，因為說不定一會兒他們上山的人就回來了。別到時人回來，她們還在熬山楂醬沒做飯的，讓人餓著肚子就不好了。

麥芽兒聽罷，自發動手的去發了麵。

晌午烙的是麵餅子，燒了雞蛋湯，炒了個素白菜，又拌了個涼野菜。剛做好，趙猛子他們就揹著背簍回來了。

李空竹趕緊拿出早間惠娘拿過來的本子，將另兩人採摘的果子斤數讓趙猛子秤好後，記在帳上，承諾下晌他們回來時，把斤數加在一起算。

徵得兩人同意後，便留那兩人在家吃飯。其間，趙君逸回來，自是讓他陪著，女人們則就著灶臺在廚房吃起來。

待飯後他們走後，留下的婦人們加趙君逸便開始熬煮山楂。

忙活了一下午，待那山楂熬煮出來晾好後，已經一整天的時間過去了。

彼時天已經黑下來，飯做好時，出門一天的李沖也趕著驢車回來了，車上還載了不少採摘的山楂果。

因為大家彼此相熟，是以席間坐著吃飯時，就未分什麼男人、女人的，坐在那圍得滿滿一圈的小桌邊，邊吃邊聽李沖講收果之事。

第三十一章

李沖道：「我找了下河一帶幾個長年狩獵之人幫忙採摘，他們也都知道哪些深山裡有山裡紅。都應了我，只要隔天去收就成了。」

也就是說得二十九那天了。

「如今急著用，能不能明兒晚上去？」實在是大戶要得太急，最遲二十九那天就得走。若真二十九去收的話，哪裡還來得及做了？

「這點放心，我與他們說過日子有些緊，明兒下晌就會前去收回。」李沖點頭，讓她安心。對於這一點，他自是也想到了。「我說的隔天，是這忙過以後的隔天。」

「是我心急了。」李空竹點頭道了聲。

「明日我與你同去。」一直未說話的趙君逸，開了口。

李空竹轉眸看他，眼帶質疑，怕是他要離開，卻聽他又道：「真同去。」

好吧！她多心了。

晚飯過後，誰也沒有閒著。

因為實在太趕，加之今兒又送了這麼多果子回來，李空竹乾脆又去找了王氏，讓她把另幾個人也找來加夜班。果子雖說不少，但勝在人多，用了兩個多時辰，就把果子全清洗出來了。

李空竹給幫忙的婦人算工錢，送走她們後，又與麥芽兒、惠娘兩口子，熬起了山楂醬。待忙到亥時深夜，眾人才累極的散開去。

就這樣，從二十七這天開始，一直白天、晚上忙個沒完，終是在二十九這天辰時，所有貨物才全裝了車。

水晶山楂糕一共是一百二十斤，其餘山楂零嘴各近一百斤，除掉成本的話，差不多能淨賺三百兩銀子。

李空竹看著遠走的驢車，眼中是止也止不住的冒著金光。來這麼久，忙了這般時日，終於要到收穫的時候了！

麥芽兒兩口子亦是看著那走遠的驢車，久久無法從激動的情緒裡回過神。

趙君逸算是最冷靜的一個，見車都遠去了，幾人還這般癡看傻望，就淡然問道：「可要睡覺？」

從前天忙到現下，她可是眼都沒閉一下，再這樣熬著能受得住？

拉回視線的李空竹忙點頭。「睡、睡！」今兒可是二十九了，待下晌起來後，就得開始燒水洗澡，準備迎接過年。

想著的同時，就揮手讓麥芽兒兩口子也趕緊回去。「你們兩口子也快回，明兒就是除夕了，咱先痛痛快快過新年再說，年初二走了娘家後，咱們年初三就去找惠娘。」

「噯！」麥芽兒有些激動的紅著臉，直搓著手。「那個嫂子，俺們走了啊！」

「走吧、走吧！」李空竹衝他們揮手，讓他們趕緊走。

待送走他們，她轉身跟趙君逸準備回院。

隔壁的院門響動了一下，李空竹轉頭看了一眼，見是趙苗兒在那兒偷看他們，就揮手道：「明兒再過來，今兒三嬸累了。」

「好！」得了信兒的趙苗兒點著小腦袋，道：「三嬸您累了，快回去睡吧！俺明兒就過來。」

小大人的語氣，逗得李空竹好笑起來，揮手讓她快回家。「知道了！明兒三嬸等妳過來。」

得了準信的小人兒，趕緊將門關起來，跑回院，跟一旁的二哥趙泥鰍道：「三嬸讓我們明兒過去哩！」

「嗯。」趙泥鰍乖順的點頭。這兩天家裡實在太可怕了，娘的嘴被剖成三瓣嘴的兔子樣，那皮肉一翻一翻的，都嚇哭他好幾回。

一直在屋簷下玩泥蛋的趙鐵蛋看見了，立時衝屋裡叫了一聲。「娘，二弟又要去三嬸家了！」

「死崽子，你敢去嗎？看老娘打不打死你！」鄭氏在聽到大兒子的話後，頓時想起了幾天前自己被莫名割唇一事。

要不是那個賤人想搶了她的兒子，哪裡就會有割唇一事？想到這兒，她眼露歹毒凶光，一腳狠踹了門，快速跑了出去。

院子裡趙泥鰍見他娘一臉凶樣的走出來，不由嚇得腿軟臉發白，哭叫起來。「俺沒有！俺沒有！」

「我都聽到了，剛三嬸叫你們明兒過去。」嫌不夠熱鬧的趙鐵蛋扔了泥塊，很不屑的又說了這麼句。

「吃裡扒外的小崽子，看我不打死你！」鄭氏氣得捋著袖子，大步過去，一把揪住趙泥鰍。「啪啪啪！」大掌毫不客氣的就落了下去。

趙泥鰍吃痛，立刻被打得哇哇直哭起來。

隔壁小兒的哭聲與鄭氏的罵聲，讓這邊回屋的李空竹聽了，不由暗嘆的搖搖頭。攤上那麼個娘，還真是有夠慘的，雖想著要勸幾聲，但思及鄭氏對自己的厭惡，怕只會讓小兒更受痛，她便當作不知的回屋了。

這幾天合起來也沒睡幾個時辰，這會兒一鬆懈下來，就有些受不住了。李空竹眼睛盯著那正在整理床鋪的男人，想著那天晚上自己得逞的手段，不知怎的，她心裡總有那麼點不甘心。

清了清嗓子，她故意高聲道：「當家的，這回我能幫你做好，夠你尺寸的褻褲了！」

男人沒有吭聲，扯著褥子提在半空，抖甩著灰。

李空竹見還未鋪好，趕緊去衣櫃處，又拿了那大紅布出來，笑瞇了眼，衝他招手道：「來來來，我這回邊量邊裁，一定能成。」

說著的同時，她伸了手就要去比他的腰。

男人將提著的褥子一個轉身，就朝她抖了過來。

「呸呸呸！」被抖落進一嘴灰的李空竹，連呸了幾口後，也不在意，照樣滿面笑的上前道：「我就再量量，一下就好了，快，給我抱抱，喔不，是量量！」

男人有些無語，只覺她真是賴皮得很。看著那伸來的手又要得逞了，就趕緊又是一個轉身，將褥子鋪平在炕上，淡道：「累了，快些睡。」

「咳！」女人瞇眼看著他極俊的側顏。「不累不累！給自己男人做衣，是女人的本分，怎麼能說累哩？」

「我累了。」男人回眸盯著她，看得極為認真。伸手替她將一縷因自己抖灰時，被掃起的風吹亂的秀髮給別到耳後，道：「別再鬧了。」再鬧，他又快有些受不住了。

李空竹聽著別再鬧了幾字，以為他終是厭煩了自己。

心頭有些泛酸，面上卻強裝鎮定的聳肩道：「我沒鬧啊，我是真想給你做一件我所做的貼身之物嘛！你就讓我量量好吧！」要賴般的就是要伸手去抱他。

卻突然聽見男人很認真的叫了聲。「空竹。」

女人聽得心頭猛顫，伸出的手停頓在半空中。頭一回聽他叫自己的名字，那種極淡、極輕極沙的聲音，令她心跳很不爭氣的鼓動起來。

抬眸看向他時，卻見他眼神極亮、極黑。「別再鬧了。」伸出的大掌有些情難自禁的想輕觸她豔麗的臉旁，隨即似又想到什麼，手停在半空又想縮回去。

李空竹被他這番動作驚了一跳，下一刻，眼中是從未有過的光亮閃現。見他想縮回手，就趕緊伸出自己的纖指抓握回來，不由分說的將之放於她白皙軟滑的臉上，盯著他的眼中，是能融化一切的光芒。

「好，我不鬧。」女人說完，很開心的咧嘴笑了起來。

男人心頭不受控的又暗暗猛跳了一瞬，感受著手下那溫暖的滑膩，心頭有些挫敗油然而生。暗暗的嘆了口氣，對她淡然的勾動半邊唇角道：「睡吧。」

「好。」女人乖覺的點頭，鬆了他的手，再脫鞋上炕，躺在他為自己鋪好的床褥上，依然咧嘴開心的衝他笑著。

男人悄然將緊握的手藏於袖中，見她已經躺下，才跟著脫鞋上炕，進到已然暖和的被窩裡，平躺著閉起眼來。

李空竹在他上炕時，就立即翻了個身。側著身子，看著他平躺在炕梢，呼吸均勻，不知怎的，就有些小小興奮，默默的將被角一點一點的沒過自己的頭頂，心頭是從未有過的甜蜜。

這一回合，貌似，她贏了那麼一點點呢！

看吧！他還是能被自己捂熱的。

一覺醒來已經過了正午。

過年得做的什麼掃房子、蒸饅頭和啥的都要放在一天來做，很忙，也會很累。不過李空竹的心情卻非常愉悅，自醒來後，嘴角的笑是怎麼也掩不住。

就算過了午時，她也很有興致的做了糙米乾飯，配上白菜炒肉片，又蒸了個雞蛋羹給男人補身子。

當還算不錯的飯菜上桌後，女人又很殷勤的將雞蛋羹碗送到男人的面前。「當家的，嚐嚐可是合口味？」

男人看著她滿面堆笑又手撐著下巴的花癡樣，心下別提有多懊悔當時的情不自禁。早知會給她一點希望，自己還不如多克制那麼一下。

沒有理會的將蛋羹推到桌子中間，道：「無須給我特殊對待，這幾日妳也瘦了不少，也須補補了。」

聳著肩的女人，拿著木製小勺給他舀了一勺滑嫩的蛋羹進碗。「瘦點好啊，我正想著要如何減肥變得苗條哩，這樣一來，穿衣也能漂亮不少。」

原身這身段，說胖不胖，說瘦亦不瘦，恰恰好，就是胸口有些太鼓了，害她好幾次想做大動作，都怕壓到它。還是前輩子的平胸來得痛快，怎麼跑也不怕晃。

男人一聽她要減肥，又說到變苗條，雖說詞有些新穎，卻不妨礙他能聽明白了去。眼神掃了她一圈，搖搖頭。「無須，這般正好。」

正好嗎？

「可是胸部有點大，走路老不方便。」說著，就埋頭盯了下那高聳的胸口。

男人有些不自然的撇開眼，耳朵暗紅間，心頭是前所未有的羞怒。這女人真是，無一刻不在想著勾他犯罪之事，難道就不能消停會兒？

李空竹不明所以的自胸口處抬起頭，見他已端碗吃飯了，也就跟著動起筷來。只是吃到一半時，女人似有些察覺不對。

「當家的，你可曾有挾菜？」

「……嗯。」極其不自然的回了聲。

女人伸脖子去看他的碗裡，除了飯就是飯，連一點沾菜的油水都沒有。

「我咋瞅著你那碗裡沒沾油哩。」說著，給他挾了一筷。

要送到碗裡時，卻見他躲開道：「有些膩，想著清淡一點的好。」

這樣啊。女人點頭。「那晚上我熬點粥，再做個醃白菜，刮刮油。明兒可是大年哩，不能不吃好點。」

「嗯。」

李空竹聽他答著，總覺得哪裡怪怪的。盯著他看了半晌，也未從那淡然的臉上看出什麼來，只得重新埋頭吃起飯來。

飯後，便開始大掃除了。

趙君逸找來根長棍子，在一頭綁好掃地的笤帚；李空竹則將被褥這些收進櫃子，待進了廚房後，又將碗筷這些蓋好拿出來，將鍋用藤條編的大蓋子罩上。

收拾好後，就叫趙君逸打掃屋角各處結的蜘蛛網。

待他高舉著笤帚將那屋頂各處的髒污掃完後，李空竹便在外面的鍋臺處燒起熱水，洗刷那些掉落在炕上灶臺等處的灰塵。
待做好後，再一塊兒掃地，將那些髒污清出去。
最後仍是燒水，準備洗澡。
待一人一鍋水的洗完澡，李空竹又將兩人換下的衣服和被子拿出去洗。其間趙君逸的衣服想獨自洗了，李空竹沒讓。
看他穿著自己縫的那件皺巴巴的衣服，女人嘴角是怎麼抿也抿不住的甜蜜笑意。喚著他來幫忙，她打著皂角搓髒污，他則負責清洗。
其間兩人的褻褲跟她的肚兜都是她第一時間洗將出來的，男人拿著那兩樣小件內衣，不知怎的又想起那晚她扔的紅褻褲，冷然的臉上，多多少少有些泛起了一絲不自然的紅暈。
李空竹自是看到了，還很壞心的說教道：「這貼身小衣可得分開洗，不能跟外衣混一起，不然容易起癢癢病。男人倒還好，女人可就麻煩了。」
「咳！」男人咳了聲，無語的看她。
卻見她故意衝他眯眼笑了一聲。「我說的是實話啊，當家的可要記住了，任何時候都別忘了。待哪天我來了月事不想動，就只能求當家的你幫忙洗了！」
男人臉紅過耳，對她淡道一句。「休得再胡言亂語，我不喜。」
好吧。聳聳肩，她也不想好嗎？可誰讓他是根榆木，還對她這般冷淡，枉她一往情深的越陷越深，而他只有在今兒早上時，才情難自禁的伸了把手。
但……他是真的情難自禁，還是有些憐憫她？

「當家的，我喜歡你對吧？」

見男人不吭聲，女人早已習以為常。打著皂角，邊搓髒衣，邊似不經意的道：「趁我喜歡你的這些時候，你要走，就請你早日回來，若是你離開我的時間太長，我不知道還能將這份喜歡保留多久？若是有一天，再來了個跟你同樣性子的男人，說不定我會再次找到寄託，就跟了他。」

將搓好的外衣遞過去，見他正抬眸看著自己。

她笑得有些無奈，道：「我是真的喜歡你，可這份喜歡我也不知能維持多久？若你一聲不吭的離我遠走，走了很久很久的話，我怕會出現另一個生命中的重要戀人。」

書上不都是這麼寫的嗎？曾經相愛的人，在男友出國好些年後，女主角等不了了，就會隨意嫁人。而那人在婚後就會變得體貼無比，體貼到女主角漸漸忘了曾經那段刻骨銘心的愛戀，愛上了與她結婚之人。

雖然她很不想移情別戀，可萬一真有那麼個人出現呢？

見男人還在不動聲色的看她，她又道：「你知道戀人不？就是愛人。你跟我現在雖是夫妻，卻不是戀人，因為我們沒有談戀愛！」

說著，她又似想起般。「對了，這個地方沒有談戀愛一說，談戀愛就是一起拉拉手啦，一起散散步啦，一起吃吃飯啦，一起親親嘴啦。咳！」

「當然，有必要，混熟了時，也可以一起滾滾床啦！」她一本正經的說完，又看著他道：「我與你雖是夫妻，可一沒牽手——」

男人心道：剛就牽過。

「二沒散過步。」

男人挑眉。前幾天還一起上集、一起住店，怎就沒散過步？

「三雖是吃了飯，卻不是約會飯。」

約會飯？

「這四麼……」女人哼笑。「我都不好意思說了，別說親嘴，連親臉蛋都沒有過哩。」

……確實。

女人不說了，只認真看著他道：「這第五條滾床，咱就不論了。」

趙君逸沈默的聽她講完，將手中清洗完的衣服放入一邊的盆裡，起身，端著大木盆，就向後院專門倒水的排水溝走去。

李空竹看著他走遠的背影，忍不住嘆了聲。「革命尚未成功啊！」看來還得努力啊！

待衣服洗完，將之晾在從屋簷下拉到木柵欄處的繩子上。

她見時辰已然不早，已是到了做晚飯的時候。晚飯煮了粥，白菜是中飯後就醃好的，放點辣椒油拌拌，也算是道不錯的小鹹菜。

待吃過飯後，晚上就準備為了過年的燉肉和蒸饅頭。她不會太多的花俏，就簡單的將發好的麵團搓了個圓饅頭。

小屋裡的兩個灶，她用來燉肉和蒸饅頭。等到豬頭肉滾開和饅頭上籠後，李空竹又拿出買來的生瓜子、花生，打算炒一炒，便將外面的灶燒起來。待到將瓜子和花生都炒脆生了，這肉跟饅頭也蒸好了。

起了籠，又將肉放涼，將鍋洗淨後，這一天就算過去了。

晚上洗完臉腳回屋時，見男人又在打坐調息。

她問了聲。「當家的要不要吃點東西？饅頭我已經蒸好了，花生、瓜子也炒脆生了，若是要吧唧嘴的話……」

「時辰不早了，還吃那些東西做甚？」男人無奈的睜眼看著她。

起了身，將放在炕上的被褥拿過來，開始為她鋪床。

李空竹有些愣怔的看著他那頎長的背影，在昏黃的油燈下顯出了一層朦朧的光暈。有些晃眼，又有些不真實的虛幻感。

她輕步上前，立於他的身後，並未發覺男人有那麼一瞬的僵直。伸了手，小心的環上他結實而精瘦的腰，不言不語的將臉放在他的後背，閉眼，享受這難得的安寧。

男人有些無奈的勾動了下淡粉薄唇，伸手將她鎖於自己腰間的手拉下來。「別鬧了，快些睡覺。」

「當家的。」

「……嗯？」

女人搖搖頭，從他身上退出來，咧著嫣紅小嘴，衝他笑得明媚豔麗。「沒什麼，睡吧。」

「……好。」男人看著她的眼裡是說不出的幽深漆黑。

女人脫鞋上炕，躺在他為自己鋪好的炕上，衝他招手道：「快點睡吧，明兒可有得忙活哩。」

「嗯。」男人不慌不忙的將油燈熄滅。上得炕來時，就見女人已經側身在看著他了。趙君逸睜眼平躺著，儘量忽視掉那雙黑暗中還在閃爍的翦水雙瞳。心中不知嘆過多少回氣，他閉了眼，讓呼吸變得綿長起來。

李空竹聽著他的呼吸聲，慢慢也跟著閉眼，努力的跟著他的拍子，悄然的進入了夢鄉。

夢裡，她將她未說完的話說出了口：當家的，要不咱們圓房吧！

第三十二章

翌日一早，李空竹起身後，就熱了幾個饅頭出來，做了精米小粥，配的是雞蛋跟小鹹菜。

將吃完，隔壁大房、二房的趙金生、趙銀生就來了。也沒別的意思，就是問著給爹娘祖宗上墳這事。

李空竹倒是忘記買紙錢了，當著明面又不好說，只說讓他們先去，他們過一會兒再去。

趙銀生有些不是味兒的酸了幾句，趙金生則囑咐幾句別耽擱時辰後，便拉著趙銀生走了。

李空竹等他們走遠，才回屋拿了兩串錢，問趙君逸：「有多少墳頭需要祭拜？要買多少刀紙？」

「買六刀吧。爹娘四刀，其餘兩刀即可。」

李空竹點頭，走出去時，並未留意到他眼中一閃而逝的悲意。

待從村中雜貨鋪子買回了紙，又切了刀頭肉，拿了幾個饃，用碗裝好後，讓他拿去墳頭祭拜。

待送走他，李空竹又趕緊貼對聯。廚屋、雞舍，連茅廁都不放過，全貼上去，只餘大門沒有貼，想著等趙君逸回來時由他來貼。

昨兒她只煮了肉，今兒開始燉排骨，整配菜。將乾菜泡水發了，又整了圓蔥跟土豆這些冬天常見的菜。待大骨燉好，又開始切生肉，剁起了餃子餡。

由於院門沒關，趙苗兒就自發的走進來，尋著剁得嘣嘣響的聲音，去了小廚房。看著李空竹，用奶聲奶氣的聲音，雙手作揖的給她拜了個年。「三嬸，過年好！」

「噯，過年好。」李空竹停了剁肉的手，看著穿著一團喜氣的趙苗兒，趕忙擦淨手，拿了個乾淨的碟子出來。

裝了點山楂條跟山楂糕，又從密封的罈子裡，抓了幾把昨兒炒的炒花生跟瓜子；再去主屋端了張長條凳，將碗放上面，讓趙苗兒坐在凳子上吃，而她繼續剁著餡料。

「三嬸，您剁餡啊？」

「嗯哩！」

「啥餡啊？」

「豬肉白菜餡。」

「俺娘也在剁豬肉，昨兒還燉了肉，可香了。」趙苗兒吃著邊角料的水晶糕，點著小腦袋，比劃著燉了多少肉。

李空竹聽得好笑，不經意的開口問：「咋妳一個人來了，泥鰍哩？」他倆年紀相當，不是經常玩一處嗎？

「唉！」小娃子小大人般的嘆道：「昨兒讓大伯娘打了。」

打了？李空竹皺眉，這才想起昨兒聽到的小兒哭聲，不由得心生憐意，覺得那娃子還真有些可憐。

「大伯娘可恐怖了。」趙苗兒一說到鄭氏，就忍不住打了個顫。「她那裡這樣、這樣，嘴給裂得好開好開哩，看著好嚇人！」小小的趙苗兒沒法形容，只得將兩隻小手放嘴唇上，不停扳扯著給她看。

「嘴裂？」

「嗯哪！話都說不清楚了。俺娘說，還沒俺清楚哩。」說到這兒，她又很驕傲的挺了挺自己的小胸脯。

李空竹則想著鄭氏嘴裂一事。這是怎麼回事？難不成將嘴巴豁開了？想像了一下被豁開的大嘴，李空竹不免哆嗦了下。

正忙活著呢，趙君逸祭祖回來了。

不知是不是李空竹的錯覺，雖只有那麼一晃眼的工夫，卻覺得他的身形看起來似透著股陰霾。該不會上山時跟趙金生兩兄弟起口角了？

正猜測著，那邊趙君逸便走過來。「可需要幫手？」

「沒有。」李空竹搖頭，隨即想起，道：「還有大門的對聯沒貼哩，正尋思著讓你來貼。」

男人別有深意的看她一眼。「爹娘才死不足半年。」哪有頭年貼紅對聯的？

「啊！」李空竹好似也聽過。這死了人的家裡，好似三年不能貼春聯吧。「那咋辦？家裡的我都貼上了，廚房跟雞舍還有茅廁那邊。」

「我去將主屋門上的拆下來，廚房跟雞舍無礙。」男人無奈的看她一眼。

李空竹點頭道：「好。」

「三叔——」男人的冷臉總讓小孩發怵，害怕了好一陣的趙苗兒，終是小聲的開口叫了男人一聲。

「嗯。」趙君逸衝她點了個頭，便提腳走出去了。

看著男人出去的背影，李空竹很不滿的嘀咕。「為什麼不早說不能貼春聯？又白白浪費了好些個銅子。哼！」

趙苗兒見她似有些來氣，忙滑下凳子要回家去。

李空竹見狀，就吩咐她將瓜子和花生、山楂條這些兜回去。「若是泥鰍要，妳偷著給他吃點，明兒過來拜年時，三嬸還給妳拿水晶糕吃。」

「真的？」

「真的。」李空竹點了下她的小鼻子。「若有人問，可不許說是三嬸讓的，就說妳給二哥吃的，知道嗎？」

「為什麼啊？」趙苗兒有些不太懂的看著她問。

「因為就是苗兒給二哥的啊，若二哥要吃，妳給不給他吃哩？」

「給啊！」

「那不就是苗兒給二哥的嗎？」李空竹好笑的看著已經被她給繞暈的小傢伙。

小傢伙皺著小鼻子想了想。「對喔！」

「好了，回去吧！」笑著拍了她一下，讓她趕緊回家去。

趙苗兒點著小腦袋，歡快的應了一聲。

「記住了，這是秘密喔！」李空竹在她跑出小屋時，銜她笑得溫暖，拿了根手指，比在嘴邊，做了個噓的手勢。

「噓！」趙苗兒也跟著噓了聲，便踮著小腳向家裡跑去了。

李空竹看著那團小小的喜慶小丸子跑出院，臉上的笑，是怎麼也止不住。

「這般好笑？」男人拆好對聯過來，正巧碰到她笑得毫無防備的樣子。

「是啊，很可愛啊！不覺得嗎？」

見女人轉眼看他，趙君逸便順著她看的方向看去，只見一個小紅團子快速的閃過牆邊。眼神不經意的就閃了那麼一下，再看她時，眼中很是複雜難辨。

李空竹倒沒有說什麼，這事過後，繼續剁起了餡。將剁好的餡料裝盆裡，白菜剁好用鹽醃著，準備等吃過午飯後，再來和餡包餃子。

這會兒燉鍋裡的大骨熬得差不多了，李空竹將切好的蘿蔔放進去，又去凍著的雪堆裡挖了坨切好的凍豆腐扔進去。

中午兩人便就著骨頭湯，吃了碗熱騰騰的手擀麵；下晌則配著大菜和好餡，包起了餃子。

趙君逸不會包，李空竹便要他擀餃子皮。結果擀麵棍到他手中後，那皮是擀出來了，可都是薄的薄、厚的厚，根本就沒法包。

無語的看他擀得還挺樂呵，就拿了張破了洞的麵皮在他眼前晃了下。「當家的，你想讓咱們晚上吃一鍋水湯餃子餡嗎？」

這麼薄，餡一包就破，要煮還得了？

男人其實已經盡力了，這會兒額頭上已有細密汗珠滲出來，哪裡有她說的那般輕鬆樂呵？

從他手中奪過擀麵棍，李空竹無語的著他去一旁待著。

「我自己慢慢來吧！」本想著他跟自己浪漫一回，如今看來沒那麼大本錢夠他們折騰了。

男人倒是沒說什麼，相反的心頭還鬆了口氣，起身下炕，對她說了句。「我去看看柴禾夠不夠？」從明兒開始，得歇好幾天了，柴禾自然要裝滿才行。

李空竹鄙夷的看了他一眼，拿著和好的麵團，揉了揉，撒上乾麵，揪成一個個小小的小圓點。壓扁後，手中拿著擀麵棍，很快速的來回擀了幾下。不多時，一個圓圓小小的麵皮就好了。

兩整蓋簾的量，她直包到下晌未時才包完。將包好的餃子拿出去凍著時，麥芽兒過來串門子了。

兩人相互問著各家的事情，不一會兒，王氏領著孫子也來了。李空竹倒是受寵若驚了一把，直邀他們上炕桌。

王氏笑著拍了自家孫子一把，道：「這小子的娘在收拾哩，我呀，就享受兒孫福。來，給妳三嬸子拜個年。」

「嬸子，過年好！」吉娃很乖巧聽話的給她打了個揖，穿得像個大元寶的大紅衣服，配著那白生生的臉蛋，看著很喜慶。

李空竹捏了下他那小臉蛋，趕忙將家中的炒貨糕點拿出來。「守完歲，明兒早點過來，嬸子給你紅包。」

「好啊！」吉娃拿著水晶糕吃得滿嘴糕渣，聽了這話，興奮的連連點著小腦袋。

王氏點著他的小腦袋，說他是個小財迷。

一旁的麥芽兒也很羨慕的說了句。「看得我都想要個娃子了，到時一過年，就到處去拜年，還有錢拿，多好啊！」

「是該生了！」王氏點頭。「如今你們年歲都不小了，來年聽說還是個不錯的年哩，這要懷了孩子，正好趕上好年頭，多好！」

「是哩！」麥芽兒聽得也有些動心，覺得這回應該能掙不少銀，到時跟當家的商量一下，得準備要個娃子了。

王氏看了眼笑著沒有接話的李空竹，問她：「妳兩口子準備啥時生娃？」

生娃嗎？李空竹眼神閃了一下，不過面上卻是笑了笑，道：「倒是不急，想著待有銀子，修了房再說。如今這個境況，生娃也跟著遭罪呢。」

「有啥遭罪的？」王氏嗔怪的看著她，道：「想如今，這眼看著日子都上來了，該是生的時候了。這人哪，要看妳久了沒動靜，就止不住有那長舌的婆娘，出來說道啥難聽的話哩。」

李空竹笑著打岔，將話題繞開去，一旁的麥芽兒也看出她不想接這個話茬兒，就趕緊找了別的話茬兒來說。

王氏看了，自是明白的順著臺階，跟著岔了話題。

幾人差不多聊到未時末，其間吉娃拿著吃食去村中時，又惹了一幫娃子過來。李空竹也不藏私，讓每人進來都抓了把山楂零嘴跟一些炒貨瓜子。娃兒們得了好，紛紛大著嗓子跟她拜年。

麥芽兒跟王氏都說她還真捨得，瞅那一個個兜子都裝得鼓囊囊的，就不怕自個兒家沒得吃？

「我們兩口子也吃不了多少。」李空竹笑著送她們出門時，接了這麼一句。

王氏知道她這是會做人，想跟她套點近乎，拍拍她的手道：「妳這心性就是軟和，容易招人疼，該是有好日子在後頭哩！」

「那我就受了王嬸這句誇了，到時若真過上好日子，定不會忘了嬸子的好！」

王氏要的就是這麼句話，拍著她的手又是好一通誇後，才慢慢離去。

送走兩人，李空竹看著天色不早，轉身準備做年夜飯時，卻見消失了近一個下午的男人，不知何時已然站在院裡。李空竹沒好氣的白了他一眼。「大過年的，這一下午又上哪兒去了？」

「做飯？」男人並不解釋，而是挑眉相問。

女人不滿的哼唧。「也就吃飯比誰都積極。」

說罷，抬腳向著廚房走去，並未去看後面已然有些黑了臉的男人。

年夜飯的大菜有涼拌豬頭肉、紅燒魚、土豆燉紅燒肉、蘿蔔燉排骨、圓蔥肥鍋肉，再配上骨頭湯，主食是大白饅頭跟精白米。

對於沒有食材的冬天來說，這各個都是大肉菜的，已是相當難得了。

屋裡的兩人盤腿坐於炕上，炕下小黑桌上的油燈，正飄忽的閃著昏暗的光暈。

李空竹看了眼映著光暈的一桌年夜飯，笑著給兩人面前的空碗裡，一人倒了小半碗的玉米酒。舉杯，向對面之人笑道：「當家的，這是我來這兒的頭一個年，新年快樂！」

趙君逸亦是雙手持杯，平舉於前，道了句。「新春快樂。」

李空竹咧嘴笑了一聲，伸手與他碰了一下，一個仰頭，就將碗裡的酒一乾而盡。辛辣的液體滑過喉道，直燒到胃裡，令她整張小臉泛紅。

「來來來！當家的，你是主人，來開這第一筷，我要吃豬頭肉。」興許是白酒助興，這一杯酒下去，令她整個人明媚活潑不少，一雙眼閃著亮光，對他眨啊眨，更是說不出的可愛漂亮。

男人如她所願，挾了根豬耳將要進嘴，女人卻搖頭，很快速的搶了過來。

「給我吃！我最愛有脆骨的豬耳朵了！」說罷，一口將那沾著油亮辣椒油的豬耳送進嘴裡，末了，還伸出舌頭，舔了下那因紅油沾亮的嘴唇。

趙君逸被她這麼個小動作勾得眼神一暗，隨又不動聲色的吃了別的菜。

李空竹拿了個饅頭在手，一邊挾菜吃，一邊又給兩人的碗裡續上酒。

她的酒量還不錯，加上原身做丫頭時，逢年過節都會跟同是下人的姊妹、婆子們吃喝一頓，是以這麼一碗高濃度的玉米酒，還不足以撂倒她。

趙君逸亦是難得高興的陪著她，一邊吃菜一邊喝著暖人胃口的酒，看著她越喝越紅的臉蛋，在燈影的照耀下，顯得尤為嬌豔嫵媚。

酒過三巡，李空竹有些微醺的以手抵額，打著酒嗝，睜著一雙波光瀲灩的水眸，豔若桃李的臉上是從未有過的光亮。「有些小醉哩，怕是不能守歲了。」

男人將碗中最後一口酒飲盡，看她微醺的臉在燈光下閃著異光，不由得心頭大動。垂眸放筷，問她：「可還要添飯？」

「不想吃。」女人搖頭，起身向著搭草簾的炕牆靠去。這酒的後勁太強，讓她這會兒頭有些晃暈得厲害。

趙君逸見她在那兒仰頭閉眼，就心知吃得差不多了，便著手收拾起碗筷。「既然這樣，先睡一會兒吧。家中不用放鞭炮，待到子時，煮鍋餃子便好。」

「嗯。」李空竹點著小腦袋，閉著眼向炕上縮去，蜷成一團，睡了起來。

正收拾碗盤的男人看了，不由得失笑搖頭，手腳很麻利的將殘羹端出去後，又打了盆熱水進來。

洗了巾子，在她臉上抹了一把。熱熱燙燙的巾子抹臉，讓正閉眼打呼的李空竹很不滿了一下。

見她揮手來打，男人就捉住她的柔荑，極有耐心的道了句。「且洗把臉再睡，舒服點。」

「嗯……」

女人不耐的哼唧著，濃濃的酒香呼出，噴灑在他喘著酒氣的鼻息間，兩股酒香纏繞間，竟讓他開始愣神，直直的盯著她那半張的嫣紅小嘴。

有那麼一瞬，他竟想不管不顧的就那樣低下頭，狠狠的噙住那透著光澤和無聲邀請的豔紅唇瓣。想著的同時，他確實也這麼做了。低下頭，聞著她噴薄而出的酒香氣，男人的腦子開始晃起了神。

女人很不耐的翻了個身。這一翻身，立刻將晃神的男人驚醒過來，那快要落下的薄唇，不期然的擦在了她豔紅嬌嫩的臉蛋上。那種一瞬間的軟綿麻癢，讓醒神過來的男人又再次愣怔了下。

搖頭失笑，將巾帕扔進盆裡，拉著被子給她搭在身上，見沒有枕頭，又怕她不舒服，就拿過枕頭放於炕頭，對她拍了拍，道：「睡枕頭，這樣蜷著不好。」

「嗯——」女人又翻過身，正臉朝著他。

男人已不想再去看她那紅透的小臉，怕把持不住，只得將視線移開。連著拍了幾下，也未見她有反應，只得嘆息著脫鞋上炕，準備將她抱移到枕頭那邊。

這才脫鞋上炕，手還未觸到她，就見女人突然快速地猛撲過來，一把強摟住他精瘦的腰。

將酡紅的小臉埋於他的心口蹭啊蹭，差點令他心跳失控的跳出了嗓子眼。

「當家的——」獨有的女人低吟軟噥。

趙君逸失笑，伸手無奈的在她肩上拍了一下。「當真狡猾至極。」這個小狐狸，還真是無時無刻不算計自己。

「嗚……」女人搖頭。她才不狡猾，她只是有些暈醉，在假寐而已，明明就是他情難自禁，對自己起了非分之想，怎能怪她呢？

仰著頭，一雙秋水之眼，就著昏暗的燈光，閃出的波光令男人心頭又是一緊。喉結滑動，竟是想就此伸手遮去她眼中迷人的水光。

李空竹半張紅唇，輕吐帶著酒香的氣息，看著他，問得極認真。「可有喜歡我？一點點，一點點？」

見她又伸手在比，男人終是無奈的伸手，將她的纖手包裹在手心裡。

鬼使神差的，似真亦像是在安撫已醉的她一般，低嘆：「……有。」

李空竹咧嘴勾笑，笑得燦爛無比，看著他的眼中簡直有如百花齊放般的春暖花開。下一刻，她將頭狠狠的埋於他的心口，抱緊他的腰，眼淚不自覺的流出來，打濕了他胸前的衣襟，燙進他難以自持的胸口。

「喜歡就好……」她喃喃著。只要不是她一廂情願就好，有喜歡就好！想著的同時，又緊抱了一分他的腰身。

男人伸掌，僵停在半空一瞬，終是愛憐的將手放於她的頭頂。一手環過她的纖腰，用力將之往懷裡帶。

罷了，罷了！終歸還是輸給她了。

得了他回應的李空竹，眼淚流得更加洶湧了。從開始的靜哭，到中間的出聲哭，以至於到了最後的嚎啕大哭。

男人無奈至極，不得不將她提出了懷抱，低眸看向胸口那處被水漬打濕的地方，對她極無奈的說了句。「今日過年。」

「嗚嗚……嗯，我知道了……」女人抽泣著。不管他還提著自己的後頸，酡紅著小臉，伸了手又要回到他的懷抱。

男人疼惜的將她的眼淚抹去。「哭，不好。」

「嗯、嗯。」某女直點頭。她也知道哭不好，可她就是忍不住嘛，就像多年的等待終於有了結果，這怎能讓她不激動嘛！

看她還在往懷裡鑽，男人無語的挑了下眉頭。「不是要睡覺？」

「我想在你懷裡睡。」賴著就要上前去。

男人卻極淡然的將她扯到一邊。「我要打坐。」

女人有些不甘的咬唇看他，見他已然不想理自己，又開始打坐了，就不甘心的爬跪到他面前，仰著小腦袋，盯著他看。

男人不理會她，只道了句。「趁著子時未到，快睡會兒吧！」

第三十三章

待子時一過，就會響起此起彼伏的鞭炮聲，再加上串門子拜年的熱鬧勁頭，哪還有睡覺的時間？

李空竹盯著他淡粉的薄唇，越離越近，近到都可以聞到彼此的呼吸打在各自的臉上。

男人心下緊了一下，睜眼時，只不動聲色的看著她，道：「何意？」

「喜歡我對吧！」剛剛他說了，她也聽到了，休想賴了去。

男人挑眉，並不說話。

女人亦不在意，反正她就是聽到了。即便要賴，賴來的也好，反正她就是賴上了。盯著那很是好看的薄唇，女人很沒品的嚥了嚥口水。「我覺得我們進展有點慢，要不來點快的？」說著的同時，就一個狼撲，撲了過去。

可惜男人早有防備於她，見她撲來，只稍稍一個偏頭，就將她那張朝前嘟的嫣紅小嘴，連同她的小腦袋，那樣直直的向著他的肩膀磕去。

被他硬邦邦的肩頭磕疼的女人，眼淚差點沒飆出來。蹭在他的懷裡，不肯起身的耍賴道：「你磕疼我了！」

「起來。」男人伸手，又來提她的後頸。見女人又是一個勁兒的狼撲樣，乾脆將她提在半路，不讓她近前，任憑她張牙舞爪，只淡淡道：「暫時不要做危險之事。」

危險之事？什麼事？她不過想跟他接個吻而已，哪就危險了？

男人提著她，將她挪到一邊鋪好的炕褥那裡。「睡覺！」

見她不依的又想起身，就挑了一側眉峰看她。「想我收回？」

好吧……女人癟嘴。他夠有種，說出的話比放屁還容易，居然還有回收的。翻著白眼，恨恨的鄙視了他一番，女人終究乖乖的邊打酒嗝，邊朝炕上躺，閉眼沈睡了過去。

男人見她打呼，就知這回是真睡著了。看了眼她酡紅的小臉，又看看自己浸濕的胸口，苦笑地捂著胸口搖頭。「真真是……」

終究沒逃過她一層又一層織下的網。

這一覺睡得不是很久，待到子時，村中家家戶戶都爭搶著這新年的頭一炮，也因此，那噼哩啪啦的聲音，接二連三的不絕於耳。

彼時被鞭炮聲吵醒的李空竹，揉著眼睛，晃著還有些暈的頭，迷迷糊糊起身出屋時，正好看到男人端著一蓋簾的凍餃往回走。

忙走過去，伸手就要接過來，不想男人看到她還在打晃的樣子後，就搖搖頭。「無須。已經燒開鍋了，妳且在屋子等著就是。」

這麼好？李空竹嘀咕著掃向他淡然的臉色，點點頭，轉身，又回了主屋，倒在了炕上。

本想再閉眼瞇一會兒的，可外面還持續響著的鞭炮聲，吵得她心頭煩躁，哪還能睡得著？不得已，只得半睜著眼，無力的仰著小腦袋，等著那餃子出鍋。

男人的動作很快，不過一刻多鐘就端了盆餃子過來，擺了碗，又拿了點陳醋。

李空竹只吃了幾個餃子，就再不想吃了，將筷子一甩，眯著眼，又順勢倒了下去。實在是酒的後勁太足，她頭還暈得很。好在這時鞭炮聲響也沒多少了，正是補眠的時候。

男人亦是吃得不多，見她睡了，就收拾著端了盆子出去。再回來時，看了眼她睡後的睡姿，又給燈盞裡注滿桐油，將燈芯撥亮後，才跟著上炕睡了過去。

天未亮，年初一的早飯就得早早的準備了。

李空竹撐著身子起來，沒多大精神的只簡單的熱了幾道菜，將頭天晚上未動的魚又搬上桌。

才把飯吃完，來拜年的村中小兒，就已敲響了門。

聽到聲音的李空竹，打起精神，趕緊將用紅紙包好的紅包拿出來。山楂、花生和炒貨這些，自是一樣不少的裝滿大瓷碗，擺在了炕桌上。

去到院裡開門，領頭的吉娃率先給她打揖，道了聲。「過年好啊，三嬸子！」

李空竹笑著喚了聲。「過年好！」就招手讓他們快進屋。

半大的小娃子們，不管男男女女，全衝進去。看到李空竹擺在炕桌上的幾樣吃食後，都笑鬧著上前去抓其中最讓人惦念的三樣山楂零嘴。

吉娃因為常吃，這會兒就顯得沒那麼急躁了，只規矩的抓了半兜就不抓了。其他的小兒雖也很眼饞那三樣，到底顧著規矩，都沒敢將兜子裝太滿。

拿著東西說完恭喜後，李空竹又給每人發了一個紅包。雖裡面只有二文錢，可於這幫小娃子們來說，那可是筆大錢了。

要知道沒有親的家裡，去別人家拜年，給小把瓜子就不錯了，哪有像這位嬸嬸這麼捨得，居然還給了大紅包。這得了錢的眾娃子們，一蹦三尺高的大叫著，嘴裡的吉祥話就跟流水似的，一句一句的不停往外冒。

就連辭別要回家了，嘴裡還親親熱熱的嬸子不斷。

李空竹被他們這一鬧，倒是鬧得精神了不少，很高興的送走他們後，就迎來了隔壁的三個娃子。

趙苗兒打頭陣，趙鐵蛋一雙眼骨碌轉，趙泥鰍白著小臉，有些怯怯的看著她。

李空竹讓三人進院。進了屋，跟趙君逸坐在炕的上首。

待三個小兒給兩人打揖後，就給了一人一個十文的紅包。

趙苗兒捏著那鼓囊囊的紅包，小臉上是怎麼也抑制不住的興奮，道：「三嬸，您比俺娘都給得多哩。俺娘昨兒晚上就給了俺兩個子兒！」

她以為那就是最多的了，卻不想，三嬸這個才是最多的。雖不知這是多少，反正就是比她娘給得多。想著雜貨鋪子裡的桂花糖，怕是能買好多哩。

李空竹笑著摸了下她的小臉，又招手讓趙泥鰍過來，拿著桌上三樣山楂零嘴，每一樣都抓一大把，放進他胸前掛著的小兜裡。「來來來，過年了，三嬸給你多裝點。」

趙泥鰍有些怯怯，不過看她的眼神是從未有過的孺慕。待她將兜子給他裝滿後，就低著頭低低的說了聲。「謝謝三嬸。」

李空竹點頭。雖很不想理他身後的趙鐵蛋，還是揚著笑，並未差別對待，讓他近前來，自是又親手給他裝了滿兜的吃食。

趙苗兒一旁看了就有些吃味，跑過來，搖著她的手臂道：「三嬸、三嬸，那俺哩？」

「妳個小饞貓，三嬸哪會虧了妳的嘴？」

笑著下地，彎腰將她抱上炕，讓她挨著桌子拿。「哪，桌上的東西妳任意選，能裝多少就裝多少。裝吧！」

「好！」趙苗兒開心的拍手，伸手就開始大肆抓了起來。

趙泥鰍看了，眼中別提有多羡慕了。

一旁的趙鐵蛋哼哼著，等趙苗兒將東西裝完後，就說了聲。「快走吧，還要去別家拜年哩！」

「如今能拜年？」家中老人橫死不過半年，哪家願意他們登門？按說今兒這些來拜年的小娃子都不該來的，可架不住小娃子嘴饞，都跟著吉娃過來了。

李空竹之所以能給每人發二文紅包，為的就是那群娃子在回家後，家長能看在紅包的分上，少罵娃子的不知事。

趙鐵蛋的臉紅了紅，衝著她就是一梗脖子，道：「關妳啥事？又不要妳去拜。」說著，轉身就衝出了屋子。

李空竹倒是沒覺得什麼，將趙苗兒放下地後，囑咐他們快回家。

「三嬸要補會兒覺，你們先回去，待以後有空再來，成不成？」

得了東西又得了錢的趙苗兒自是好說話得很，擺著小手，小大人的說了句。「那三嬸您睡吧，俺們先回了。」

「噯，真是個知事的乖小妞。」李空竹笑著摸摸她的頭。

得了誇的趙苗兒，喜孜孜的拉著趙泥鰍出了屋。

李空竹將他們送出院，關了院門後，就快步回屋。見男人坐在炕上，盤腿正沖著熱茶喝。她趕緊脫鞋上炕，一把朝他撲過去。

男人被她撲了個措手不及，端著茶碗的手晃了那麼一下。見她緊勒自己腰不鬆手，也就任她去。

見他沒推拒，李空竹心頭簡直跟吃了十萬顆糖似的，甜蜜的種子不停發芽，不停在心中滋長，簡直都快將她的心給融得沒邊了。

「當家的！」

「嗯。」

「你昨天晚上有說喜歡我對吧！」雖說她有些醉了，可她的酒品可是很好的。她記得，都記得！連他要「流氓」親了自己的事情都記得。

男人不語，低頭喝了口茶。

「是不是嘛？」見男人不回答，女人摟著他的腰身又緊了一分，不停的搖著，只想再確定一遍答案。

「想聽？」

「嗯！」

男人啞然失笑的將杯子放在炕上，伸手將她蹭亂的頭髮別於耳後，勾起了半邊薄唇，看向她的眸子是前所未有的黑亮。「不知。」輕淡沙啞的話音擦過她耳際，之後又壞壞的勾起一邊的嘴角。

李空竹愣了一瞬，下一刻，則如那炸了毛的小貓一樣，跳出他的懷抱。「不知？你是什麼意思？你這是穿上褲子就不認帳了不成？」

「……」

「趙君逸，我告訴你，沒這麼便宜的事。」她一臉凶樣的向前，湊近他。「你昨兒可是有非禮於我，我雖醉了，可腦子清晰著，你別想賴帳！」

某男有些不自然的咳了聲，轉過眼，只道：「醉了。」

「醉了？」女人聲高八斗。「你是啥意思？一句醉了就想完事？哦，照你這麼一說，那些醉後失態搞強姦的都是醉酒惹的事嘍？怪酒嘍？」

男人黑面，女人不依，上前就揪著他胸前的衣襟，開始不停耍賴磨著。「我不管、我不管，你有說的，就是有說喜歡我，你就是有說過，你再說一遍嘛，再說一遍嘛！」

男人任她在懷裡磨著，嘴角勾動一下，就是不如她願的再說第二遍。

在他懷裡磨了良久的女人，終是沒等到他的第二遍，很不爽的又在他懷裡賴了一陣，臨近中飯時，又對他鼻子不是鼻子、眼睛不是眼睛的哼了幾哼。

「我不管，你休想再賴！」要再敢賴，當心她又使瘋招出來。

看著她氣鼓鼓出屋的男人，不禁搖頭失笑。他何時要賴了？不過是覺得沒有重複的必要罷了。

當然，說喜歡容易，可若論相守的話……想著自己有所隱瞞之事，趙君逸不由得眼神悠遠起來。

初二是回娘家的日子。

對於趙君逸不肯說第二遍之事，李空竹也沒打算再追究下去。一大早就將自己圍了個嚴嚴實實，提著籃子關了院門，冒著又開始飄著小雪的天氣，向李家溝出發了。

趙君逸領著她走在前面，李空竹很不滿的就要去勾他的手臂。當作看不見他眼裡的無奈，一定要這樣賴著與他並肩走著。

當初嫁來時，自己蒙著蓋頭坐牛車，都用了近一個時辰，如今雪過膝蓋，踏走在這漫天雪地裡，走得是十分艱難。

男人見她死摟著自己，走得氣喘吁吁，就不由得好心提醒道：「妳走後頭，走我踏過的腳印。」這樣好走不說，她也不用再陷一次。

李空竹伸腰喘氣的點點頭，又見他伸手來提自己手中的籃子，眼中就滿意的一笑，跟在他身後，踏著他踩出極大的腳印，嘀咕著。「就不能多說一句嗎？怎就這般悶葫蘆。」

男人故作沒聽見，不緊不慢的踩著鬆雪，一腳下去，故意向前多踩半步，這樣一來，她在後面走得也甚是平穩。

兩人走了近兩個時辰，到李家村時，已經是晌午頭了。一進村裡，彼時家家戶戶都冒著白煙，村口有幾個小兒在放炮仗，看到他們時，皆好奇的睜大眼來。

有小兒認得李空竹，立刻就大跳著指著她喊。「李家爬床的丫頭回來了！」

「啊！」其他小兒聽到他喊，皆圍攏過來，紛紛盯著她轉。

趙君逸臉色有些冷，走上前將李空竹擋在身後，看著那幾個小兒，用冷眼一一掃過。

小兒們被他高大的身軀和那毀容的顏面，給嚇得紛紛縮著脖子往後退，再不敢靠前去。等到他們走遠，有那好事的小兒，則轉動著眼珠，向著家的方向跑去了。

李空竹循著記憶，到了一處村中的宅院。

院門是老舊的原木板門，那上面刷的漆掉了不少，另還有些被蟲蟻蛀過的不少蟲洞，也分布在門板上面。

伸手，敲門。咚咚聲，引得屋裡的人很快應答著。「來了！」

隨著嘎吱一聲，郝氏那張熟悉又陌生的臉就出現在眼前。看到他們，郝氏率先揚了笑，讓兩人進院。「咋這會兒才到，還以為不來了。」

「自是該回來一趟才對，三朝都未歸過家門哩！」

說起三朝歸寧，郝氏就想到了上回去找她之事。自家二閨女為了尋一門好親，想占了她那糕點方子，雖說沒得逞，可面上還是有些不大自然，尷尬的笑了笑。「趕緊進屋暖暖去，這雪眼看著就要大了哩。」

李驚蟄正在自己屋中，數著從村子裡撿回的落地鞭炮。聽著院裡傳來的熟悉聲音，立即將手中的鞭炮扔在炕上，快速的開門跑出去。「大姊，妳回來啦！」

「噯！」李空竹招手讓他近前，伸手就從腰間摸了個紅包給他。

趙君逸見此，亦拿了個紅包給他。

一下得了兩個紅包的李驚蟄，很開心的給兩人打了個揖。「大姊、姊夫，過年好啊！」

「你也過年好。」李空竹笑著摸了下他已束成單個的小包子頭。

李驚蟄抬眸，有些不好意的撓撓頭。看到趙君逸提著籃子，趕緊伸手要去接。「姊夫給俺吧，俺幫你拎進去。」

「有些沈，不用。」

一臉冷然的趙君逸錯開他的手，他也不惱，直接去扯李空竹的袖子，就要把她往屋裡請。

「大姊，妳先進屋上炕，俺去抱點柴禾過來，把堂屋的小炕再燒熱點。」

「倒是不用忙了。」李空竹上了臺階，拉著他與她一齊進屋。

一旁先頭招呼他們的郝氏，在這一刻倒顯得有些多餘起來。盯了眼小兒子，笑著嗔罵。「你這成日就盼著你大姊的，這一回來，就跟那沒束縛的猴兒一樣蹿騰哩。」

李驚蟄嘻嘻一笑。「誰讓大姊對我最好。是吧，大姊？」說完，他還轉頭跟李空竹擠眉弄眼了一番。

八歲大的小兒，正是好玩的時候，他這一動作，倒是讓旁邊的趙君逸冷了臉，伸手扯下他的後領，將他扯離李空竹的身邊，遞了籃子上去，道：「裡面有糕點、炒貨，看中哪樣，只管吃便是。」

一聽到糕點，李驚蟄饞得口水都流出來了，也不惱他將自己扯離自家大姊身邊，籃子提過去就開始翻找起來。

幾人進到屋裡。

李梅蘭不知從哪兒迎過來，識趣的揚了個尷尬的笑，叫了聲。「大姊、姊夫。」

李空竹照樣給了個紅包，不過趙君逸卻沒有像給李驚蟄一樣，再給她一個。他不動聲色的去上首的小炕處，伸手摸了下那炕沿，不怎麼熱。

轉頭對已經翻出水晶糕在吃的李驚蟄道：「去拿點柴禾來，炕不熱。」走了這般久的路，又迎著雪，不說上一碗熱薑湯，竟是連炕都是溫的。

趙君逸不動聲色的掃了眼那拿著紅包，滿臉不滿的李梅蘭。

李梅蘭見他不但只給了一個紅包，還拿冷眼掃她，就不由心頭氣憤，想酸個兩句時，旁邊的李驚蟄卻很大聲的道了句。「好嘞，我這就去抱柴禾！」

「當柴禾不用人去砍嗎？」李梅蘭到底沒忍住的酸了出來。

李空竹只挑了下眉頭。

郝氏趕緊招呼她上炕去暖著，掀了連著後廚房的門簾，進去又給兩人倒了兩碗熱騰騰的水出來。

李空竹不經意的掃了一眼李梅蘭，見她手拿紅包，在下首放著的籃子裡不停的翻翻找找著。

趙君逸則推著熱水碗，對她道：「先喝口熱水。」

李空竹回眸，對他甜笑的點頭。

一旁的郝氏見他夫妻倆恩愛，放心不少。

當初雖對這大女兒失望得不得了，也煩她不少，可真正讓她嫁這麼個人，還是有些愧疚的；可若不嫁，自己的二女兒和小兒子咋辦？眼看二女兒就要說親了，不嫁也得硬逼著嫁啊。

「晌午我發了麵，家中還有餃子，看你們要不要吃包子啥的？家裡還有些鮮肉，若要吃，我這就去剁了餡。」

「那點肉哪夠啊？再說大姊、姊夫都跟人開店了，想來這大魚大肉也吃膩煩了吧！」李梅蘭拿出塊水晶糕在手中掂著，看著他們笑得很是討好。

「大姊，這可是妳店中所賣之物？」

李空竹不動聲色的喝著熱水，對於她拿著的水晶糕，只輕點了下頭。「還未正式開店，待初六過後，正式開張。」

說完，趿鞋下炕，對郝氏道：「晌午飯隨便弄點吧，一家人，用不著太好。我來幫手！」

郝氏擺手不讓。「妳來就是客，只管坐著歇著就成。蘭兒，妳來幫把子手吧！」一會兒還有事兒相求，可不能在這個節骨眼上惹事。

李梅蘭心頭冷哼了聲，將那水晶糕又扔進籃子裡。「知道了！」

看著兩人進了廚房，李空竹又坐回小炕上，見對面男人不緊不慢的樣子，就問：。「你咋不把紅包給她？」又不是沒往他身上揣錢，沒看到那丫頭臉色都不對了嗎？

「心術不正之人，何必浪費銀錢？」他挑眉看她。

李空竹卻衝他聳了下鼻子。「小氣！」

對於李梅蘭不喜自己，還有心眼多這事，她倒是不大在意，反正一年到頭也看不著幾回。再說了，自己一個心理年齡近三十的人，何苦跟她這麼個小兒計較？

男人聽得心頭啞然，只覺她有時太過心大，對於什麼都不太計較，也不知她從前是生長在怎樣的環境？

第三十四章

這時李驚蟄抱了柴禾進來。

他去了炕的一側點燃火後，就起身，坐在炕邊，拉著李空竹的袖子問：「大姊可還覺得冷？若真冷的話，去我屋裡吧。娘對俺還算疼愛，一整天俺那屋子都暖呼呼的。」

「男女七歲不同席，你一句去你屋子，這像什麼話？」一旁的趙君逸在他把撒嬌的話說完，就忍不住冷臉的斥了這麼句。

李空竹白了他一眼。這話說的，他一個八歲小兒，自己還是他姊，能出什麼逾越之事不成？

「不過是大戶人家中的爛規矩，咱們鄉下人哪有那般多的講究？」回頭拍了拍有些驚著的李驚蟄。「別聽你姊夫的，那是有錢人玩的遊戲，咱不跟了那風啊。」

趙君逸有些冷面，特別在她說大戶裡的爛規矩時。

曾幾何時，母親便是那般事事極愛講究規矩之人，自己從小便受著她如此的教導，這女人卻說那是大戶裡的爛規矩？

他眯眼，心裡有絲不悅滑過。「聖人有云……」

「當家的，你可讓我喚了你相公，抑或是夫君？」李空竹轉眸認真看他。

趙君逸瞬間清醒，低笑一聲。也對，如今的他有什麼資格說規矩之事？垂了眸，不再開口，低頭繼續喝起茶來。

李空竹見此遲疑了下。她明白這話是過了，但剛剛不過是一句無心之失罷了，見他硬要拿規矩的論調來說教，就有些不滿的將自己懷疑他的身分問了出來。

這個時代，是個連叫老公的方式，都得隨著身分高低來喚，那他又屬於那個身分？看了眼那低眸不再開口的男子。

李空竹也懶得再去管。若想說，他自會說出來，胡攪蠻纏，反倒惹他不喜。如今自己才與他近了一步，可不想再鬧僵了去。

她拉著李驚蟄坐在炕上，問了些他的近況。這小子倒是活潑，說自己成天不是吃就是睡，有時家中沒柴了，會幫著去山上撿起柴禾回來。

「冬天是最清閒的時候。待過完年，開春後，那冬小麥長起來，連那草也都跟著瘋長哩，到時可有得忙了。這過後還得育秧苗、備玉米種的，得一直忙到近六月。」

李空竹見他小小年歲就能扳著指頭，將一年四季播種的農作物記得牢牢，就不由得驚嘆了聲。

「倒是好記性！」

「能不好嗎？俺年年都幫著下地呢。」

李空竹揪了下他的包子頭。「有想過長大幹點啥沒？」

「能幹啥？」李驚蟄被她揪住自己束頭的包子，也不著惱，疑惑的看著她道：「家裡還有七畝地等著俺長大哩。娘一年年的老了，到時俺把地種得肥肥的，賣糧錢，發家致富，就能讓娘享清福了。」

李空竹聽得好笑，也不反駁他。「這也算是有志向，你可得好好學著種莊稼啊，說不得以後大姊還得靠你幫著種地哩！」

「真的？」

「真的！」

正拿著抹布從後廚房出來的李梅蘭，聽了不由癟嘴道：「如今都開上店了，她當然不用種地了，到時由得你當苦力去！」

「還是地值錢。」李空竹皺眉看她。

「我也沒說地不值錢啊！」李梅蘭抹著桌子，哼唧道：「這不是地主跟長工不一樣嘛。」地主有錢只說嘴就行了，這長工才拿多點錢？累死累活還要挨罵，真當人人都是傻子哩！說嘴的活兒誰不想幹？

李空竹是懶得聽她的酸言酸語，拍著李驚蟄下炕，讓他自己去玩，她也跟著趿鞋下炕，衝著後廚喚著。「娘，可是飯菜好了？」

「噯，好了哩！」

李空竹聽罷，掀了簾就去往後廚幫著端菜。李梅蘭跟在身後，眼神裡是說不出的嫉恨。

當菜上桌，眾人按著輩分就座。由郝氏開了筷，眾人敬過酒後，一家人還算和樂的吃起來。

飯後，李空竹與郝氏去東屋說些體己話，趙君逸則隨著李驚蟄去幫著找活兒做。

東屋裡，郝氏拍著李空竹的手，讓李梅蘭將炒貨這些抓上來。「家中沒啥吧唧嘴的，就秤了點炒貨，妳嚐嚐香不香，是娘自己炒的哩！」

李空竹就勢剝開幾顆小瓜子，點頭說著：「還不錯！」

「跟大姊家的怕是差遠了吧！要知道這山楂糕都做成透明樣了，看著都誘人，還不知那味兒咋樣哩？」李梅蘭說著就把籃子裡的水晶糕拿了兩塊出來。

「娘妳嚐嚐，剛我嚐了一點，可是比那鎮上的山楂糕都好吃不少。」

李空竹聽她這話，就想到了前段時間，她想要了那山楂糕方子的事。

不動聲色的見郝氏咬了口，就聽她連連點頭道：「嗯，不錯，好吃哩！」

「二妹的親事咋樣了？」該不會還打著這主意吧！

郝氏聽得起了幾分尷尬。「蘭兒妳先出去，我跟妳大姊說說。」

「有什麼好說的！」李梅蘭不屑的甩了甩手帕。「不就是快跟那秀才家黃了嗎？如今我大姊眼看都要開鋪了，又做了大生意，我還愁找不到好的夫家？妳說是不是，大姊？」

李空竹抬眼笑看著她道：「妳想找啥樣的夫家得由娘說了算，我一個出嫁的姊姊能作得了什麼主？」

「不是說長姊如母？怎麼，這麼快就忘了自個兒說的話了？」李梅蘭很嘲諷的看她一眼。「我可記得清楚的呢，就盼著大姊這個做母親的，給我找個好婆家。」

看她有些氣急的在那兒不停扭著帕子，李空竹轉眼看向強撐著笑容的郝氏，道：「娘，妳聽著這話不覺不悅？妳可好好的在這兒喘氣哩！」

「李空竹！」李梅蘭終是嫩了點，幾句話就被人給激出了原形，在那兒扭曲著臉，氣急道：「也不怕實話告訴妳……」

「蘭兒！」郝氏不贊同的看她一眼。

「娘！」李梅蘭不依。

「姑娘家家的，妳先出去。」就她娘那麼個軟弱性子，如何是李空竹的對手？她那親事還要不要了？

李空竹也算是看出來了，別有深意的看著那焦急不已的李梅蘭，道：「這麼急，到底讓人覺得掉了身價。」

「妳又能好到哪兒去？」李梅蘭怒道：「我好歹是明媒正娶，正經過禮。妳呢？在府裡有著好的福氣不享，自甘下賤的去爬主子的床。如今連嫁的跛子，也是娘收人二兩銀子賣出去的，妳又能高到哪兒去？」

「蘭兒！」郝氏來了氣，趕緊去看一旁的大閨女，見她神色淡然，一點也不像有啥事的樣兒，就不由心慌得沒底。

「妳這是說的啥話，妳跟妳大姊不都是我肚子裡出來的？當年要不是妳大姊，妳爹能拖著活那麼久嗎？這些年沒餓著你們，也是有妳大姊的月例供著。妳這孩子，怎得了好就不認人了？」

「我認什麼？要我對她感激一輩子不成？」李梅蘭紅了眼。「就算再感激，能拿了我的人生大事來感激嗎？不過是當個丫鬟罷了，回回有休假回來，鼻子不是鼻子、眼睛不是眼睛的，看著誰都覺得沒她金貴，再不就以為全家都要靠她而活。不就是比我早了幾年出生嗎？

若當初賣的是我，說不得比她還過得好哩，何至於像現在這樣，被外人嘲笑，連我的親事都不好說了！」

邊說，她邊掉起了眼淚。

一旁的郝氏也是聽得唉聲嘆氣。「當年妳才多大？妳大姊賣身的時候妳還不到六歲，妳那死爹跑去跟人抬槓搬石，結果讓山石給砸了腿，誰人拿了一分？我不賣妳姊，靠啥養活你們，靠啥給妳爹看病？

「妳大姊這些年，月月都拿錢回來，不過是犯渾，做錯事罷了，挨兩句說就算了，一家人，非得吵著才好聽啊！」郝氏說完，又跟著抹起了眼淚。

李空竹在一邊聽著，也明白過來。就是說原身以前很傲，很令人討厭唄！

低笑一聲，突然覺得心口有些不舒服起來。也不想想，那時的原身才六歲，說賣就給賣了，去到一個完全陌生的環境，給人端茶倒水還挨罵，所得的月例還得全部拿回來。

原身的爹在她進府後，因為有月例供著，又活了五個年頭，走時，原身不知道，待得休假回來時，卻告知早已埋了土，最後一面都沒見到，這讓原身怎能不討厭他們？

剛李驚蟄還說家中有七畝地。這原身老爹才傷了躺炕上，他們就把原身賣了，都沒想過要去賣畝地補著，可見在郝氏的心裡，原身也不如她所表現的這般被疼愛吧！

心口的不舒服越來越大。李空竹知道這不是屬於自己的情緒，猜想著，怕是這具身體裡，還保留著原身一部分痛苦的記憶在裡面，慣性使然，自己這一回憶，身體就自動產生了不舒服之感。

試著深吸了口氣，安撫自己，待恢復臉色後，她又靜觀其變，等著那兩個唱雙簧的，看看還有啥後招？

果然，李梅蘭哭得狠了，就在那兒扭著絹帕道：「我也不是想跟她吵吵，不過是想到她做的那些事，把我害得這般慘，難道就不該讓她幫把子忙、出把子力嗎？」

郝氏跟著抹了兩把淚，拍拍她道：「妳大姊心裡有數哩。」

「是啊！我心裡有數哩！」李空竹看著她倆道：「娘跟二妹有啥話就直說吧，我不大喜歡繞彎子。」

李梅蘭眼中閃過一絲恨意，抹乾了淚，直抽著鼻子，很不平的道：「我也不為難妳，今兒我就跟妳攤明吧。那任秀才家人也屬意我，只不過到底家貧跟名聲不好，媒人說了，若是能拿出點像樣的陪嫁，這門親還是能成的。」

陪嫁？上回不就說過了嗎？

「怎麼？這般久還在糾結陪嫁之事？不是說讓妳們去摘果子了？」

「果子能賣幾個錢？」李梅蘭忍不住又拔高音。「妳若想我不恨妳，至少得拿出點誠意來吧！」

「呵呵。」還真是奇葩。李空竹轉眼看向郝氏問道：「娘也是這麼覺得？」

郝氏有些紅了臉，支吾著說了句。「任秀才家一門兩學子，將來哪怕有一人高中，於你們來說也是件好事。」

李空竹不說話了，靜靜的在那兒剝著瓜子，將瓜子仁一顆一顆擺放齊整的放在那小炕桌上，等著她們繼續發問。

果然，李梅蘭是最沈不住氣的，見她不吱聲，就又來了氣。「大姊，話都說到這分兒上了，妳當真不顧姊妹情？」

抬眸看她一眼，李空竹笑得別有深意。「妳我的姊妹情本就算不得多深。」

見她扭曲著臉又要發飆，李空竹再淡淡道：「既是說相幫，總得說個數。再有，我好歹也占了個商字，沒有白幫之理！」

李梅蘭跟郝氏聽她願意相幫時，還未來得及高興，就被她下一句給說得都有些警惕的看向了她。

李空竹擺弄著桌上的瓜子仁，漫不經心的道：「說個數吧，看看我能不能相幫？若是能，倒是可以出把力；若是不能，就別怪我愛莫能助了。」

李梅蘭給郝氏使了個眼色。郝氏還在糾結她的不白幫，見小閨女朝她不斷使眼色，終是咬咬牙，道：「媒人說任元生看中了蘭兒，不過卻因任秀才嫌了家貧，說是若能拿出三十兩陪嫁，他們就同意這門親事，到時還會以同樣數目的錢來下聘。」

擺弄瓜子的手頓了一下。三十兩?!還真是敢開口要啊。

「娘可知府城大戶抬門良家妾才多少銀子？」

「妳這是拿我跟那檔子小妾比？」李梅蘭臉色扭曲難看的看著她問。

李空竹卻只笑了笑。「良家妾在宅門裡也算得上高門了，正室若有個好歹，也是能扶正的。況且，便是一般人家，想去做了這門妾，還不定要哩。」

見她別有深意的看著自己，李梅蘭差點沒扭碎了絹帕。她這意思很明顯了，連個妾室都不如，妳憑什麼要那麼多嫁妝？

眼瞅著小閨女又要發火，郝氏趕緊出口道：「空竹，這不是妳妹妹嘛？在娘心裡，妳們都是娘十月懷胎所生，哪有給人做妾的道理……」

「二十兩。」李空竹不耐煩聽她再拿著懷胎當說詞，直接開口道：「我所掙之銀還不到二十兩，能拿出已是我的極限了。年十五過來拿！」

一聽她出口就二十兩，很明顯就是有銀了。壓下的那十兩銀子，可是能買不少好東西，這叫李梅蘭如何甘心。

「人家說拿三十兩……」

「我說過不是白幫！」李空竹截了她繼續貪心下去的慾念，一字一頓的道：「拿驚蟄來換，二十兩為我所用十年！」

「什麼？」郝氏驚叫，看著她不可置信的瞪大雙眼。「空竹，妳剛說什麼?!」

「沒有白幫之理，若讓我出銀二十兩，驚蟄得為我所用十年，白紙黑字，咱們立字為據。」她不緊不慢的說著。

郝氏則嚇得臉色蒼白，癱坐了下去。「妳、妳個不孝女，妳這是要逼死我啊！啊——」說著，她立即捣臉痛哭起來。

李空竹故作看不見，轉眸看著同樣紫脹著臉色的李梅蘭。「如何？娘，妳要選哪邊？是選了兒子，還是一如既往的幫女兒？」

「妳……」李梅蘭緊捏絹帕的指著她，咬牙恨恨的瞪著她，道：「好毒的心思！」

毒嗎？論起來，她這是仁慈了哩。用李驚蟄作籌碼，讓她們以後做事總會顧忌那麼點，若她們還真敢答應的話，怕會寒了驚蟄的心吧！

郝氏拿不定主意，在那兒不停嚶嚶哭著，不停說著。「這是在逼我啊，這是在逼我啊！」

李空竹只充耳不聞，繼續數著瓜子仁。

李梅蘭抓著絹帕的手，只差沒將其擰出水來了。

坐得久了，李空竹感覺身子有些僵，伸了個腰，道：「我且出去走走，瞅著這天色不早了，怕是再不回去，可就得天黑了。」

一聽要走，郝氏趕緊抬起頭。「今兒不住在這兒了嗎？好不容易回趟娘家，就不能歇個一晚？」

李空竹轉眸看了眼她那紅了的眼睛，想了想。「也好，今晚就不走了。娘妳好好想想吧！」說罷，便起身走了出去。

李梅蘭看著她離去的背影，臉上是從未有過的恨意。

外面趙君逸在李驚蟄的帶領下，幫著劈了柴，又起了雞舍裡的雞糞。這會兒正挑著水，見李空竹出屋，正好迎面碰上。

李驚蟄朝東屋望了望，看著李空竹問：「俺聽著娘哭了！大姊，出啥事了不成？」

「沒事。」李空竹摸了把他的小腦袋，讓了位置，讓趙君逸挑水進屋，在他經過時，說了句。「當家的，今晚在這兒留宿行不？」

男人瞟她一眼，淡淡的點了個頭。「知道了。」說著，挑著水快速的向後廚行去了。

「大姊，今兒真要留在這兒住啊？」李驚蟄聽了她這話，止不住高興的再追問一遍。

「是哩！」李空竹拍拍他，轉身向原身所在的屋子走去。

再次來到原身所住的房間，只見裡面除了張冷冰冰的炕外，幾乎什麼都沒有。抬腳進去，屋子陰寒得就跟個冰窖一般，讓人直打起了哆嗦。

李驚蟄很不好意思的撓頭道：「大姊妳出嫁後，二姊就把這屋的櫃子跟梳妝檯要去了，說是她屋子裡的陳舊了，不好用，娘便讓她搬過去。」

李空竹不大在意的到炕沿上摸了一把。

跟來的李驚蟄見狀，又說：「大姊放心，自上次回來後，俺一直有給妳打掃哩。雖不是每天，但隔個幾天都會來清理一遍，就是炕有點潮，一會兒我去燒著烘烘，晚上睡時，保准暖！」

李空竹點頭，笑誇了他一句。

那邊的郝氏跟李梅蘭在商量好後，出來尋她。「這屋子還潮著哩，等烘烘才成。妳這會兒累不累？若累的話，去娘屋裡歇會兒，或是去蘭兒房裡，妳們姊妹嘮嘮嗑？」

李空竹別有深意的看了她一眼。才多大會兒工夫，就想通的換了張慈愛的臉了？她笑道：「我去娘屋子裡歇會兒吧。」

再出屋時，又轉頭對李驚蟄吩咐道：「一會兒把你姊夫領到你那屋裡去歇歇，他腿腳不便，這又是挑水又是劈柴的，怕是累著了。」

「天哩，他咋挑上水了？」郝氏亦是驚了一把，喚著李驚蟄道：「快快快，去讓你姊夫別挑了，這冰天雪滑的，要是摔著可不好了。」

「是哩。」李梅蘭亦是不陰不陽的接了句。「要是摔了另一條腿，可不就得癱了嗎？」

郝氏拍她。

「妳就多說幾句沒關係。」李空竹向她挑眉，如願的看到她氣紅了臉，便很鄙夷的覷著她，抬頭挺胸的從她身側走過去。

「賤人！」待她出了屋，李梅蘭恨恨的啐了一口。

在她身後的李驚蟄聽了她這話，很不高興的皺起了濃黑的眉頭。這個二姊，他是越來越不喜歡了！

李空竹在進了郝氏的主屋時，對著關門的她問：「娘決定了？」

郝氏的手抖了一下，轉回眸時還有些期盼的望著她。「空竹，咱能不能不這樣？」

「也成，那我就出三兩銀子吧，比起當初娘拿的二兩還多一兩哩。」李空竹吹了下指甲，漫不經心的向著暖炕行去。

郝氏白了臉，囁嚅半晌，終是嘆了聲。「是娘對不起妳。」

李空竹已經上了炕，開了箱櫃，拿了條還算整潔的被子出來，鋪開來，搭在自己的腳下，再拿了個枕頭墊在頭下。

躺在那裡，看著這還算結實的土坯房，道：「既已經決定了，就去村中找個識字之人前來立個字據吧，再找幾個相熟之人，按個手印，也好作個見證。」

「空竹——」郝氏很痛苦的看著她，眼淚汪汪的一屁股蹲在了地上，雙手捣臉痛哭道：「我就知了，我就知了妳在恨我。妳這是在逼我二次賣兒女啊，啊——」

李空竹閉眼任她哭著。她的銀子不是那麼好要的，若不給個教訓，有了一回，就有二回，她可不是什麼善男信女，沒必要一次次的妥協。

再說了，李驚蟄這孩子還算正直，放在她們手中，難保以後會生了變故，白白浪費了這麼棵好苗子。

第三十五章

郝氏蹲在那裡哭了一陣，見她不但不妥協，還很心大的睡了過去，就有些不是味兒的止了哭，從地上起身。很複雜的看了眼那已睡著的人後，伸手開門，走了出去。

待關門聲響起，李空竹才睜眼，輕吐了口氣。

一覺勉強的睡到了未時，待起身出屋，就見李驚蟄很委屈的站在屋簷下，兩眼直泛淚的看著她。

李空竹知他怕是知了那事，心裡難受，就拍著他的小肩膀問：「信不信大姊？」

「二姊說妳讓娘把俺賣給妳當奴才！」下晌時，娘讓他跑去找村中學算盤的李才大哥，還讓叫了二嬸一家。

他還在疑惑哩，二姊就不陰不陽的來了句。「還幫忙跑著哩，都要給人當奴才了，也是該練練腿了。」

當時他聽了，很難受的問她是什麼意思？

李梅蘭則可憐的看了他一眼，道：「李空竹那人心思毒著哩，不過借她幾兩銀子，竟讓娘把你賣給她了。從明兒開始，你就成了她家的人，給人當奴才了。」

聽了這話的他，心頭別提有多難過了，很是不可置信，想要當場問個清楚明白，可又怕吵醒了自家大姊，只得委屈的一直站在屋簷下，吹著冷風等她醒來，在門口堵她。

李空竹虎著臉看他。「我何時說要買你做奴才了？」

「二姊說的，連李才大哥都要來了，不是簽賣身契是什麼？」

見他眼淚已經忍不住的流出來，李空竹趕緊給他擦起來。「我不過是讓立個字據，讓你去我那兒住上十年，跟我生活十年。你不願意不成？」

「那跟賣身有什麼區別嘛？」他仰頭大哭起來。

到底是八歲的小兒，很多事看不大明白。

嘆息著將他拉近跟前，邊給他抹著出來的鼻涕，邊道：「當然有區別了。你跟我去住十年，十年裡我讓你在那兒好吃好喝，每逢節日有新衣，還讓你識字念書。你說說看，這裡面哪一樣是奴才能做的？」

聽著好吃好喝有新衣都沒讓他止哭的半大娃子，在聽到讓他識字念書後，果斷的閉了嘴。「真的？」抽噎的看著她，很不信任的樣子。

「真的！」她重重的點頭，伸出小指。「不信咱倆拉勾，你看大姊說沒說謊，若說謊，將來就變……呃，烏龜王八可好？」

這回他是真信了。都拉勾了，不信都不行。

見此，他趕緊伸出自己的小指。「拉勾就拉勾，若說謊，可是妳說的，變烏龜王八！」

李空竹笑著點頭。「我說的！」

拉完勾，這小子也沒變得多高興。

李空竹想了想，道：「允你七天回家一次可好？」

見他眼睛整個發亮的看著自己，就知說中了他的心事。郝氏再是如何，那也是他的親娘，哪有娃子不想著娘的。拍了拍他的小腦袋瓜子。「這回可是願意去了？」

「嗯！」他重重的點頭，隨即又很殷勤的對她道：「大姊，我去給妳烘炕！」

「去吧！」

見他跑走，李空竹則趁著沒人，很不雅的伸了一個懶腰。

不想，在屋簷挨著側院的轉角處，李梅蘭早將兩人的對話聽了個一清二楚。扭曲著一張嬌俏的小臉，很氣憤的低咒了聲「賤人」。

敢情這是故意牽制她們哩！

李空竹趁著空，尋了圈，沒找著趙君逸。問了李驚蟄，才得知他幹完挑水的活兒，又上山去幫著拉柴禾了。很無奈的又回了東屋，她無事可做的在炕上又躺了會兒。

待到快正式吃飯的時候，趙君逸也踩著點回來了。

彼時叫李驚蟄去找的人也陸續來了。

除了那會算盤的李才是外人，這給李空竹當初上妝的全福夫人柱子娘，是原身的二嬸，這會兒是和二叔兩口子過來。

才將進院，柱子娘就很親熱的招呼李空竹，李空竹上前給她行了個晚輩禮。

她連連哎喲幾聲，拉著她上上下下打量了好些遍，才拍著她的手道：「聽妳娘說妳變了不少，如今看來果真是這樣。如今可是看開了？」

「是哩！」李空竹笑著接她的話，又轉頭衝著她身邊的男人李二林恭敬的喚了聲。「二叔。」

「嗯。」李二林有些看不上她，聽了她喚，也只是悶著頭的點頭了事。

剛回來的趙君逸也隨著過來給兩位長輩見禮。

李二林見他一臉冷寒，本打算拿的架子，也只化成了咳嗽，道：「還不趕緊進去，堵在門口像個啥樣？」

李空竹心頭暗中發笑，那邊的郝氏已經招呼著讓他們趕快進屋。

李空竹見此，故意落後幾步，與自家男人並肩走著時，見他還滿臉寒霜，就對他豎了個大拇指。

見男人斜眼瞟來，就又衝他擠眉弄眼道：「當家的，你這一臉寒霜樣，真真是誰瞅誰發抖，鬼瞅都能倒著走，當真絕也！」

「呵！」男人冷笑，顯然還在為中午她那無心之失來氣。

討好的笑著上前，扯了扯他的衣袖。「且看在我誠意滿滿的分上，原諒我一次好不好？若你原諒我，我便增一分喜愛你的心可好？」

說著，就用手比了個心形給他，隨後，又配了個「啪」的聲音，表示落進他的心裡去。

男人愣怔了一瞬，女人得意的挑眉。

那邊行到屋簷的眾人，見他們還未跟上的，就喚了聲。「你們兩口子在幹啥？趕緊進屋啊！」

「欸，來了！」李空竹揚聲回道，轉眸對男人眨眼。「當家的，請！」

男人見她這樣撒嬌，心頭那絲氣悶頓時消了個精光，只不過面上仍是不動聲色，依舊寒著一張臉，抬步向主屋的方行行去。

李空竹在後頭撇了下嘴，快步跟著去了主屋。

眾人在主屋分男女兩桌而坐，其間李梅蘭準備拿李空竹買李驚蟄的事，想先發制人的讓李二林動氣，威脅李空竹不准立了字據。

不過，好在李空竹早有準備，一番辯解下來，只說是藉銀子一事讓李驚蟄跟著過去生活十年，並還當眾承諾，將跟李驚蟄所說的念書之事也說出來。其間，為著能順利達到她想要的結果，不但讓李驚蟄給她作證，還明裡暗裡隱晦的說出自己也是被逼的。

李二林一聽她願承諾供李驚蟄念書，且立的字據不過是讓驚蟄過去住個十年，其間依然能回家，依然是李家的兒子，也就動了心。

郝氏本想再爭取一下，可一見李空竹那似笑非笑的樣子，生怕她會反悔不再給銀子，只好沈默不語，登時令眾人鄙夷不已。

李才寫好字據，並注明了負責驚蟄上學的事情由李空竹包辦，還寫明過十五之後，便拿銀子過來。

立字為據，一式兩份，由眾人見證，皆按了手印後，才算正式生效。寫完字據，鬧劇也落幕了，本該吃的酒菜，請來的幾人也只匆匆的吃幾口了事。

待到眾人散去，李空竹站在清冷的院子裡，看著自她在屋裡大鬥眾人，始終未開口的男人問：「這齣戲可好看？」

「尚可。」男人點頭。

女人嬌笑，上前故意在他胸口畫了那麼一下，見他眯眼看來，就笑得好不明媚的道：「若當時那人計謀得逞，我被二叔打的話，你可會出手救我？」

她嘟嘴賣萌，眨著眼睛，又要用手去畫他的胸口。

卻不想，手到半空，卻被男人一把抓住，低眸逼近，惹得她心跳如擂鼓。

「妳猜？」邪笑勾唇，氣得女人牙根癢癢。

正想反駁，屋簷下的李驚蟄卻抱著被褥，很不解的喚著他們。「大姊、姊夫，你倆還擱那兒站著幹啥？不冷啊？我給你倆把被子抱去啊！」

「嗳！」李空竹揚笑回應，再轉眸時衝男人笑得別有深意。「當家的，我且先去洗漱了，一會兒記得早點回屋睡喔！」

看著她飄然跑遠的背影，趙君逸心頭沒來由的抖了那麼一下，一股名為不好的預感，油然而生起來。

這邊的李空竹在迅速去後廚房洗漱完畢後，也不顧李梅蘭那熱嘲冷諷的臉，迅速的回到了原身以前住的屋子裡。

這會兒的屋子，炕因著烘了好些時候，也開始回暖起來。步到炕邊，看著炕上那僅有的一床被褥，李空竹很得意的摸著下巴，猥瑣的笑了起來。

一邊笑，一邊慢慢的脫鞋上炕，將那床不大的褥子慢慢鋪平在炕了，一點一點弄得甚是精心，像伺候老媽似的。待鋪好，她又慢慢脫起衣服來。待脫得只剩褻衣褻褲時，用手不經意的托了下豐滿的胸部，頭回覺得這玩意兒說不定是很好的利器！

一臉猥瑣的將被子也鋪開來，裹在身上，嘻笑著躺下去，還很愉悅的哼起了小調，蹺起了二郎腿，耐心的等待著羔羊的到來。

趙君逸並未令她等待多久。其實在洗漱完回屋的路上就已經想到了，他很頭疼的推開門，屋子雖沒有燈盞，卻不阻礙他夜間視物的能力。

炕上的女人哼著不知名的小調，裹在被子裡，露了顆黑黑的小腦袋出來，目測被子抖動的樣子，怕是蹺著腿在得意什麼。

不動聲色的走過去，將挨著炕邊，那顆黑黑的小頭顱就轉了方向。黑暗中，女人努力的尋著他臉的位置，咧著小嘴，笑得很甜蜜。

「當家的，回屋啦！」她一個快速翻身，跪在那裡，掀起了一角的被子道：「來來來，我已將被窩暖好了，就等著你入住了，快來！」

那軟軟柔荑在半空中勾人的揮著，一雙眼亮得令人生顫。

趙君逸覺得喉頭有點乾，女人卻還不自知的將被子打得更開。也不知是有意還是無意，她居然還用手托了一下那渾圓的胸部。

眼神幽暗的趙君逸，只覺得再這般下去，早晚會被她給逼瘋了去。不自然的移了目光，儘量穩住心神的咳了一聲。「妳先睡，我還要打坐一會兒。」

「別呀，深更半夜的打哪門子坐，這屋子久沒人氣的，陰涼得很，快來，快來！咱倆擠擠熱乎點！」見男人不動，她又將被子裹了個嚴實，很鄙夷的道：「該不會你在想啥不入流的吧？」

是妳才對吧！男人很想反駁。

卻聽女人又道：「我告訴你啊，我可是很忠貞的，你若敢有非分之想，當心我揍你。快來，都穿著衣服哩。要是怕羞就更沒必要了，我一個女人都不怕，你怕個啥？」

怕妳成不？男人無語的瞥了她一眼，見她又打開被子，只得轉身道：「我先出去一會兒，妳先睡吧！」

「當家的！」女人驚吼。

「……」男人頓步。

「你這般出去，想讓人覺得我們兩夫妻吵架了嗎？」

妳這般大聲的，怕是早讓人這般認為了吧！

見男人還在移步，李空竹乾脆一咬牙的哭起來。「嗚嗚——當家的，不要走嘛，人家害怕嘛！這屋子這般久沒住人，陰森森的一點也沒有熱氣，你當真這般狠心要走？」

男人無奈，仍抬手開了門閂。

李空竹見他真打開門，準備抬腳出去了，就忍不住閉上假哭的嘴，當真紅了眼。身後突然沒了哭聲傳來，令趙君逸步子頓了一下，下一刻，依舊抬步走了出去。

看著那漸漸關上的門扉，李空竹眼淚終是止不住的掉下來。

低笑一聲，又覺得可笑至極，他就算承認了喜歡她，允了她近一步的親近他，卻依然這般冷漠的拒絕她。

「究竟是怎樣的秘密，竟讓你拒我如此？」她喃喃自語，伸手抹去已然冷在臉上的淚水，一個仰倒的倒了下去。

黑暗中，努力的睜大眼去看那漆黑一片的房頂，有些難過，有些悶，更多的是對他的惱。惱他的過分，惱他的冷漠，惱他心中什麼事都不願跟她提起，惱他悶葫蘆般讓人不停猜測，惱他所有的一切。總之就是惱他！

平復了心緒的李空竹，拳頭在空中亂揮了一陣，待揮得累了、乏了，才閉眼慢慢的睡了過去。

也不知過了多久，黑暗中有門扉推開的聲音。

高大頎長的身影慢慢的踱步到炕邊，看著那沈睡的人兒輕啟朱唇。那皺眉很是不爽的樣子，令站在炕邊看她的高大身影，不覺莞爾。

脫鞋輕悄的上炕，和衣躺在她的身邊。側身，與她面對面的挨得極近，修長的手指輕撫了下她輕蹙的眉心，聲音低低淡淡，輕輕沙沙。「別再誘惑我，不是不想，是不能。」

夢中的女人似感受到有人觸碰，很不爽的嗯了一聲，伸手就朝臉的方向揮了一下。

男人迅速的收回長指，看她嚼動著嘴，又輕啟了一點朱唇，待等她又再次沈入夢鄉後，這才愉悅的又伸出長指，輕撫著她滑嫩的小臉。

湊近，與她呼吸相交呼應，閉眼睡了過去。

李空竹這夜只覺作了個很甜美的夢，至於是什麼夢，她也不知道。只知道夢中有人溫柔的看著她，與她輕聲的低訴著什麼，那種輕輕淡淡的聲音，是她最想聽到的聲音。

本想靠近一點，又怕靠得太近，他會冷漠的轉身遠去。無奈，只得立在那不近不遠之地，仰著頭，很癡迷的看著他，等著他再給自己一個很溫柔、很好聽的回應……

一覺醒來，還有些不捨的閉眼，想去探尋那抹溫柔的存在，不想一旁的男人卻打破了她美好的幻想。

「既是醒了，就快起吧！天已大亮了。」

不屑的睜眼，朝他翻了個大白眼，女人又將被子捂得蓋過了頭頂。「要你管！」她愛睡多久睡多久，反正跟他又沒半毛錢的關係。

趙君逸挑眉，趿鞋下炕，不鹹不淡的來了句。「隨妳！那邊的幾人早已動作，怕是醒來多時了。」

「哼！」李空竹聽了一個氣哼，將被子掀開來，看著那正在整理衣襟綯褶的男人，很不爽的瞪眼看他。「你用不著這般激我，不就是在娘家睡懶覺嗎？古往今來又不是沒有，我睡了又怎麼著？」

「古往今來確實還沒有，妳是頭一個，確實不能怎麼著。」彈了彈直筒的長襖，男人拿眼瞟她，依舊是那種不鹹不淡的語氣。

女人來了氣。「我就願睡怎麼著！我還告訴你了，你以為我願意大白天一睜眼，就看到你這副鬼樣子啊？我這睡覺也是為了約會我的夢中情人，要不是你這番煞風景的喚我，說不定我還能續上那個甜夢哩。」

無視男人有些變黑的臉，女人又將被子拿起，蓋過了頭頂。「在你這兒碰了壁，還不許我在別處打補啊！」真是個大變態，破壞她好夢的劊子手。

男人見她捂著個被子，在那兒嘀嘀咕咕的罵自己，臉色愈加黑沈起來。

走過去，不客氣的提起一角被角掀開來，見女人正氣鼓著臉，狠瞪著他，就面無表情的冷聲道：「起來了！」

「不！」

「快點！」

「你管我！」

「起來！」

「就不！」

「快點！」

「你管我！」女人炸毛，一個鯉魚打挺，就翻身坐了起來，轉過身，老實不客氣的將衣襟一揪，很大聲的衝著他的耳朵就是一聲尖吼。「你管我——」

吼聲完畢後，男人卻依舊淡定的只挑了挑一邊眉頭。「發洩完了？」

不待女人回答，他已一手伸出，將之後領一提，便讓她離開了那暖和的被褥。「穿衣吧！」

「趙君逸我恨你！」女人被他提溜得離開了暖和的褥子，這還不算，見他居然還伸手疊起了被子，就氣得咬牙摩掌，一把撲了過去。掛在他的身側，不管不顧的抱著他的腦袋不停搖著。「我恨你，我恨你，我恨你！」

男人任她勒著自己的脖子搖著，不動聲色的將被子疊好後，這才一個巧勁，將她雙手從自己脖子上套弄開來。

見她順勢就要倒下去，又是一個單手回勾，勾住了她的纖腰，將之勾攏在自己身側。「鬧完了？」

曖昧至極的姿勢，女人仰頭就能看到他離得極近的淡粉之唇。有那麼幾秒大腦罷工，眨動著眼睛，很愣頭愣腦的輕「嗯」了一聲。

下一刻，男人便將她給拋出去。「鬧完了趕緊穿衣，怕是早飯都好了，莫讓人久等了。」

李空竹被拋得回神，聽了這話後，氣得是咬牙切齒。很想去掀了被子再鬧一次，卻見男人似看穿她的想法般，將被子一個抄手就抱了起來。「我將被子送還。」

「趙、君、逸！」已然氣得不知該說什麼的女人，咬著牙不停撓著自己已經睡得亂蓬蓬的長髮，開始發出發洩般的嚎叫。「啊——」

外面聽著他們吵的郝氏等人，皆一臉擔心的出屋向這邊行來。

半路上碰到抱著被子冷著臉的趙君逸時，李驚蟄很擔心的看了眼他們的屋子方向。

「姊夫，你跟俺姊……俺姊沒事吧？」

「沒事！」男人將被子遞與他，面不改色，很淡定的來了句。「早間的習慣，起床氣罷了。」

起床氣？眾人抬頭看天，這會兒天大亮，都快辰時了，還有起床氣？

那邊的李梅蘭忍不住又開始酸了。「當真是好福氣，日上三竿還睡，還得忍著她的起床氣。姊夫，你可真是好脾氣哩！」

看她一副似笑非笑一臉假意的同情樣兒，趙君逸只淡然的頂了句。「比起心懷不軌之人，這點小脾性倒不足為道。」說罷，拉著李驚蟄從她們母女倆身邊走過去。

李梅蘭臉色很難看，見他走遠，很不客氣的啐了一口。「臭跛子！」

「蘭兒！」郝氏聽罷，有些不悅的瞪了她一眼。

李梅蘭被喝，冷哼了一聲後，便不再作聲。

那邊的李空竹氣鼓鼓的起了床，去到後廚舀水洗漱時，正好碰到李梅蘭盛飯進盆。看到她後，很是諷刺的來了句。「大姊當真好福氣，這日上三竿的起個床還氣得夠嗆，還真是沒誰了哩。」

「沒誰有誰與妳又有何關係？」剝著泡軟的柳樹枝，李空竹很不屑的看著她道：「如今還有二十兩銀子沒拿，可得上點心才好！」

李梅蘭惱怒，脹紅著臉，狠瞪著她。

李空竹懶得理會她這號人物，拿著剝好的柳樹枝，端著水便向一邊的泔水桶走去。

李梅蘭見此，端飯盆的手緊了又緊，看了她半晌，終是冷哼一聲，掀簾端飯出去了。

第三十六章

早飯是極簡單的兩個熱菜鹹菜，就著一碗粥下肚後，李空竹兩人便準備回家去了。李驚蟄已經確定過十五就去趙家村，郝氏沒啥可拿給他們的，就補了一些雞蛋作回禮。

在送兩人出村口時，郝氏抓著她的手拍了又拍，滿臉不捨的對她道：「別怨娘，娘也想著妳們都好，都是娘身上掉下來的肉……」

「時辰不早了，還得趕路，岳母就此別過吧！」趙君逸看出了身邊女人的不耐煩，率先冷聲出口阻了郝氏的「深情」表現。

郝氏被他這一阻，自是不好再說下去，脹著個臉雖說不滿，到底不敢拿他怎樣。道了幾句路上小心，又說了待到李梅蘭親事正式定下後，請他們過來喝杯訂親酒。

李空竹漫不經心的應完，拔腳便快速的出了村口。

後面的郝氏還在揮手，叮囑著小心道上的雪冰，李空竹卻很諷刺的勾唇笑了出來。郝氏這人一副老實相，耳根子軟，唯唯諾諾的樣子，看著招人同情，可誰能想到，內裡卻是另外一種光景？

為著自己的利益，連兒女都能不管，能這般不遺餘力的幫著李梅蘭，怕也是看中了將來有可能成為官家太太的身分吧！畢竟小農民攀上官身，那種受人景仰的誘惑，即便是放在現代那個物質社會，也沒多少人能抗拒得了。

一旁與她並肩而行的趙君逸看到她笑，只平淡的道了句。「若是不想往來也可。」沒必要強求了去。

李空竹白了他一眼。她可是還生著早間的氣哩，哼了一聲，故作不理會的將頭轉向一邊。

男人有些無奈，悄聲與她保持著兩步距離。行走在前，做著跟昨天同樣的事情，將深雪踏平，讓她走得輕巧輕鬆一點。

相攜著到家時，早已過了午時。一天沒有燒火住人的屋子，一推門進去，裡面冷得跟冰窖一樣。

昨兒走了遠路還沒消掉疲累，今兒又連著走，這會兒李空竹是又累又餓，站在屋子裡，腿有些打擺，一個趔趄就險些栽到地上去。

一旁的趙君逸見狀，快速的伸手將她撈在身旁，見她呼呼的喘著粗氣，就伸手將她搗頭的毛皮摘下來。

不知怎的，李空竹覺得這會兒特累，臉也有些燒得慌。被趙君逸抱著雖然歡喜，卻完全沒啥精力去調戲他。

睜著被冰渣子糊了眼的秋水眼瞳，看著男人她笑得有些萎靡。「當家的，我咋覺得心口發慌，臉也燒得慌，我是不是被灌啥迷藥了？」

男人不語，扶著她坐在桌邊的長條凳上。她一離了他的懷抱將落坐，就忍不住的打了個哆嗦。

趙君逸見狀，趕忙去衣櫃處，準備拿被子出來。卻不想，手將伸到被子上時，就頓了一下。只因未燒火的屋子，一夜之間，被子都潮得沁涼，皺眉一瞬，果斷的將身上的棉襖脫下來。

李空竹紅著臉無精打采的看著他脫衣，很不解的問道：「你脫衣幹啥？」都這麼冷了，難不成他還發燒熱得慌不成？

男人看她一眼，將脫下的直筒長襖直接一個順手就披在她的身上。

李空竹驚了一下，起身伸手就要將襖子拿下來。

不想男人卻先一步將她按坐下去，還不待她詢問出口，他又道：「怕是受了風，著涼了。」

著涼了？是說她嗎？

看她迷糊的抬眼看他，男人伸手搗了下她的額頭。見果然發起高熱，就抿著唇道了句。

「且先坐著。」說罷，又從衣櫃裡拿了件冰潮舊襖套在身上，抬步走了出去。

趙君逸先到廚房生火，找了小爐出來，亦是同樣點著火。

走到水缸邊，見裡面的水早凍得成了實心冰塊。皺眉沈思了一瞬，下一刻，便一個抬掌向水缸中心擊去。缸體震動了下，缸裡的冰也隨著震動開始顯出裂縫的冰紋來。

見此，趙君逸就著那裂開的冰紋，又是一掌擊下去，那裂成縫的冰紋，隨著嘩啦一聲，成了冰渣。

男人滿意的挑動了下眉頭，拿著水瓢舀了兩瓢冰渣進水壺裡。放在燒著的爐子上，隨後又將爐身抱起，出了小屋，向主屋行去。

彼時坐在主屋的李空竹，只覺得渾身上下越來越軟綿綿了。明明感覺自己似燒得臉發紅，可身子就是止不住的發抖。

正難受著，正逢男人端著小爐走進來。

她有氣無力的趴在桌上，見那小爐火燃得正旺，就止不住喜了一把，綿軟的喚著。「當家的，湊近點，我冷死了。」

趙君逸抬眼看她，見這麼會兒，她的臉又更紅了，有些憂心的皺了眉，將爐子依言放在她的腳邊。

感受著溫暖自腳踝處傳來的李空竹，只覺那一瞬間，全身毛孔都似舒張了一般，嘆息著又再次無力的趴在桌上，嘟著有些乾澀的唇對男人道：「我還有些渴，想喝涼水，越冰越涼的最好。」

「先等一會兒，水都凍實了，哪裡還有冰水？」

「那給我挖坨雪吧，我渴得難受！」

「一會兒就好。」男人無視她嘟嘴不滿的樣子，伸手拂去她蕩在額前的一縷碎髮。心頭有些發澀，只覺這人沒了精神，連往日裡透著鮮活勁的髮絲，也顯得有些黯淡無光。

「再坐一會兒，炕快熱了。」說罷，又順手輕撫了下她柔順的髮髻，起身準備再次出屋。

「還要出去啊？」女人皺起了小眉頭。她都已經不舒服了，還不願意陪她一會兒嗎？

「去燒個薑湯，一會兒就回。」

「哦——」好吧，這事是沒法怨的。

男人點頭快速的出了屋，去小廚房找出乾巴了的薑頭跟蔥段，放入鍋中開始熬煮起來。待開了鍋，用碗盛了，端著就向主屋快步行去。

主屋裡的李空竹即使有小爐烘著，還是覺得冷寒不已。嗓子都快渴冒煙了，打著抖的正準備自行出去挖雪吃時，男人再次走了進來。

端著碗冒著熱氣的薑湯，走到近前，放在她的面前，道：「趁熱喝了，先發會子汗，若還是不成，就去鎮上看大夫。」

李空竹聞著那有些刺鼻子的湯體，看著他，很嫌棄的問道：「我咋覺得這湯跟往日裡熬的不是一個味兒？」

「沒放糖，喝原味的會更好一點。」男人就勢坐在她身邊，端著碗就湊到她跟前。「喝吧。」

「不要！」

她偏頭，男人卻拎著她的領子，又將其給扯回來。「聽話！」

「不想喝！」啞著嗓子就要往他懷裡鑽，男人無奈的揚手，以免湯被潑出燙了她。

「不是渴了？」

「嗯。」渴了也不想喝這刺鼻的湯體。

她要懶般的賴進他的懷裡。看著她那無精打采的可憐模樣，男人還真有些狠不下心去逼迫她。任她在懷裡磨了一會兒，又再次拎了她的後領。「涼得差不多了，一口氣的勁頭兒。」

李空竹這會兒臉已經呈酡紅狀，身上連僅有的一絲力氣也消光了。見他還扯了自己，就有些迷糊的紅了眼。「我就是不想喝嘛，都生病了，你讓我靠一會兒不成嗎？」

男人愣怔，看著她突然紅了的眼，心頭不是味兒的扯痛了那麼下，見她伸了手的硬要摟抱過來，只得嘆息著鬆了拎她的手，任她撲進自己的懷裡。

如了願的李空竹在他懷中找了個舒服的位置，小腦袋在那心口位置蹭了蹭後，就開始迷迷糊糊的睡了過去。

聽著那濃重堵鼻的呼吸聲響，趙君逸知道怕是不單受風寒那般簡單了。

搖了搖懷中她的肩膀，竟是連回應也無，不由得慌了神，臉色難看的沈了下來。「空竹？」

被晃得有些頭暈的女人，閉著眼，很不滿的嘟囔著，下一刻似有刺鼻的東西晃到跟前，還不待她皺眉叫喚，一聲低沈冷淡的聲音就傳進耳裡。「張嘴。」

那帶著命令般的冷聲，讓她沒來由的瑟縮了一下，依言的張了嘴。誰承想，剛將嘴張開，立時就有一股嗆鼻辣舌的液體向她喉嚨滑去，辛辣的液體令她很不舒服的咳嗆起來。

正給她灌著薑湯的男人聽到她咳，立即止了手，將碗放去一邊，大掌甚是溫柔的拍起她的後背來。

女人咳嗽了一陣，本就已經燒紅的臉，經這一咳更紅了，顯得尤為駭人。迷糊著睜了眼，一臉眼淚的看了男人一眼，哭喪著臉的嚎了聲。「當家的，你想謀害親妻啊！」

男人頓住，見她眼淚流得甚凶，就知不是跟她計較的時候。端著碗又遞了過去。「趁著還清醒，趕緊喝了湯上炕捂著去。一會兒我喚人幫著去鎮上將大夫找來。」

「我不要喝，難喝！」

她固執的搖頭，耍起了小兒脾氣，男人也跟著來氣的沈了臉，端著碗，有些不耐的準備給她硬灌下去。女人一邊躲著一邊嗚嗚叫，那模樣就像是受了多大委屈。再對上那雙濕漉漉的翦水翦雙瞳，竟讓他的心軟得一塌糊塗。

無奈的將湯送了幾次到她嘴邊，都被她耍脾氣的躲開，趙君逸只好將湯碗放在桌上，起身，將她扶起來。「去炕上躺著，這會兒差不多熱了。」

李空竹任他扶著，只覺得腦子除了暈之外，又泛起了抽疼的毛病。纏在他的身上有些不願離身，迷糊中似看到他正在摸炕，就扯著他的袖子開始撒起嬌來。「當家的，我渴，還冷。」

「等會兒。」男人見炕起了熱勁，抬手準備將她扶上炕。

「不去炕上，冷！」炕上肯定沒有他的懷裡暖和，她才不要去炕上，就不要！

趙君逸被纏得無法，只得半抱著她上炕。豈料一上到炕上，她就手腳並用的似八爪魚一般，將他緊緊纏了起來，讓他動彈不了半分。

「若再鬧脾氣，怕是會越來越嚴重。」這般纏著，讓他如何脫身去給她找大夫？抽空又摸了下她的額頭，不想，才這麼會兒工夫，竟然又更燒了。怕再這樣下去，會越來越糟，只好再次好言的哄了聲。「聽話，快下來，我去給妳找大夫。」
「不要，不要走！」迷糊中的女人只以為他要走，捨不得這溫暖的懷抱，不想讓他走，喃喃自語中還帶了嗚咽的哭泣聲。「不要走，當家的，不要走，不要走……」
那一聲聲的軟噥低語，喚得男人心口泛起了滾燙的波濤，愣怔的坐在那裡，低眸直直的看她半晌。
女人酡紅著一張臉蛋，張著有些起皮的泛白小嘴，和著流出的晶瑩眼淚，一聲聲不停的低吟重複著那三個字——不要走。
良久，趙君逸終是無奈的一嘆，看著那已然燒得糊塗，正亂說胡話的女人。雖覺有些不捨，還是快如閃電般的出手，在她頸後輕輕點了一下。
於是正低吟哭泣的女人安靜了，閉著的眼裡，一滴晶瑩正好落入他的心口位置。
男人小心的將她移出懷抱，放在那已然溫暖的炕上，將之前搭在她身上的襖子，當成被子蓋上去。下了炕，將衣櫃的被褥拿出來，放在炕頭烘著。
轉身準備出屋時，又不經意的掃到了那碗薑湯。轉眸看了看炕上之人，垂眸低思，下一瞬，他又將那碗已然不大熱的湯碗端起來，向著炕邊行去。
站在那裡低眸一瞬不瞬的看著那半啟的朱唇，下一刻，他一個仰脖將湯汁全數含進口裡。再次低頭時，他輕柔的捏住女人那小巧挺直的鼻子，向上提了下，待兩唇張開後，那緊抿的薄唇便快速的封住那柔軟的朱唇。
辛辣液體入喉，令沈睡著的女人皺眉，本能的想緊閉上嘴，奈何呼吸不暢，令她無法喘息，只得張著嘴，任那液體灌入。

偏那湯的味兒令她很不爽，想要就此吐出時，又不知怎的，似又有東西堵住了她的嘴，這讓她很著惱，緊皺著眉頭想抗議，用舌頭想將之頂出，奈何舌頭又似被什麼東西頂住般，竟讓她動彈不得。

那辛辣的液體還在源源不斷的從她喉嚨滑進，女人簡直氣得都快哭了，脹紅著臉想要咳嗽出聲，才發現她連聲音也發不出。

偏移了下腦袋，想甩開那惱人的牽制，豈料與她對嘴的男人，早已先一步察覺出來。將端碗的手騰了出來，單手固定住她的小腦袋，以最快的速度，在不嗆著她的情況下，將最後一點薑湯給渡進去。

其間女人的舌頭還想頂出來，男人幽深著眼，用舌頭霸道的再次壓制下去。

待看著她將最後一滴也嚥進了喉嚨後，男人才不捨的垂眸鬆了嘴。只是將要離了她唇時，又抑制不住的在她唇上多留戀了那麼一下。

起身，用長指撥掉那淌出的委屈眼淚，仔細的打量她一眼後，才又步了出去……

李空竹一直在渾渾噩噩的睡著，身體有時發著熱，有時又發著冷。

哼哼唧唧的睡夢中，還常有惱人至極的東西不停頂著她的嘴唇，逼她喝著那有時苦、有時辣的液體。

她哭過、掙扎過，可不管她如何抵抗，就像隻無助的小綿羊，那苦得發麻的東西，依舊全進了她的嘴。就像現在，那難喝的液體又再次向她的嘴裡灌來。當然，她依然毫不「畏懼」的想頂了回去。

就在她一如既往的以為抗議勝利之時，那壓制她舌頭的軟滑之物又再次的壓制住她。

「嗯嗯……」抗議多次無效後，只得將那難喝之物給嚥下去。

待嚥完後，那堵著她嘴兒、緊著她鼻兒的重物，就會在這一刻離了她，重還給她能夠暢快呼吸的自由。

滾動了下眼珠，她覺得她得睜眼看看了，這都多少次了，還這般的虐待著她。如今她那一肚子裡，除了那發麻發苦的玩意兒，就再沒了別的東西。

哼唧著打著熏死人的嗝，她試著又再次的滾了幾圈眼珠後，終是費盡所有力氣的將眼皮打開來。

腦袋有些暈晃，入眼處是熟悉的茅草屋頂。屋子這會兒有燈影照著，掛在炕牆上的簾草上投射出一道瘦長的人影。

人影立在那兒，似感受到她的注視，竟是動了下。隨著那越拉越短的距離，一道低啞的男音在她頭頂上方響起。「醒了？」

李空竹轉動著酸澀的眼珠看向發聲處，見男人一半絕顏一半毀容之面的臉上，有著幾道青黑的鬍碴漫出，那臉也沒了往日那股傲氣的冷淡之勢。相比之下，這會兒他雖也是淡淡的，可面部表情比起平日，顯得要親和不少，當然，也頹廢了不少。

趙君逸在確定她是完全清醒後，一顆提著的心才總算落了回去。她這場病來得太急太猛，那天他好不容易給她灌了薑湯後，就去找麥芽兒過來幫忙看著。

去到鎮上醫館本想找了坐堂的大夫，沒承想，未過十五，醫館不開門坐堂。無法，只得出了重資，問了那守門的藥童，得了一大夫的住址後，他強行去大夫住處，將人給擄了回來。

李空竹打量了他一陣，才啞著嗓子開口道：「你咋看著比我還頹廢，難不成我生病期間，你也在生病？」

男人並未理會她的發問，坐在炕邊捋著她睡亂的禿髮道：「今兒初六了。」

「喔。」李空竹點頭，下一瞬，則驚恐的瞪大眼來。「你說啥？初六了！」不會吧！她這一覺睡了三天？

趙君逸點頭。「別懷疑，妳已經睡了三天，確切的說，差不多三天半的時間。」

李空竹驚得想撐起身，卻被男人伸手按下去。「才醒，當心頭暈，先穩穩，再慢慢起來。」

「還穩個屁啊！」她粗嗄著嗓子揮掉他的手。今兒初六了！當初原定計畫就是初六店鋪開業的！

她這一睡三天，那貨咋辦？還有惠娘他們兩口子回來沒？來找她了嗎？會不會因為她病了有所延誤？這一樁樁、一件件的哪件不是急事？居然還讓她穩穩？她哪還有心思穩啊！

男人被她打了手也不惱，見她硬要起身，就挑眉立在一邊，任她去。

李空竹費力的掀起被子，下一刻還不待她撐起身，又全身無力的直直倒了下去。「砰」

的一聲，還摔得不輕。

脹紅著臉在那兒「呼呼」喘氣的李空竹，只覺這一下摔得除了頭暈外，心頭還慌得很，那怦怦的心跳聲襯得全身跟坨爛泥似的，全然提不起一絲勁頭。

一旁看熱鬧的男人見她終於老實，才冷淡的開口。「睡的這三天，除了喝藥，就喝了點粥水，妳確定妳起得來？」

李空竹咬牙。「那你不早說！」

「自己的身子是何種樣子都不知，外人又如何能給妳確定了去？」男人上前給她將被子搭好。

見她還有力氣怒目瞪視著自己，就猜想這病該是徹底扛過去了。他鬆了口氣，好心的道：「無須憂心，李沖兩人在妳病倒的第二天來過，彼時有拿銀子過來；不過見妳病倒，倒是將商議之事推後了。只說待妳醒後，再商量開店之事，且安心休養即可。」

初四過來的？李空竹皺眉。「那他們回鎮上了？」

「嗯，歇了一晚，見妳未醒，便商量著要再來看妳，明兒會來。」頓了下，又問她：「可是餓了？爐上還煨著麥芽兒做的肉蓉粥。」

聽是麥芽兒煨的粥，李空竹就想起當初約好初三去找惠娘的事，沒承想，在娘家待那麼一天，回來時居然還著了風寒。真真是的，大過年的，都沒讓她消停了。

「可是要吃？」男人見她不吭聲，又問了句。

白了他一眼，李空竹皺著鼻子道：「三天沈睡，你好歹問我一聲排不排洩啊！」吃了三天的苦藥和粥水，都沒排洩一把的，她還真是厲害。

趙君逸泛了絲尷尬。看了眼外面黑了的天色，道了句。「怕是外頭涼氣太重，不若在屋裡排？」

李空竹小心的撐著身子，聽了這話，呼呼喘著粗氣，道：「屋裡怎排？」他們從來都是後面的旱廁解決，連個尿桶都無，如何在屋裡排？

「扶我一把！」沒好氣的瞪眼看他。

趙君逸猶豫了下，女人卻不耐煩的又出了聲。「快點，憋不住了。」

他無語的上前彎身，將她扶坐起來。

李空竹這一起，頓時因血糖太低，眼前一黑，眼看又要一癱爛泥似的倒下去。男人見狀，趕忙伸出一臂圈住她的肩頭，將她半帶入懷。「可還好？」

等著身上那暈麻散去，眼睛也恢復清明後，李空竹才虛弱的點頭。見此，趙君逸又伸出另一臂，將她的雙腿曲起。

李空竹疑惑了一瞬，還不待開口，男人已經就勢將她抱了起來。

「啊！」有些個暈晃，她低嗄的輕呼，本能的伸出雙臂圈住他的脖子。

男人的呼吸就打在她的額頭，那種清冽冷香的氣息，令她心頭沒來由的跳了幾下，臉兒也起了紅暈，卻聽男人淡道：「抱穩了。」

還不待她相問，男人就以一手托著她，騰出一手去抓過炕上烘著的棉襖，將之一個甩動，便披在她的身上。

第三十七章

暖暖的勁頭直浸入心底，李空竹心頭似有甜蜜的泡泡再次湧出來，抱摟在他脖子上的纖臂也愈加緊實。

見她將腦袋湊到自己的脖頸處，男人低眸看了眼她那泛著甜笑發白的唇瓣，想著這些天來的灌藥，不知怎的，心頭竟起了絲燥熱。暗了眸，努力平息了一瞬，隨即啞著嗓子將她抱去那掛毛皮的牆頭。「將毛皮拿著，蓋著頭。」

「嗯——」這會兒的女人早已綿軟得跟個小羊羔似的，聽他的話，一手摟著脖子，半轉著身，去揭了那掛在牆頭的毛皮。

男人令她將頭捂嚴實，李空竹依言而行後，又見他把披在她身上的襖子緊了又緊，待確定沒有縫隙後，才去掀了草簾，推門走出去。

這一出來，就迎面來了股北風，李空竹被吹得哆嗦了下。

趙君逸察覺後，問她：「可還要去？」

「去去去！」他不提還好，這一提加上冷風一刺激，那尿意就更急了。

見此，趙君逸只好抱著她向後院的茅廁行去，到了之後才發現她沒穿鞋。這下尷尬的就不只趙君逸，連李空竹都不知說啥好了。

「要不，你放我在這兒吧？」不過一個來回的時間，踩點冰的也沒啥。

男人不語，兩道劍眉輕皺。沈吟一下，就見他向後退了一步。

下一刻將她放下去後，李空竹以為會踩到冰涼的雪地，不想，入腳處卻有股暖意傳來。低頭看去，只見一雙長長的男式厚底棉鞋正置於她的腳下。

趕緊轉眸看去，就見男人雙腳只著雙淺麻色的襪套，正站在那結了晶瑩冰棱的地上。鼻子有些發酸，心頭卻甜蜜過頭的女人，咧著小嘴衝男人很嬌俏的笑了聲。「謝謝當家的！」

男人眼深如墨地看著她蒼白小臉上所綻開的迷人嬌笑，視線又再次不經意的掃過那煞是好看的小巧唇瓣，喉頭有些發堵，聲音卻儘量穩著。「嗯。」

李空竹得了他的回應，才扶著茅廁的牆壁，小心的向裡面走去。

其間男人的眼睛始終直直盯著她的背影，生怕她再次無力或是頭暈的倒下去。

她氣喘吁吁的走了進去，在解褲蹲下的那一瞬間，臉色又爆紅不堪，衝著外面弱弱的喚道：「當家的，你能不能暫且遠離幾步？」她怕讓他聽到了，不好！

男人莞爾，眼中亮光一閃而逝，勾著嘴角應了聲後，才抬步向遠處走過去。

聽著外面的腳步聲遠了，李空竹才鬆了口氣，心無旁騖的痛快解決。再次扶牆出來時，見男人已然又站在原處，很是疑惑。不是讓他走遠了嗎？怎麼又立在這兒了？

女人不知，以男人的功力，若真要聽，便是坐在主屋也能聽見她在後院的響動。是以，這會兒能適時的又站在原地，這其中原因自是不必明說。

「走吧！」挑眉伸出一臂，示意女人過來。

李空竹見狀，趕緊扶著他伸來的手，離了那茅廁的牆壁。

男人單手圈扶住她的腰身，將她搭在身上的褸子緊了緊，才準備移步向前院行去。

「等會兒！」趙君逸回眸，卻見她雙手朝他的脖頸勾來。「把鞋還你。」說罷，就貪戀的躍到他的懷裡。

男人未多說什麼，待她勾緊脖子後，半彎了腰身，將她再次輕巧的抱起來。大腳穿著那透著她體溫的鞋子，不知是不是內心敏感，總覺得鞋中的那抹溫暖與懷中的人，都令他眷戀不已。

李空竹蜷曲著身子，緊貼於他寬闊的胸膛，感受著來自於他走得甚是安穩的步伐，仰著小腦袋仔細的盯著他下顎冒出的淡淡青碴。伸出手，不受控制的撫上了那堅毅的下巴，開始用纖細長指慢慢的描繪起來。

男人頓住，眼眸暗沈。面上不動聲色的快步走著，繞過她肩頭的手，將在他臉上滑動的手指扯下來。「別鬧！」

女人呵呵的嬌笑出聲，並不惱他扯掉自己作亂的小手，看著他有些黑沈的臉，嘻笑著用雙臂將他的脖子摟得更緊，臉就此貼上了他毀容的半面臉，感受到了他有一瞬間的僵硬。

雙眼中閃過狡黠得逞的亮光，隨著步行到前院的同時，她又調皮的湊到他的臉上親了一口。

「啵！」響亮的吻聲令男人心臟差點驟停，險些亂了呼吸的鬆手將她拋下去。

看出他的不自然，李空竹又嘻嘻笑了起來，再次緊窩於他的懷中，貼著他的臉面，嬌柔的道了聲。「當家的，謝謝你！」謝謝你心中有我！

突然覺得這次生病也沒那麼難受了。從醒來到現在，不管是他頹廢的表情，還是他所做的一切，至少證明了一點——她在他的心中還是有那麼些分量的，只要心中有她便好！

趙君逸聽著她的道謝，半晌都未出聲，心頭亂了章法的將她抱回主屋，放於炕上，又不甚溫柔的給她搭了被子。末了，儘量穩著聲音，令其聽不出一絲異樣，道：「我去盛粥。」

「好。」得了好處的李空竹衝他甜蜜的笑了笑，待他轉身欲離去的同時，又喚道：「當家的，能同時拿碗清水跟鹽來嗎？我想漱口。」多日的沈睡，令她口中很難受。

「知了。」男人在回完話後，便掀簾快速地走了出去。

一出來，迎著北風吹來的冷冽之氣，趙君逸立時閉眼，深吸了口氣，放慢呼吸，連著幾個吐納過後，才終於將心頭那亂了的心緒平復下來。

再睜眼時，恢復了往日一貫的冷硬，抬步向廚房行去。

李空竹洗漱過後，才半靠在炕牆上，小口的吃著那放在小炕桌上的肉蓉粥。

趙君逸端著被她弄髒的水盆出屋，李空竹在吃了幾口粥後，才記起自己連睡了幾天，這藥和飯是怎麼進的嘴兒？

想著那一回回在黑夢中的霸道強行箝制，令她不由得有些惡寒起來。

實在是趙君逸這人在救崔九時，那強行給人灌湯的霸道動作，深深的映在她的腦海裡，若她也是這般被餵藥的話……

不自覺的打了個哆嗦，正巧趙君逸進屋。

李空竹看著他的眼神有些恐怖，見男人尋眼看來，艱難的將口中的粥嚥下去，睇了他一眼，醞釀了下，小心的開口道：「當家的，我暈的這幾天，那藥……你是如何給我灌的？」

男人頓了下，不動聲色的脫鞋上炕，在炕上盤腿而坐，閉起了眼。

半晌，就在李空竹以為他不會回答了，卻又聽他道：「妳想知道？」

聽了這話，她抬眸看他，卻見他正挑著一側眉頭向她看來。也不知是不是李空竹的錯覺，總覺得從他眼裡看到那麼一絲戲謔。

這下就更肯定了她心中的猜測，見他還在看她，就趕忙搖頭。「不、不用了！我怕我待會兒會忍不住吐出來。」那手法，光回想就惡寒不已，若真用在她的身上……想想那不得自由的呼吸和霸道的灌藥手法，嘔……不吐才怪！

男人黑了面，眼睛有一瞬間瞇起，危險的盯著她，道：「會吐？」

「是啊、是啊！」猶不自知的女人不停點著腦袋。「我正吃飯哩，你還是別說了，打坐吧，打坐吧！」

看著她一個勁兒的伸手讓自己打坐，男人的臉愈加黑沈了起來。

鬆了盤腿的坐姿，慢慢朝她逼近。

李空竹有些害怕的向後縮了縮，這才發現他眼中的危險。她有些難掩緊張的吞了吞口水。

「當家的，你……」

男人快速的用兩指封住她的唇，女人驚愕。只見他眼神幽暗，緊盯著她那有些泛白的唇瓣，兩指在那柔軟的唇上不停地摩挲輕揉起來。

「嗯？」本有些愣怔外加心跳如擂鼓的女人，不想被他有些用力的揉搓，搓得喚回了神。

唇上的疼麻令她不滿的朝男人看去，卻見男人已然鬆手離去，銜她淡勾了下唇，似滿意自己的傑作般，又重回炕梢，閉眼打起坐來。

李空竹又愣住了。這是啥意思？摸了下有些被搓得腫麻的嘴皮子，百思不得其解的又開始吃起粥來。

翌日，麥芽兒登門看到她醒後，連連後怕的拍著胸口驚呼。「真是嚇死俺了！俺在娘家也住了一宿，想著初三的約定，天不亮就往家裡趕。哪承想，一回來趙三哥就來找，說妳得了急病，病倒了。」

邊說，她邊坐上了炕，拉著她的手連連拍了好幾下。「妳不知道，當時俺兩口子趕過來一看，妳那臉兒簡直就跟那烙紅的烙鐵似的。俺當家的當時就說要跑腿去幫著找大夫，結果趙三哥簡單的交代了幾句後，轉個眼就沒了身影。要不是知道他會那啥，想著他該是心急得自己去找大夫了，不然，還以為他是怕負擔要跑了哩。」

李空竹被她說得樂出了聲，正逢趙君逸端藥進屋，聽到了這話，不鹹不淡的掃了她一眼，直看得麥芽兒有些心慌的低了頭，這才作罷。

李空竹看著他遞來的黑色苦汁就皺眉。雖說良藥苦口，可真到了嘴邊，還是有些嚥不下去。

見她那臉包子褶樣兒，麥芽兒就忍不住樂了一把。「咋地，嫂子敢情妳也有怕的東西哩！」

「這話說的，難不成我平日裡，看著就像個天不怕地不怕的人兒？」李空竹端著那碗，幾次碰唇又離了，聽了這話，就瞟了一眼那幸災樂禍的人。

麥芽兒嘻笑著。「俺一直沒覺得妳怕啥，就說跟俺進深山的那次，那狼多凶啊，俺也沒覺得妳有多怕哩！」

「呸！」李空竹嗔了一句。「少埋汰我啊！」

麥芽兒聽罷，樂得哈哈大笑。

一旁的趙君逸見鬧得差不多了，就叮囑：「趁熱快喝，不然涼了更苦。」

李空竹皺鼻。她也想啊，可一聞著這臭味中還含著土腥味，真真是令人惡寒不已。

男人見她那樣，眼神就閃了下。「要我餵？」

呃……想到他那狠招，李空竹想也不想的連連搖頭。

顯然一旁的麥芽兒也明白過來，一個勁兒的催她道：「趕緊喝吧！要不就那灌法，多遭罪啊！」

李空竹也覺是這個理兒，趕緊捏鼻子皺眉，狠喝了起來。在連連打了好些個嗝後，才終於將那苦得發麻的黑汁嚥下去。

趙君逸見她喝完，伸手接碗時，其掌心居然不知何時放了顆晶瑩的冰糖。

李空竹一見，立即面露欣喜，將它拿起來，快速地送進嘴裡。待那糖水化開，口中的麻苦瞬間就沖淡了幾分，瞇著眼，笑得很討好的問他。「當家的，你怎會有糖？」從哪兒變出來的？還是說一直就捏在掌心？

趙君逸沒有回她的話，只是在接過碗時，有意無意的掃了眼正擠眉弄眼的麥芽兒。

麥芽兒被他掃得有些發毛，不知道哪裡又得罪了他？細細地回想她剛剛說的話，除了最先頭一句說他怕負擔的話，也沒說過啥啊。尷尬的扯了扯嘴皮子，正待要問明白時，卻見他已經拿著碗轉身向屋外行去了。那冷然傲氣的背影，還真令她不敢出聲叫住他。

縮了縮脖子，麥芽兒轉眼看著李空竹，道：「嫂子，我咋覺得趙三哥看我的眼神，像是我哪兒惹著他了。」

「有嗎？」正沈浸在甜蜜糖水裡的某女，很疑惑的問了一句。

麥芽兒點點頭。不過看她一臉臉冒紅光的樣兒，就知怕是說了也是白說，隨即也就另找了話題說起來。

待到辰時將過，惠娘兩口子就來了。

一進門，惠娘就滿面擔心的快步到了炕邊。見她起身要迎，趕緊將她按了回去。

「咋這般不好好照顧自己？那天來時，真真是嚇死人了！妳是沒看到妳自個兒是啥樣，那又熱又打哆嗦的樣子，真真令我這心提了好幾天哩！」

李空竹催促她趕緊脫鞋上炕來暖著。

那邊的李沖見屋裡都是女眷，將帶來的東西放下後，藉口一句找趙君逸，就走了出去。

一旁的麥芽兒極有眼色的下炕去到小廚房，拿了個新碗過來，給惠娘上了茶後，才又坐回去。

李空竹喚著她喝點熱水暖暖身，惠娘就著喝了幾口，待放了碗，才將拿來的東西打開。除了一些封好的禮品，再就是有個做工精細的小檀木盒子。

「此去結算的銀子都在這兒了，除卻成本和必要的行走外，另齊府的老太太、奶奶、小姐、哥兒們給的賞銀，一共淨賺了三百四十兩。當初說過的五五分帳，我的那部分已拿出來，這些剩下的便是妳的了。」說著，將那盒子推過去。

李空竹靠在炕牆上，伸手將那盒子自桌上拿起來，打開來時，見裡面除了張銀票外，剩下的七十兩，被她很用心的分成了五個銀錠子和一些散碎的銀角子。

笑了笑，將盒子蓋起來。「忘記跟惠娘姊說了，這些銀子裡還有一半是屬芽兒家的，怕是這些個碎銀不夠哩。」

惠娘愣怔。「不是雇人？」

李空竹搖頭。「當初便說過讓她們跟來一起合夥，五五分帳，自是要說到做到。」

一旁早有些看傻眼的麥芽兒，在聽了她這話後，趕緊擺擺手。「不不不，嫂子，這錢不能這麼分了。」

天哩，沒承想還真能拿這般多銀子回來。那麼多的錢，有些農家人就是忙一輩子的田地，也不見得能存到那裡面的一半多。

這俗話說得好，人可以有小貪，但絕不能忘恩。當初雖說她答應李空竹給自家分五成利，可那是掙得不多的時候。

如今一個轉眼都能拿上百兩的銀兩，自家不過就出了點力，能沾著這般大的光，已經是莫大的福氣了，若自己還貪心的要了五成利，這於情於理都說不過去。

李空竹見她那慌樣，就笑著伸手拍了她一下。「怎就不能這麼分了？既是說好的，又豈能反悔了去？」

麥芽兒還是搖頭，只覺得這銀子給太多了。

一旁的惠娘也覺得她太過實惠。這糕點是她出的，做也是她占著大頭兒做的，自己能分一半，那是因為她既出鋪子又走路子，理應該得了這一半去。

可論到麥芽兒兩口子，除了去那山上採些果兒，也就沒啥大的用處。採果子人人都能的，尤其她當家的也聯繫到了那些獵戶採果，不怕會有缺果的現象發生。

想了想，她剛張口想勸勸，那邊的麥芽兒卻衝下地去。「嫂子，妳這話如今跟那時不同了。那時才幾個錢，這會兒又多少錢？俺跟俺當家的雖說想巴著妳掙點大錢，可自己幾斤幾兩還是清楚的，妳要真這麼分了，別說妳心裡得不得勁，反正我心裡是不得勁的。」銀子太大，自家還沒出啥力，拿著怪燙手得慌。

「有啥不得勁的？」李空竹笑話她。「妳不是要跟著我吃香喝辣嗎？怎地如今這點小錢就燙著妳了？要是以後掙了更大的，妳不得燙掉皮去啊？」

麥芽兒瞪大了眼，脹紅著臉，支吾半天也不知該怎麼反駁，最後只來了句。「哎呀，跟妳說不清楚，俺找俺當家的去。」

說著便向屋外跑出去，徒留李空竹在那裡欸欸的招呼半天，也沒將她喚回來。惠娘見麥芽兒跑出去，也從愣怔中回了神，點點頭，想說這婦人還算識趣。

不想那邊的李空竹將一百兩銀票拿出來，遞給她道：「煩請惠娘姊幫著再換些散銀，我這身子不方便，只能麻煩妳了。」

惠娘沒有接那一百兩，只好言的勸了句。「既然她識趣，妳為何還要死心眼？」

李空竹搖頭。「既是答應了，就不能失信於人，何況麥芽兒值得這個數哩。」能不為金錢迷眼，還懂得感恩的人，這點數目的銀子，還不足以讓她覺得可惜。

惠娘見她堅持，只得嘆息著拿過那銀票。「妳還真是變了不少。」說著，又再次認真的將她打量一番，笑得甚是無奈的嗔了她一句。

李空竹笑得溫和。「不是早說過了，我早已不是從前的李空竹了。」

搖了搖頭，惠娘起身下炕，趿鞋後，便走了出去。

李空竹亦是笑著搖頭，端著桌上的茶碗喝了口。口中還留有男人給的糖味，舒服的眯了眯眼，想著這世上怕只有他，完完全全相信她不再是以前的李空竹了吧。

麥芽兒兩口子的分成，到底沒有按著五五來分。麥芽兒找來趙猛子，不管李空竹如何說和，兩口子都不願白占這麼多銀子。

弄到最後，大家都急了，趙猛子更是一句。「若真要硬給的話，那俺們兩口子以後就不來這兒幫忙了，實在是拿著良心不安得慌哩。」

李空竹聽他倆都這般說了，最後雖妥協了不五五分，但仍堅持給他們三分利。

中飯是麥芽兒跟惠娘幫忙做的，李空竹在解決了分銀之事後，又重新躺下睡了起來。待一覺醒來時，已是午飯將好之時。

彼時的趙君逸正好在屋子裡，準備將桌子搬去小廚房吃飯，看到她醒來，就立即停下搬桌，走過來，問道：「可有覺得不舒服？」

「呃？」李空竹剛醒，腦子還有些混沌，聽了他的問話，只輕微的搖搖頭，眼神有些迷離的看著他。那半啟的朱唇也像傻呆似的來不及合上，配著那臉因熱氣熏得微紅的小臉，那模樣別提有多誘人了。

趙君逸眼神暗了暗，走過去在她額頭撫了一下。「正好擺飯，醒得倒是及時。」

「嘿嘿！」她啞著嗓子衝他笑了笑。很喜歡他觸碰自己的感覺，伸了手，衝著他撒把嬌。「扶我起來，心頭慌。」

男人依言上前拉著她伸出的胳膊，將她一個輕巧一提，就見她腦袋後仰，似沒骨頭般，順著他的力氣坐起來。拿著棉襖欲給她披上，卻見她搖頭，要穿衣起炕。

「妳確定？」

「確定！」上午一晌午都沒讓她下炕，如今再賴在這炕上，也著實太不像樣了。

見她堅持，男人自是不好說什麼。看著她有些吃力的將衣服穿好後，就伸手來扶她。「既如此，就喚了他們進主屋吃飯吧。」桌子也懶得再搬出去了。

李空竹點頭，順著他的手下炕趿鞋，用張包帕，把頭髮包起來。

一旁的趙君逸卻在她起炕後，開始整理床上的被褥。

第三十八章

在外面久等不到趙君逸搬桌出去的眾人，派了麥芽兒前去看看。

麥芽兒跑到主屋，人還未進門，那大嗓門的聲音就傳了進來。「趙三哥，你咋搬個桌子這麼久呢？」說著的同時，就已經掀簾子跨了進來。

她一進門就驚得愣了一下。實在是趙君逸這人平日給人的感覺，總是板著張冷冰冰生人勿近的臉，誰能想到，就是這麼個冰塊般的臉，居然能幹起疊被子的活兒？

別說麥芽兒不相信，就是叫誰來也都不會相信。要知道，論村裡的大部分男人，就算再疼婆娘，這早起的家務活還是得婆娘來幹的。

就連她當家的這麼疼她，也很少幹疊被子的活兒哩。

李空竹聽著她喚，正好轉頭看過來，見她呆愣的站在門口，就忍不住問了句。「咋了？」

被喚回神的麥芽兒搖搖頭，見已經疊好被褥的趙君逸正向她瞟過來，那種不鹹不淡的眼光，令她有些頭皮發麻，忙扯了個僵笑，道：「尋思著出啥事了，都等著搬桌去廚房吃飯哩。」

李空竹笑了笑。「去啥廚房吃，都回主屋吧，正好我也起來了，都是熟人，也都別見外了。」

「噯，那俺再喚了他們過來啊！」麥芽兒聽她這話，麻溜的就轉身向外面衝出去。那急慌慌的樣兒，令李空竹疑惑的嘀咕。「咋就急成了這樣？」把被子放進櫃子裡的男人走過來，聽了這話，瞟了眼門口，皺眉道：「鬧。」

李空竹轉眸看他。「誰？」

男人挑眉回看，意思很明顯：妳說呢？

李空竹滿頭黑線。「人家那是活潑！」人人都似他這般清冷還得了？再說了，麥芽兒這性子，她還是滿喜歡的。

趙君逸呵了一聲，拉著她就向門外走去。「去洗漱，有眼屎。」

被噎了一下的李空竹，很不滿的低喝了聲。「你一天不堵我就不痛快是吧！」

顯然男人也是這般認為的，拉她出去時，還很得意的挑了下眉頭。

待李空竹洗漱完，主屋桌上也恰擺好飯菜了。三家人圍坐在一起，相互說了些吉祥拜年的話後，就熱熱鬧鬧的吃了起來。

李空竹由於大病初癒，吃不得太多的油水，麥芽兒就特意熬了碗香濃的精米粥。席間大家吃得還算盡興，男人們雖說喝了點酒，卻未有太大的醉意。散了席後，麥芽兒跟惠娘又煮了點醒酒暖身湯端過來。

彼時三家人皆坐於他們主屋的那張小炕上。

惠娘說到原定而耽擱的開店計劃，雖說有一小部分的原因是李空竹病倒，可大部分還是因著初六有些過早了。

畢竟不是老店，新開的鋪子又正逢正月過年串門子的時候，各家家中物資也還算豐富，若真要初六開的話，怕是不管那天搞得有多隆重，或是多給了優惠，也不見得能有多少人前來光顧。

是以，這店沒開，不過是藉著李空竹生病的由頭，順道擱置下來罷了。

「那就定十四吧！」李空竹聽完，斟酌了下開口道：「十五是元宵燈會，到時各個村落的鄉民與鎮上的住戶，都會趕在這一天前去看燈。正好十四開業準備一下，待十五那天，將那些山楂用些漂亮的容器盛著，在店門口擺個小攤，人來人往，總會有那嘴饞的買個一斤半兩。」

這樣一來，還省去了推廣一事，來來往往提燈遊街的人群，就是最好的活廣告。

惠娘也是這個意思。「我與當家的也是這般商議的。那摘果子的獵戶們也告知從明兒開始摘果了，趁著這些天空閒，正好多儲些果子，免得到時手忙腳亂，存貨不夠。」

李空竹點頭。「是這麼個理兒。如今我這病也好得差不多了，明兒摘果歇上一天，後兒差不多就能上手了。」

麥芽兒在一邊摩拳擦掌的哼唧著。「沒事，嫂子，妳只管養著身子，養到好為止。果子的事不用擔心，還有俺們哩。」

李空竹好笑的搖搖頭。「我總不能占著這般大的利，還不動手吧？那成啥了？」

麥芽兒嘿嘿笑著。「能成啥？嫂子，有俺跟著妳哩，妳擔心個啥？妳只管動腦子就行，這等粗活，就放心交給俺們吧！」說罷，還很豪氣的拍拍胸脯。

李空竹跟惠娘對視一眼，點著頭很中肯的說了句。「這個馬屁拍得好，我給十分！」

「哎呀！嫂子——」眼看她害羞得要鬧了，李空竹趕緊忍笑的止了她，說是自己還有事沒說。麥芽兒聽了這話，自是又乖乖的坐回原位。

李空竹則從裝銀的盒子中拿出了二十九兩，剩下的九十兩又全推給了惠娘跟李沖，見他們疑惑看來，她笑了笑。「其實我早就想好了，要買片土地。」

「買地？」

「嗯！」李空竹點頭。「山楂若要做下去，光靠採摘野生的是沒用的，而且今年我們能吃到頭一口，來年就未必了。再加上若要做大的話，光靠人工進山採摘，也有些不大實際。」

山楂糕的方子她是賣給了鎮上的糕點店，做糕點的師傅舌頭稍微靈活點，就不難嚐出水晶糕裡面的配料。

如今沒有造成跟風，是因為還沒在市面上出售，一旦開店出售，紅火的話，勢必會引來其他店的效仿。果丹皮跟山楂卷這幾樣，或許能撐著秘密保守一段時間，但未必是長久之計。

「如今我們能做的，就是趁著勢頭起時多賺些，別人跟風，我們就另闢蹊徑。」當秘密不再是秘密後，山上的果子就會成為眾人搶奪的焦點，那時，若他們再想收了果子，怕會有些艱難。

惠娘也明白過來。「妳的意思是要買地種山裡紅？」

李空竹點頭。「除山裡紅，也可種些酸棗之類的，不用非得全種山裡紅。有新品推出，才是店鋪存活的長久之計。」酸棗糕也是道不錯的點心哩。

惠娘點頭，將她裝銀子的盒子拿過去。「這事交給我們吧。」

李空竹嗯了一聲，隨即似又想起般，道：「不用太好的地，像是山地這些也可，便宜，還能買得多。地買回後，不用急著買樹苗，北山這般大，總能收到不少，屆時只需出錢雇人挖樹即可。當年栽的果樹，怕是結得不多，或是結不了，但好歹也算是長久之計。」

說到這兒，李空竹總覺得有些想法，但她還真想不出來了。

麥芽兒在一邊也聽明白過來，轉身跟趙猛子兩人小聲的嘀咕幾句後，見自家男人點頭，趕緊回身對李空竹道：「嫂子，買地能算俺們一個嗎？」

李空竹愣了一下，隨即又笑起來。「自然，只要你們願意。」

「那行！俺們也跟著買地吧。多一分錢，也能多買幾畝地。」說著，就拿出分銀所得的五十一兩，留十一兩在手，道：「這些俺們就留著蓋房了。」

李空竹笑著將那四十兩拿過來。「十一兩銀，能蓋間不錯的房了，準備在舊房加蓋，還是另選了地基？」

「嫂子妳呢？」麥芽兒知她也留了近三十兩，想來也是要蓋新房才是。

「嗯，我得另選了地基。」實在是這鄰居她很不想要哩。

「那行，俺們也跟著妳另選地基吧！到時跟俺婆婆商量一下，若是聽說跟妳做鄰里，她指不定就會同意了。」

說到林氏，李空竹就想到她的大嘴巴。「說起來，這買地一事，還是暫時保密的好。若讓人知了，難免會引人眼紅。」

短短數月就有錢蓋房買地做地主，說不眼紅那都是騙人的。加上他們又沒有買村中北山的地頭，得不到利益，難免會得罪里長跟村人。

麥芽兒明白的點頭。「放心吧嫂子。自上回俺婆婆無意說漏嘴後，俺連這次去府城賣糕多少錢都沒告訴哩。拿這十一兩回去，能糊弄住的。」

趙猛子在一邊聽得尷尬不已，不過李空竹卻很滿意的點點頭。

一旁的惠娘就疑惑的問：「為何不在村裡買地？」畢竟挨著北山近，又是無主山頭，到時若買了的話，也可造福村人跟著得點利，於她來說不是好事一樁嗎？

李空竹想到北山南面的那片山桃林。那一整片地頭都是山桃林，她總覺得要用來做點什麼。可至於怎麼做，腦子裡似有什麼閃過，卻總讓她抓不住。

她嘆息的搖搖頭。「先這麼著吧，待下次有機會再說。」

惠娘以為她說的下次，是等個一、兩年，或是來年，一點點慢慢的富起來，讓人容易接受不眼紅的時候，也就另尋了話頭，不再提這事。

待所有章程都擬定好，惠娘兩口子回鎮上帶了些洗漱用品後，就開始在麥芽兒家住下來。

由於李沖要去尋買地之事，是以收果這擔子就放在趙猛子身上。

李空竹初八這天被逼著又喝了一天的藥後，初九是徹底再不願喝了。一大早吃過早飯，去找王氏說了找人和買地基之事。回來時，見趙君逸不在家，便猜想著，怕是又上山了。

想著的同時，就去了小廚房，準備將要熬製山楂用的容器跟鐵板給洗出來。下晌時，趙猛子把果子拉回來後，麥芽兒跟惠娘還有王氏領著的幾人，來了這兒，又開始了新一輪的忙碌。

晚飯過後，看天色還早，照舊按以往那樣，先熬製幾鍋成品出來。

待到酉時初，送走了麥芽兒她們，李空竹洗漱上了炕，就跟趙君逸說了下晌王氏跟她說的地基之事。

趙君逸沒多大反應，只淡淡的來了句。「隨妳的喜好。」願意折騰就去折騰，他是不管的。

李空竹聽得不滿，將被褥拉著向他的炕梢靠去。「好歹你也算是一家之主，怎能說這話？」

「那要如何說？」感受著她的靠近，男人只平淡的睜眼掃向她。

黑暗中她眼珠子發著光，又向前挪了一步。「你得管管我啊。像那種霸道總裁，不許這個、不許那個，妳只能愛我什麼的！」她一臉意淫的想著他一臉冷淡的將她給壁咚，一邊冷著臉吩咐她不許這個、不許那個。看她想反駁，還很霸道的對著她的嘴兒狠親下去。

想著那軟軟清冽的嘴唇，霸道的將她占有的感覺，臉蛋就止不住的泛起紅暈來。「哎呀——」她嬌嗔著將被子捂過頭頂，埋在被窩裡，開始嗤嗤的笑個不停。

全然不知身邊的男人正以一種很怪異的眼神看她。管她？不許了她這個，不許了她那個，還只能愛他？

男人沈思著，想著宅門裡的婦人都是以夫為天，從來做什麼都得先稟呈了夫君，也從來都是以夫君為中心，不會生了二心去喜歡另一人。要知道，另生二心的妻子，可是天理難容的大罪，難不成，她是在暗示自己並未將她當妻子看待？

那邊廂，李空竹癡笑過後，從被子裡露出頭來。黑暗中看不清男人的表情，她拖著被子又離他近了幾許，彼時，兩人的距離已經近到不足一掌寬的距離了。女人側了身，又對著他耳朵方向吹了口氣。「當家的？」

男人身子僵了一瞬，隨即從沈思中回神，瞟了她一眼。「何事？」

「你親過嘴沒？嘻嘻……」女人搗嘴嗤嗤地笑起來。「聽說大戶裡的公子哥兒，可是十二、三歲就有通房了。你有沒有……」黑暗中女人笑得甚是猥瑣。

男人很無語的看著她，心想，果然是這樣，這是想讓自己像真正的丈夫那樣與她相處嗎？

李空竹不知男人的想法，她現在全身上下每個毛孔都在想著被趙君逸親吻是啥感覺？有意這麼一問，也知他是不可能有通房的。

畢竟他在這農家生活近九年，那時掉下山崖才十二歲，就算有那心，也還沒發育好。所以，根本不用擔心他早不是童子雞。

想到這兒，她又忍不住的吱吱咯咯笑起來。將頭伸過去，感覺離他夠近了，才又道：「俺也沒親過嘴哩。書上說，初吻很是甜蜜，又很是心動，我也想試試那種心肝怦怦跳，臉兒紅紅的感覺哩。」

頓了下，她又似商量道：「要不，當家的你試著霸道的親我一回？讓我嘗嘗初吻是個啥樣滋味？」

趙君逸愣了一下，想到前幾日他灌藥的方式，只覺喉頭似有東西堵著。

還不待他回答，女人突然壓了過來，壓在他身上，纏著不停的撒嬌磨著。「好不好嘛？好不好嘛？」

男人有那麼一瞬間的愣怔，下一刻，只覺得整個心神差點瘋魔了去。

只見女人不知何時已經在黑暗中摸索到他的臉，指尖試探的找著他唇的位置，輕輕的撫著、摩挲著，那麻麻癢癢的感覺，令男人差點沒了心智。

輕咳一聲，正待出口之際，卻見她又迅速的壓過來。

當柔柔軟軟帶著女子獨有馨香的嘴唇壓下，趙君逸與身上的人兒同時有著短暫的愣神。

那香甜美好在腦中迴旋久久不散，勾起了男人想到她病著的那三天裡，為了讓她吃藥而不得不選擇的手段。同樣的唇，卻是不同的感覺，連心跳也跟上回大不相同。

上回以唇灌藥時，自己雖留戀，卻從未像現在這般令他迷醉。那種馨香的迷醉，令他有些不願就此掙脫，想要一直這般沈醉下去。

李空竹只不過是想親他一下罷了，說她色也好，說她不要臉也罷，不論怎麼樣，就是想離他近一點，再近一點。本著有些玩笑又期待的心理，當她將心中夢想著無數大膽的吻，真吻上的那一刻，腦中卻呈現了一片空白。

如雷鳴般的心跳，震得她耳朵嗡嗡直響，令她再感覺不到周遭的一切。就似所有的感官全集中在一處，只能感受到唇的交接處，有著暖燙人心的魅力，即使燙著，也捨不得分開。

鬼使神差般，她覺得嗓子有些乾渴，竟伸出小舌不經意的舔了那麼一下。那一下的觸碰，令身下的男人如電擊般僵直了身體，下一瞬，竟毫不顧忌的伸出大掌按壓住她的小腦袋，將這個吻加深下去。

纏綿在那如櫻的唇瓣上輾轉廝磨著，男人冷冽的氣息，混著女人獨有的女兒馨香，兩人彼此吞吐著對方獨有的呼吸，相互交融著。

李空竹的腦袋混沌了，嘴唇也麻木了，有些分不清今夕是何夕。耳朵嗡嗡的聲響中，她居然感覺到了絢麗的煙花綻放，一束束，升在空中炸開，既耀眼又浪漫，鼓動著她整個胸腔亦是跟著一起怦怦跳動著。

忘了呼吸，只覺得自己已完全沈醉在這個深吻中。

不知過了多久，就在她以為所沈浸的美好不會停止，會一直永無止境時，耳邊卻傳來一聲極沈極喘又似極遠的聲音。「呼吸！」

李空竹有些不知所措，睜著眼，愣愣地盯著眼前黑黑一片的光暈，那上面有帶著色彩的光暈。

「呼吸！」

又一聲由遠而近的聲音傳來。李空竹這回聽清了，是趙君逸的聲音，是他在叫自己呼吸。奇怪的是，他叫自己呼吸做什麼？她在跟他接吻啊！趙君逸這會兒簡直懊惱得要死，也哭笑不得。這個女人，連吻都不會接，居然膽敢對他行勾引之事？

若不是發現她喘氣有些不對，驚醒了自己住手，怕自己還真會就此不能自拔的要了她也未可知。

及時止住自己的慾念，心下鬆口氣的同時，卻又無奈於懷中的女人，居然已經呆得不能自由呼吸了。眼見連叫了幾聲還在傻愣著，男人不得不伸手在她臉上不輕不重的拍打了幾下。

「啪啪！」雖不痛，卻極響。

李空竹終於從混沌中被這響聲喚回了點神志，輕輕的「嗯」了一聲，那似貓兒一樣慵懶的呻吟，令身下的男人又不由的深了眼。

李空竹回過神的時候，就感覺到鼻息間有股淡淡好聞的清冽之氣，正縈繞在她的周圍。臉兒有些燒紅，卻又覺得甜蜜的將頭偏了去，垂在他的脖頸處，拱著那顆毛茸茸的小腦袋，甜笑著不停磨啊磨的。

男人好不容易壓下的心頭火，又在這一刻竄升上來。見她居然還用手在他下巴處摩挲，就趕緊將她一把按住，道：「起來了，沈！」

正稀罕他稀罕到不亦樂乎的某女，在聽了這話後，霎時那充滿全身的絢麗泡泡沒了，取而代之的是有些危險瞇起的翦水雙瞳。「你敢說我沈？」

男人不語，用大掌代替回答，將她的後頸一個提溜，就提了下去。

李空竹咬牙炸毛，快速的爬起來，雙手拍打著他平坦的胸口。「趙君逸，你再說一遍！」

男人閉眼，並未有說第二遍的打算。

女人氣急，聽他呼吸，竟是平穩綿長了起來。

「該死的傢伙！」她低罵一句，下一刻卻掀了他的被子鑽進去。

趙君逸有些無奈，伸手就想將之推遠。不料女人卻似早料到般，伸出雙手雙腳，又是纏脖又是蹭的，如那八爪魚般緊貼他的身上不放。

「不管，你親了俺，就要對俺負責，就算胖，也要負責！」她嘟嘴賣萌不依的叫著，在他頸間依然磨著不願鬆開。「胖也只壓你，壓死你！」

男人心下嘆息，捨不得手上用力，只得面上極力平靜的道：「真不下去？」

「不下！」李空竹搖頭。「你別想賴了去。趙君逸我告訴你，你要真敢不負責，我就、我就……」

她「我就」了半晌，突然一個眼淚汪汪的埋入他的懷裡大哭起來，一邊哭，一邊用手不停捶著他的胸口。「你若真不對我負責，我就找個時間回我家鄉去，到時就徹底跟你一刀兩斷，永世永生不再相見！哇哇……大壞蛋！」

趙君逸心頭發堵，每聽她一句皆似劍穿心般，痛得讓他有些難以自持。伸了手，終是無奈的按著她的小腦袋，沈沈的道了句。「知了。」

心下卻嘆息不已。怎會次次防備於她，都會被她攻得體無完膚？苦笑著搖頭。這世上之人，怕也只有她能讓他輸得這般徹底了吧。

得了他回答的李空竹終是止了哭，滿意的將他抱得更緊，頭枕在他懷裡，喃喃道：「只要肯負責就好！將來不管你要去哪兒，做了何事，只要記得，你還有個女人等著你負責就好！」

趙君逸愣怔，久久，從鼻音裡輕淡的嗯了一聲。

而彼時的李空竹，卻早已在他懷中沈睡過去……

第三十九章

夢想成真的李空竹，第二天雖沒如願看到自己從男人懷中醒來，不過卻依然抵擋不住她好心情上揚的嘴角。

哼著小調，興高采烈的起床、疊被、綰髮，趿著鞋的跑出屋，去了小廚房。見男人已經點著火，就咧著嘴兒衝他揚了個高度迷人的甜笑。「當家的，早啊！」

趙君逸轉頭看了她一眼，淡淡的應了聲後，從鍋中舀了瓢化開的水進盆裡。

李空竹看見，笑得是見牙不見眼，一陣風的跑過去，從他身後將他給環住，撒著嬌道：「謝謝你！」

男人心頭柔軟了下，並未出聲，將她環腰的手解了下來，末了淡道一句。「快洗漱，該是做飯的時辰了。」

對於他煞風景的話，李空竹並不在意，笑著鬆了環住他的手，點著頭就去端了盆裡的水，找出牙具跟青鹽，開始洗漱起來。

吃過早飯，惠娘跟麥芽兒兩人過來幫著熬煮山楂。

見李空竹咧著嘴，春心蕩漾似的笑個不停，就不由得相互對視了眼。兩人都是過來人，看她熬個糖稀、拉絲都不停瞄著那正在搗果兒的趙君逸，皆會心一笑。

麥芽兒是最愛打趣的，見她又瞟向那邊的趙君逸了，就忍不住用肩膀撞了她一下。「嫂子，看妳這一臉春風得意的樣子，難不成昨晚上跟俺趙三哥……嗯嗯！」她一臉猥瑣，笑著用兩大拇指對比著轉了轉。

李空竹很鄙夷的瞅了她一眼。「瞎想什麼哩，那事也值得春風得意？」

「哎喲，妳可別不信，要不俺給妳弄一面鏡子來看看？」說著，又衝她挨近，小聲的嘀咕道：「到時妳再瞅瞅，看妳這眉兒眼兒的，哪一樣不是帶著那滴水的笑意？」

李空竹作勢要去擰，不想小妮子早預料到了，見她橫了秀眉要發火的樣兒，趕緊跑去惠娘那裡要換手，離那一臉春意的女子遠點。

惠娘見她倆又要鬧起來，就打著圓場笑道：「行了、行了！都是過來人，有個啥的！」

「就是！」麥芽兒點著頭，很是贊同。

李空竹臉紅的瞟了眼趙君逸，見他一臉淡定，沒他啥事似的，就忍不住對麥芽兒嗔了一句。「當真是越發的沒個把門的了！」

「哎呀，這有啥啊。」麥芽兒聳肩。經常幹農活的婦人跟一幫大老爺們都能開那葷笑話的，她們不過說點明白人的話頭，還隱晦得很哩。

「是不適合。」一未開口的趙君逸終是開了口，有意無意的瞟她一眼。

麥芽兒被他眼風一掃，嚇得立刻縮了縮脖子，再不敢吭聲。

正月十二的時候，跑了幾天的李沖，終是拿回了一張地契。

他說了買地的情況。「在下河一片，連著山地和旱平地，一共是五十畝。因是無主山林，又多為旱地，倒是不值多少錢。平均每畝花費不足三兩，共花了一百三十多兩。餘下的，全用於買樹苗跟挖樹的工錢。至於樹苗，主要是酸棗樹苗居多，已跟商販商量好，也交了定錢，只待二月一過，便運苗前來栽種。」

李空竹點頭，問他大概預計要用多少銀錢？

李沖跟惠娘對視了一眼。「一共備下的是二百三十兩。」

也就是說，除她跟麥芽兒的共計一百三十兩，他們也拿了百兩之多。

李空竹點頭道：「那便立約吧。惠娘姊依舊是五成，我三成，芽兒他們二成。從今年後，這土地盈利都按著這般來。」末了又問：「可有異議？」

這點上自是沒有，各家出了多少錢，皆是心裡明白。見都同意了，李空竹便讓惠娘作東，保管地契；至於契約，自是也由他們來寫。

事情過後，又說了十四那日開店的情況。

李空竹建議在這天將貨品擺齊放入店中，不用太過隆重。因再兩天就是元宵了，倒是可以在那天到來之前，再雇幾個能說會道的臨時跑腿工前來幫忙。

屆時再搭個小臺子，讓他們在臺上吆喝過往行人進店，也算是一種噱頭。

「要不再請個草臺班子？」有戲看，自是能招來不少人。

「嗯。」李空竹點頭，隨後又靈光一閃。「再做個這麼大的木箱。」想著前世，舉凡舉辦活動，都有抽獎這一環節，便用手比了個大小。「屆時放些寫好的獎勵進去，待唱完一臺戲後，就讓跑腿會說的雇工上去說明一下，進店買東西，滿多少銀錢，能有一次抽獎機會。

「至於獎品麼，可以是銀子，也可以是水晶糕、山楂條之類的。」

「這又是銀子、又是水晶糕的，會不會虧啊？」一邊的麥芽兒覺得這樣不划算，忍不住將擔心說出來。

「那倒不會。」李空竹笑道。「這麼大個盒子哩，到時咱們寫上一些謝謝惠顧，和再來一包啥的，大獎只放那麼兩、三個，那是得極好運的人才能抽到。其他一些小來小去的，倒不足為懼。」

只要不是人人都白來，總會有人想碰運氣的來抽個大獎。

「終極大獎，就定一兩白銀吧！」李空竹笑得甚是篤定，將方案訂下來。

眾人雖有些吃驚，不過看她笑得一臉勢在必得的樣子，也都只好相信的點點頭。

接著，李空竹又將確切詳情訴說了遍，待將眾人疑惑都解釋明白後，這才散去，各自家去了。

送走了他們，李空竹洗漱完上炕，就撒賴般的窩進男人的懷裡。

「當家的，你說我能不能幹？」

對於自那天起，她時不時黏懷撒嬌這招，男人早已見怪不怪，頷首淡嗯了聲，伸手就要將她扯出去。

「不要！」死摟他腰的女人，哼唧著。「我累了，當家的，你給我靠靠唄！」

男人雖不語，卻未再伸手扯她。李空竹眼裡閃過一絲狡黠，埋在他懷裡，滿足的閉眼歇息了起來。

翌日十三，李空竹與麥芽兒兩口子，就著拉貨的牛車，跟在惠娘兩口子的驢車後面，向鎮上行去。

村中一些人也是知他們明兒開店，李空竹甚至還讓麥芽兒告訴林氏抽獎一事，讓她囑咐林氏去村中散播一番，屆時只要進店買糕點超過二十文的，皆可獲得抽獎一次。

有八、九成的機會抽中獎，就看誰的運氣好，能得了那終極大獎。是以，這會兒他們才剛到村口，路上就陸陸續續有不少打聽的人了。

李空竹負責解釋，那邊麥芽兒則捋著袖子吆喝。「十五下晌申時一刻，鎮上街燈亮起時，就是俺們活動開始之際。屆時請了村中各位叔伯嬸娘們，有那興趣的就來逛逛，沒啥興趣的也可來聽聽戲曲，老闆娘跟老闆會請草臺班子來。到時，若想聽的都可來看看！」

眾人一聽她吆喝，就趕緊笑道：「行嘞！屆時俺們去了，可別攆了俺們才好。」

「不會不會，都是同村之人，又是消費的客人，俺們不會那麼沒良心哩。」麥芽兒高聲笑著回道。「那啥，叔伯嬸娘們可都要記得啊，十五下晌申時一刻，可都別忘了啊！」

眾人笑著說不會，跟著將他們送出村口。車行老遠了，還能見到有人在那兒站著。

麥芽兒清著嗓子，坐在車上嘿嘿的笑了會兒。「照這熱鬧勁頭，想來十五那天該是好賣才是。」特別是有那一兩白銀的終極大獎，光想想，她都有些想參加了。

李空竹抿嘴笑而不語。前世這樣的活動可不少，雖都知道那是商家促銷的手段，照樣免不了內心想得大獎的慾望，都想去衝一把試一次。

到了鎮上，不過辰時將過。待將車上的糕點搬去店中後，李沖便交代了聲，跟趙猛子出去，雇那草臺戲班子跟臨時跑腿的工人了。

李空竹跟麥芽兒、惠娘三個婦人，在送他們出門後，便留在店中繼續整理。

糕點就那麼幾樣，雖說做得多，卻也不可能全部擺放出來。看著還有大半個牆架沒放滿，李空竹問惠娘可還有什麼打算沒有？

「早先有進一批桂花糕、糟子糕、飴糖之類的。本就是食貨鋪子，我早知不能單靠這幾樣，如今不過是拿來當鎮店之寶罷了。」

李空竹點頭。正月一過就沒啥做頭了，屆時得好些個月不能得利，若不利用點別的來買賣，這店開不開也沒多大意義。

整理好後，三人又坐了會兒。待到正午將過，出去辦事的兩人也回來了。

大家一起去平民一點的酒樓吃了一頓，席間李沖把要請的人又說了一遍。「有個說書的先生，瞅著嘴皮子挺索利的，想著屆時就讓他來做了這戲曲後，把控全場之人。」

李空竹點頭。「將要怎麼做告知他，再著他寫份書稿，明日開店時，我們再著他前來背一遍，到時看看可還有哪裡不行，需要改進之處。」

「正是這麼個理兒。」惠娘也在一旁附和，催著自家男人趕緊吃完，下晌再走上一趟。

商量妥後，眾人散席便各自歸家。

十四是開店的正日子，雖說不是大店開業，但聚在一起放個鞭炮、吃個飯還是有必要的。

是以，一早李空竹就逮著又想溜去山上的男人，纏著他的腰身，軟磨硬泡的將他纏得點頭後，才相攜著跟了麥芽兒兩口子，向鎮上齊聚而去。

巳時一刻，聽說是請人算好的良辰吉時，也是匯來福正式開門的時刻。來的人除了彼此認識的三家人外，另還有些李沖的朋友跟交好的鄰人親戚。

大家紛紛祝賀，吆喝著當家之人李沖揭掉那蓋著紅布的牌匾；接著再將高掛的鞭炮放響，熱鬧聲中，大家皆充當那顧客進店，給面子的買上幾樣，算是給店裡正式開張。

店鋪由於位在臨街口，算得上是個不錯的位置。如今又離元宵只一天，是以，這該走的親戚，也差不多都會提前一、兩天全回了家。

這會兒鎮上已有不少住民，來來往往的閒逛，買著一些必備之物。聽到鞭炮聲，又見是家新店，還是引來一些好奇之人。

麥芽兒因嗓門大，見有人前來，趕緊跑到店門口大聲吆喝起來。「來來來，新店頭天開張，一律成本價出售。不管你是要那甜嘴的飴糖，還是要那香噴噴的糕點，店裡都可滿足。最重要的是，新店開張期間，買足二十文，皆可留票一張，明兒元宵花燈之際，可前來抽取終極大獎。獎品多多，好運之人，還能抽到那一兩白銀的鉅款喔！」

圍上來的人，對於前面不大感興趣，但聽到一兩白銀的鉅款，皆有些心動的跑上前來問怎麼一回事。

麥芽兒扠腰，在那裡嚥了口唾沫，忽聽後面李空竹小聲提醒她，就笑道：「詳情請進店裡詢問，店裡有專人講解哩。」

眾人一聽，趕緊紛紛向那不大的店內湧去。

李空竹與惠娘對視一眼，皆揚笑的招呼前來詢問之人。

待聽到可以抽獎，還有八、九成的中獎機會，雖說小獎只有一小包的山楂條，可聽到大獎有水晶糕、冰糖，還有銅板啥的，就有些心動了。特別是在聽到最大獎是一兩白銀後，皆雙眼冒著渴望，想去試它一把。

李空竹見此，乘機又道：「二十文夠一次抽獎機會，百文是五次，可搭送一次。有買之人，皆以記小票為準！」

說著，就拿出早裁好按了手印的小紙張，用一根折斷的樹枝沾墨。「以我記錄的小票為準，明日申時一刻，花燈亮起時，就是咱們滙來福抽獎之時。先來先得，大獎不等人哩！」

眾人聽罷，紛紛生出好奇心，準備買上個一斤試試。

還有那不相信的，惠娘就讓李沖將那抽獎箱拿出來，擺在地上，讓買了二十文的人，免費抽取一次。

結果那人一去，就抽到兩文銅板的獎。惠娘也痛快，立時就找還了他兩個銅板，眾人一看，皆相信起來。

李空竹又拿著山楂的幾樣零嘴在那兒說道：「咱們童叟無欺，不光是靠抽獎來博生意，在場各位皆可試試這鎮店的幾樣山楂點心，看看於別家店來說是好了還是不好？就這幾樣，過年時候，我們還給府城大戶人家送過當零嘴哩。」

這就是大有來頭嘍？在場一些人聽罷，有那有眼色的，立刻明白幾分。有了親眼見證，又親口品嚐後的親身經歷，眾人還算給面的，或多或少都會買上一些回去。當然，這少的，也絕對是過了二十文的。

趁著勢頭賣到近晌午時，惠娘幾人才騰出空來，囑咐李沖領著前來恭賀的人前去訂好的酒樓吃飯，婦人們則叫了菜在店中的小屋裡將就著吃了。

下晌時，待李沖的友人走後，那請來把控全場的說書先生也來了。

李空竹見他樣貌還算周正，就讓他講了那麼段他寫好的書稿，待聽他說得激昂，還算滿意的點了頭表示肯定，指正幾處後，就要他明兒早早過來登臺演練。

待安排好這些，又看了看李沖找來搭建戲臺子的木料。雖說不上有多高級，但搭個小臺啥的，也足矣。

等一切弄好，幾家人又訂好了第二天相見的時辰後，便告辭各自家去。

待到了正日子，李空竹煥然一新的穿上了新襖，看了眼一直一臉淡淡的某男人，問他今兒可還要去？

男人冷淡的瞟她一眼，李空竹則笑得很討好的上前挽了他的胳膊。「還在為昨兒的事情生氣？」

想著昨兒硬讓他去鎮上，結果一去就忙了起來，連吃中飯也是讓他陪李沖那邊的客人，以他的性子，能忍一天隨了她回來，也著實怪難為他了。

「今兒你若不願去，我就不強求了。怕是晚上會很忙，沒時間去看花燈哩。」難得一年一度的花燈節，她也挺想去看看古時的花燈街究竟是個啥樣？

男人看了她一會兒，終是不聲不響的去了衣櫃處，找出她為自己做的一件皺巴巴的棉襖，套在身上，那意思很明顯是要同去的。

李空竹咧嘴笑了出來，跑過去摟著他的脖子，就在他那薄唇上啄了一口。「當家的，我有沒有說我很愛你？」

男人眼深，低眸看著她眼中熠熠生輝的眼眸，半晌，在她鬆手時，又攔著她的腰讓她近前，大掌按著她的小腦袋，在她唇上再反啄了一下。

不是很深的纏綿，只純粹為了反客為主的重啄了下。雖說李空竹嘴被親得有些木，臉兒亦有些發紅，可心頭卻是甜蜜得不得了。

「走吧！」扯著他的衣袖，如那脫兔般，她在前面蹦跳起來。

趙君逸低眸看著那扯動他衣袖的柔荑，不自覺的勾起一邊唇角。

兩人出了院子，就去跟麥芽兒兩口子會合。

待到了鎮上，已經有不少商家在自家店門口佈置上了，支起的小攤上擺弄了不少，各式各樣的花燈掛著，因還是大白天未點亮，也看不出有多漂亮旖旎。

待到了匯來福，就見李沖正指揮雇來的幾個臨時工人，擺弄著那舞臺，看到他們，點頭示意了下，又喚趙猛子前去幫忙。

一旁的趙君逸見她們婦人要進店，就頓了腳步。「我去幫忙。」

李空竹回眸衝他擠眼。「好。」

麥芽兒憋了一路的話頭，這會兒終是等趙君逸走後，才找到機會說出來。「嫂子，我咋覺得妳最近這些日子，跟俺趙三哥有些不大一樣了？」

「有嗎？」

「有啊！」這眉兒眼兒的，天天蕩著春意。以前雖也笑著，可從未笑得，笑得這般……麥芽兒一時找不到形容詞，只是很肯定的點頭認為他兩口子有些不一樣了。

「是不是有啥事發生？還是說……」她別了她肚子一眼，立時眼發光的叫道：「真有了……啊！」

突如其來的一記爆栗，令她捣頭，委屈得不行。「嫂子，妳幹啥打俺啊？」

收回敲她頭的手，李空竹白了她一眼。「誰讓妳亂說了去。」

「既然不是，那做甚天天笑得跟吃了蜜似的？」

她嘀咕著跟著進了店。惠娘笑著迎出來，見她一臉的吃癟樣，就忍不住捣嘴笑道：「妳這張嘴啊，啥時能不再鬧騰了去？」

麥芽兒嘿嘿著撓撓頭。

李空竹則問惠娘可還有啥安排沒有？

惠娘點頭。「還差一點獎金、糕點跟山楂條沒包好，趁著這會兒還早，來幫個手吧！」

「自然！」

三人說笑著，進了小屋，就見那裡已經堆了大堆包好的小禮品，都分類堆放著。要中啥獎，直接能一目了然的認出，不會拿錯了去。

至於那一兩白銀，惠娘拿出了個嶄新的銀錠子，問著：「這要咋包？還是說用個小盒子裝了？」

李空竹尋思了下。「不用太好的木盒，大概巴掌大的就行，若是可以的話，再用紅色毛絨布墊一下。」

惠娘想了下，道：「絨布倒是沒有，不過有一小截染了色的紅色毛皮，我去拿來試試？」

「行！」

待她將那紅色毛皮拿出，墊在那盒子裡後，又將那閃著銀光的銀子放進去。這一看，立刻呈現出了對比。

第四十章

李空竹放下簾子、點了燈，打量了會兒盒中那閃光後，滿意的點頭。「且看今晚誰能抽中吧！」

彼時，怕是會很轟動的造成大批消費者前來購買。

惠娘亦是頷首，將銀子包好放進內室。「昨兒雖說剛開始時安安靜靜的，可後面還是引來了不少人，想來，今兒還要來得更多才是。」

李空竹附和。「這以後，倒是可按著節日，時不時搞些活動，比如買一贈一小包啦。再比如，制定個小小的貴賓卡，若有長期在這兒消費的，年底就可憑著消費多少，可得什麼大獎……」

她侃侃而談，說了一大堆奇奇怪怪的促銷手段，直把坐在一旁的兩個女人聽得愣愣的。末了，待她說得口乾，拿水喝茶時，才發現兩人直直的盯著自己。特別是惠娘，一雙眼睛閃著奇異的光，盯著她的樣子，恨不得將她拆解入腹才好。

李空竹呆愣了下。「妳倆幹啥哩？」

惠娘回神，輕咳了聲，隨後一把抓起她的手，輕拍的笑道：「妳這腦子怎會有那般多的想法？虧得現下做了商賈，不然當丫鬟倒是可惜了。」

說著心下嘆息。也是她的店鋪太小，所得盈利不多，若是那種大商賈，以她所講的那些手段，怕是能叱吒整個商界吧？

「哪有妳說得這樣好了。」李空竹也覺自己說得太多，抽出手有些不大好意思的笑了笑。「我也就紙上談兵那點能耐。所有的事，不過是頭個吃螃蟹的人新鮮，能博得眾人的好奇。再往後，有了跟風之人，也就不那麼好用了。」

「這倒是。」惠娘點頭，心頭卻開始有了個大膽的想法。或許，以後，自己應以她為首？

外面的臺子搭好，已是下晌未時了。草臺班子來走了一遍的臺，李空竹跟著出去看了眼，讓說書先生上臺又演練了遍。

「從未時末就開唱吧！」安排好，一行人又回到屋內商量起開唱的時辰，李空竹想了下，又道：「先預熱唱個兩場，將人吸引來是關鍵。彼時唱到申時一刻，全鎮花燈亮起時，再由說書先生上去講解一番。待再引得人進店買貨這段時間，令戲臺班子上幾個武生上臺翻跟斗，接著再過半刻鐘後，就開始抽獎之事。昨兒個有進店買過的百姓，讓其憑著小票來抽獎。」

李空竹一一安排，隨即又說到了跑腿的臨時工。「讓他們一定要注意安排，不能造成店內混亂。咱們店鋪過小，彼時若人實在過多，就將客人分成一批一批進來買吧。」

眾人點頭，她亦說到了尾聲處，那邊廂趙君逸卻突然進來，彼時，手中還提了好些個花燈。

眾人回眸看去，李空竹卻是眼睛一亮。「對了，還有戲臺上一定要掛滿花燈，店門的屋簷下也不能少，到時這燈光一打，更顯熱鬧非凡。」

就是可惜了沒有音響，要有那玩意兒的話，放個音樂，聲音能飄幾里地，指不定還能吸引不少人哩。

另兩家人聽罷，李沖跟趙猛子趕緊起身，接過趙君逸拿來的花燈，道：「這事交由我們來就成，妳們婦人屆時只管好好待著，或是去哪個茶樓看花燈去吧。」

李空竹、惠娘、麥芽兒三人皆搖頭。她們還想留在店裡看熱鬧哩。

趙君逸被李沖請著交出了花燈，雖有些不滿，倒也沒多說什麼，只一雙眼，很幽暗的瞟了眼一旁笑得很開懷的某女。

李空竹不明就裡，見他看來，就衝他咧嘴回了個甜笑。

男人冷笑了聲，淡道：「我暫且出去一趟，待到散場，會回來的。」

「當家的！」女人疑惑。「去哪兒？」

「鬧！」說著，已然掀簾走了出去。

李空竹嘆了聲。知他不喜熱鬧，也就隨他去。

待快到未時末時，在小臺後面拉起的布簾處，正換裝的戲班子開始忙碌起來。敲鑼打鼓的配樂人員已經就位坐在臺上，拉起了二胡，敲起了銅鑼。

李空竹喚著說書先生上去吆喝，又命跑腿工將放進小籃裡的山楂幾樣零嘴拿出去，擺放在門前左邊的入口處。

那說書先生一上臺，就開始吆喝著。「走過路過的鄉親們，本店開業大酬賓……」那激昂的演講，自是引得不少人駐足觀看。

李空竹她們幾人在店裡向外面看了眼，見街上已經有不少人開始騷動，就給李沖他們使了個眼色，令他們將花燈點亮。得了令的李沖等人，便將掛起的花燈一一點亮起來。

那說書先生一看燈亮了，趕緊把握住最後一刻時間，狂吹著。「申時一刻大酬賓，昨兒有進店買過東西的鄉親，此時可憑著小票前來抽獎。抽獎資格為每滿二十文一次，獎品多多，絕不會空手而歸，誰有那極大的運氣，能抽走那一兩白銀者，當屬今晚乃至全年的運氣王。」

李空竹戳了下麥芽兒，麥芽兒趕緊將裝著一兩銀子的盒子拿上去，遞給那說書先生。

說書先生伸手接過打開，待看清裡面真正是一兩白銀後，忍不住哆嗦了下嘴皮子，隨即高舉給圍觀過來的百姓看。「一兩白銀的鉅額大獎，且看今晚花落誰家。東家說到做到，直到將這一兩銀子抽到為止，絕不提前收活，也絕不藏私糊弄於人，有不信者，皆可等到大獎出來為止。」

臺下登時哄鬧一片，說書先生又一拍掌。「且再等待些時間，為怕鄉親無聊，東家又特意出錢請來了戲班子，無論武戲文戲都精彩，抽獎的鄉親們，必不會無聊！」

說罷，高唱一聲。「有請戲員登臺——」

一陣鏗鏗鏘鏘的鑼鼓聲後，那化好妝容的戲子，皆上臺表演起來。

這會兒，群眾都被那一兩白銀鉅款吸引，哪還有心思看表演？趁著這會兒還沒到人擠人之時，不少人湧進店中問著事情。

雇來跑腿的工人，熱情的接待加解說，李沖、趙猛子等人也加入行列。

說書先生將一兩銀子交給惠娘保管。李空竹又命他宣布抽獎時，一回只須小半刻鐘，不用抽太多，一輪一輪的來，要一直持續到亥時才行。

一旁的惠娘問著要是有些人沒抽到咋辦？

「不會抽不到。」李空竹笑著。「待過了酉時，店中糕點不再出售，只管專心開獎便是，保證讓持有小票之人，人人都能兌現。」

惠娘聽此，點點頭。「那就這麼辦吧！」

說書先生領命後，便出去外面戲臺等著了。

這時屋裡的人開始擁擠起來。一些買了山楂卷或是別的糕點的人，皆跑來櫃檯，問著開票之類的。

外面鑼鼓喧天，店內人潮湧動。

李空竹寫著小票，惠娘收錢，麥芽兒吆喝著「不要擠、排好隊」。一切雖忙碌，卻井然有序的進行著。

待到申時一刻，說書先生拉著嗓子喚著開獎開始。說了一堆溢美之詞，又命武生們表演了一番，直等得下面的人不耐煩了，才安排抽獎。

「恭喜，杏花村，劉大腳兄弟，得山楂條一包！」隨著臺上之人的高聲喝唱，下頭的人，拿著包好的山楂條就送了上去。

「梨花村，唐梨花大姊，得三文銅錢的獎勵。」麥芽兒又趕緊拿著包銅錢跑出去，準備兌現。

一輪結束，有抽到錢、山楂條的，還開出了不小的獎項，是那水晶糕的。水晶糕，進店問過的人都知，那得近半兩銀子。這下，臺下的人群沸騰了，進店來買的人更多了。

臺上的戲班還在咿咿呀呀唱著，屋裡已經忙得不可開交起來。這一輪輪的換算下來，還未到酉時初，店中的貨品就已所剩無幾了。

店中只好決定提早結束買賣，但獎會一直持續開著，保證每個持小票的人都能抽到獎項。

看著空空如也的店鋪，惠娘還有些後悔做得少了。

李空竹卻笑道：「這樣也好，若弄得多了，屆時抽獎不一定能抽完哩。」店裡若沒賣完，強行結束了不賣，到底會惹來一些不快；這因沒貨而不再出售了，客人也都能理解，只能怨自個兒手腳慢罷了。

將店中剩下的事交給男人們去管，李空竹她們去內室歇了一會兒。喝了口茶，李空竹實在閒得很，便想去看花燈。

麥芽兒也贊同，惠娘自是也想去。於是三個女人便跟男人們打了聲招呼，相攜著向街上走去。

擠過人擠人的店門口，李空竹還以為出了店，人就不會太擠哩。

哪承想，這出了店鋪都挺遠了，還在人擠人。三人先頭本還牽著手的，到最後，直接成豎排，每走一步就喚一聲的，生怕走丟了去。

街道上熱鬧非凡，有商家也打出了猜謎送花燈的噱頭；還有那大的酒樓，也請了戲班子來駐唱。

走了一路，看著花燈綿延不絕的一眼望不到頭。那星星點點的燈光，映在各色的燈籠裡，映出的光彩，直引得人駐足流連忘返。

小攤商販叫賣著，小兒吵嚷著。雖說與前世逛旅遊景點時的人頭相擠差不多，熱鬧的勁頭卻是不同。那種暖人心，整個胸腔都和著共鳴的感覺，是前世那種燈紅酒綠沒法相比的。

正當她發著呆、愣著神之際，一堵肉牆堵在她的身後，淡淡的嗓音傳入耳。「可是完活了？」

李空竹回神，轉頭看去，見男人頎長挺拔的身姿立於她的身後，那雙極漂亮的鳳眼，正一瞬不瞬的看著她。燈影照進他的眼中，那小小簇簇的火焰在他眼中跳躍著，那種暖人心的感覺，令她心神整個開闊起來。

「當家的！」她衝他笑著，伸了手，拉住他的大掌。「你怎知我在這兒？」

「巧遇。」男人淡哼。

女人抿嘴笑著。巧遇？也虧他說得出。這般多的人頭擠人頭，他又是個最煩鬧的性子，又怎會擠在這讓人心煩的人潮湧動中？

不動聲色的甜蜜一笑，拉著他的手，並不戳破。「那正好，我與惠娘姊還有麥芽兒在逛街，你既是來了，陪我一起吧，我也想看看你們這兒的花燈節哩。」

說著的同時，抬眸尋著麥芽兒兩人。「咦？人呢？」

趙君逸將她的小手包在手中，對於那兩位識趣走掉之人，心下滿意不少，聽到她問，只淡淡的挑了下眉峰。「走了。」

「走了？」

男人輕嗯。李空竹卻笑得開心，小手在他大掌裡輕輕撓了一下，男人突地僵住。

女人得逞，如偷了腥的貓兒般大笑不止，擠動的路人紛紛側頭，好奇的瞪來，她這才堪堪止笑，拉著他去到一小攤前，看中了個很漂亮的仙女燈。

指著，噘嘴，如那墜入愛河中的小女人般，纏磨著男人道：「當家的，我要這盞燈。」

小販見來了生意，一個勁兒的鼓動著這燈咋好，咋適用，說到最後連什麼才子佳人都出來了。

李空竹被他那能說會道的嘴兒，逗得發笑不已，轉頭看著男人道：「買吧。不買，我覺得好罪過哩。」

男人不鹹不淡的掃了小販一眼，小販莫名的縮了下脖子，到底賺錢為大的嘿笑道：「這位大哥，都說婆娘得疼著才能死心塌地對你好。你看這燈不貴還好看，別捨不得那幾個錢，不然，婆娘回頭在心裡記恨你一年哩。」

聽著婆娘二字，李空竹很不滿，嘀咕著。「這個稱呼不好聽。」

那邊廂的男人，卻是掏錢將燈買了下來。

遞給她時，她還很驚異的驚呼。「真買啊？」其實她也就說說，這燈哪裡值二十文哩。

男人不語，讓她提著，繼續向前走著。

人潮哄鬧聲中，李空竹用平常的聲音問男人。「當家的，我們這算是約會嗎？」

趙君逸低眸看她，淡淡的應了一聲是，見她咧嘴笑得開心，不自覺的緊握他的手。

走過了一條條街道，又買了好些吃食。待酉時末，街上的人已經少了一半，住在城外的鄉人，大部分已經坐著牛車走了。

吃吃喝喝了一路的李空竹，這才想起抽獎怕也接近尾聲了，想轉回去看看大獎到底抽走沒？

不想趙君逸卻一把扯住她的手，見她轉眸看來，只說了聲。「乏了，回客棧吧。」

她疑惑的問道：「晚上不回去了嗎？」

那未燒火的屋子，回去還一通忙才能歇下，他又怎捨得？加上夜寒風又大，上回頂風雪去娘家，回來時的那場急病，已令他不快很久，又怎會讓她再冒險？

李空竹雖沒得到他不回的原因，不過也是無所謂的聳聳肩。「好吧，其實住鎮上也是一種情趣。」

說完，還很邪惡的衝到他懷裡撲了一下，不過轉瞬，怕接受異樣眼光的她，又離開了。

眨眼之間的工夫，還未令男人感受到軟玉溫香撲滿懷，又沒了。

趙君逸蹙眉了一瞬，李空竹卻笑問他客棧在哪兒？他並未回答的牽著她的手向前走著，李空竹亦是笑著跟他走。

待來到目的地，女人燦然一笑，原來是麥芽兒帶她賣毛皮的那家客棧，也是她與他頭回住的那家客棧。

還是那間房，不同的是屋子裡的被子只有一床。

李空竹要來了熱水洗漱，看著男人在燈影裡整理床鋪的樣子，不由得好笑起來。「當家的，你該不會是想著在今晚將我拆吞入腹吧？」

看他回眸瞪她，她還很有節操的雙手抱胸。「雖說我喜歡你，可我也不是隨隨便便的女人哩。」

「呵！」男人哼笑，見她故作的那臉防備，並未相理的脫起衣服來。

那喜歡受虐的女人，還很矯情的假意閉眼，啊啊了兩聲。「不要，人家不要嘛！」

那種軟綿綿撒嬌的意味，直喚得那正脫外套的男人心火旺起。

瞟向她的眼光帶著警告，女人接收到，就很無趣的放下手，來了句。「不過鬧著玩罷了，無趣！」

男人上了炕，躺下之後，就開始閉眼睡了起來。

李空竹見此，趕緊擦乾了洗好的腳，趿鞋跑過去。一邊上炕，一邊不滿的道：「什麼嘛，原來是自己累了想早睡，才把我哄來的，不公平。」

說著就去掀了被子，也跟著拱了進去。

男人並未相理，等她手腳並用纏上來時，不經意的勾了下唇。

李空竹邊纏著他，邊脫去外裳，末了，靠在他懷裡聽著他綿長的呼吸時，不知不覺，竟覺疲憊快速襲來。很不雅的打了個呵欠，隨即在他懷裡尋了個舒服的位置，亦是閉眼沈睡過去。

感受著她呼吸綿長後的趙君逸，這才睜眼看向懷中的人兒。

見她髮絲垂臉，朱唇半啟，不由得心頭溫暖。抬眸去看放於桌上那盞亮著的仙女宮燈，將捏於手中的一根細細繡花針，一個輕巧甩去，針過紙壁，帶著勁風，令裡面燃得正旺的燭火滅了下去。

「嗞」一聲，一個輕巧的響動，是針入牆頭的聲音。

懷裡的女人動了下，男人垂眸，單手將之摟於胸前，感受著她並未受到影響後，才和著她的呼吸，睡了過去。

翌日醒來時，難得見到趙君逸在房裡洗漱。

感受到她醒來，男人只轉身看了她一眼，又回頭繼續擦起臉來。

李空竹伸了個懶腰，很不願的打了幾個滾，抱著被子，聞著被面上他獨有的清冽氣息。閉著眼，準備再重溫下夢裡的美好光景。

「不起來？」

「唔！」女人搖頭，抬眼見他很優雅的整理著襖上的皺褶，就不由得癡迷了下，脫口而出問他。「當家的，你何時與我圓房？」

彈著襖子的長指頓了一下，趙君逸抬眸，眼中戲謔閃過。「不是說不是隨便之人？」

女人在脫口的那瞬間就有些後悔了，怕他認為自己不矜持還準備圓一下。

不想聽了他這戲謔的話，又覺得自己在他面前向來沒皮沒臉慣了，就無所謂的聳肩道：「我是這樣的女人啊，可我也是溫柔體貼的妻子啊，怕你憋壞，關心一句嘛。」

說著，又衝他擠眼。「你別當真，我耗得起！」

男人黑面，識趣的閉嘴，不再接她的話。

得不到回答的李空竹再次的聳肩，起身，伸著懶腰，趿鞋下了炕。走到他身邊，將之一把抱住，在他懷裡蹭了蹭，待將他的襖子蹭皺以後，才滿意的鬆手。

開了門，喚小二再換點熱水上來。

趙君逸看了眼被她蹭得起皺的地方，不由得有些失笑的搖頭。

女人回眸，不巧正好碰到他那帶笑的笑臉，驚悚了下，瞪大眼的喚著。「當家的，你居然會笑耶！」

男人收了笑，看著她有些黑面又有些無奈，挑眉。「眼屎糊眼了。」

啥意思？李空竹愣了會兒，直到小二將熱水端來，男人已然出去後，這才明白過來。氣哼的將巾子一個用力的拍向水面。「你才屎糊眼哩！」居然敢說她看錯了，哼！

洗漱出來，見趙君逸已經坐在大堂裡了。

桌上擺放著還算精細的朝食，走過去，見男人不慌不忙的拿著饅頭，就著小菜吃得甚是優雅。

李空竹生他的氣，走到對面一屁股坐下去後，見是精米小粥配大白饅頭，菜亦是鹹菜疙瘩跟熗土豆絲。

她不由得故意挑刺的坐下，拿著筷子敲了下桌子。「我喜歡吃小攤上的攤餅跟菜包子，誰願吃了這淡而無味的米粥跟白饅頭？兩者味道相差甚遠不說，連價錢也相差好幾倍。你可知，越是好吃的東西越便宜，越是精貴的東西，越讓人不喜？」

拿飯菜來比喻他窮講究，男人倒是淡定得很。「相比之下，粥能養胃，攤餅能養什麼？」

女人語噎，半晌，終是鄙夷的說了句。「能頂餓就成唄，管那般多！」

男人嚥下最後一口粥，吃完手中最後一點饅頭後，才不慌不忙的點頭道：「都是飽肚之食，確實不用管那般多，吃吧！」

李空竹嘴角一抽。這是繞回來說她？不管好吃與否，照樣是飽肚的東西！

咬牙的再次敲了下筷子，見男人已經氣定神閒的喚小二上茶，就不由恨恨的拿著個饅頭在手，心中當它是趙君逸，狠狠的咬下去。

第四十一章

待吃過飯，出了客棧，兩人便向匯來福行去。

由於昨晚關門較晚，他們到的時候，惠娘他們才正起身。看到兩人，別有深意的笑了，請李空竹進屋暖著去，趙君逸則同李沖出去幫著買朝食了。

麥芽兒昨晚回了村，是以，這會兒的小屋裡，只有惠娘跟李空竹兩人。

惠娘拿出昨兒的帳本給她，神秘的笑了笑。「猜猜昨兒共掙銀多少？」

李空竹笑道：「怕是不少，貨都提早賣完，能少了去？」

惠娘感慨。「昨兒我逛回來時，正逢最後一次抽獎。一個大獎，讓一名碰運氣的老農抽了去，當場激動得不行。那時氣氛也最熱烈，抽完獎，大家還久久不願散，直問下一場是何時？我就說了個花朝節會再搞次活動。」

李空竹點頭。頭一次吃到甜頭，自然會有人問。「屆時再根據情況擬定。這次過後，怕會有人跟風了。」

惠娘也點頭。「不過好在我們還有山楂幾樣保值，也不怕被搶了生意。」

「是這麼個理兒。」

惠娘拿著算盤，當著她的面，將帳給盤明白了。山楂一共賣了整七十兩的銀子，除卻成本的三十兩，剩下的四十兩，惠娘全給了她。

李空竹驚了一下，要將銀兩推過去，卻見惠娘搖頭，壓著她的手說：「有一事我想與妳說明。」

李空竹眼神閃了一下，笑著收回推銀子的手。「妳說。」

惠娘看她半晌，想著簽契約時，她只願提供貨源一事。當時沒有多想，如今看來，以她的本事，將來怕是有更大的生意。自己如今或許能與她平分了這買賣，將來怕是連巴結都會望塵莫及了。

「我想將這店中之物，按著妳七我三來分，可行？」

李空竹頓住，抬眸認真的看她半晌。「惠娘姊這話，恕我實在太過震驚了，不知為何要突然說這話？」

「妳也別說我傻。」惠娘笑嘆。「在內宅中混了這般久，看人的眼光還是有的。如今我可能提妳一把，與妳平坐了去，來日怕是……」說著搖頭失笑起來。

李空竹頓了下，隨即不動聲色的將銀子拿出二十兩，其餘的照舊全推了過去。「來日是多久，誰也不能料定。若真有那麼一天，也會帶著惠娘姊的，這點妳自是放心！」

惠娘聽罷，打量著她的神色良久，隨即笑道：「既如此，我就借芽兒那話，從今以後，我可就跟著妳吃香喝辣了！可行？」

李空竹抿嘴輕笑。「自是行的。」

待他們吃過飯後，李沖被留在鎮上補充其他缺少的貨物，而惠娘則跟她們回村裡做山楂。

坐著從鎮上租來的牛車，剛一進村子，就迎來不少人打招呼問好。實在是昨兒那抽獎活動太火，村裡不少人家前去看了，也買了。雖說大獎沒落到他們手中，可那紅火的一幕，著實令眾人印象深刻。

李空竹與惠娘面帶笑意的一一回應著他們。有那嘴快的婦人還說起了另一事。「那個趙三郎家的，妳娘家人來了哩，擱那兒站了好一會兒，還是趙猛子媳婦到妳家去，不知幹啥碰到了，給迎進去哩。」

李空竹聽罷，心下明白那頭怕是過來要銀子了。跟那人道了謝，又笑著說自己請了麥芽兒燒炕，是以，麥芽兒才會上她家。

李空竹抿嘴笑著，衝坐在前頭的趙君逸道：「當家的，你讓車夫將車趕快點，俺娘來了。」

趙君逸點頭，衝車夫看了眼。車夫自是也聽到了，隨即揮著鞭子，加快車速。打招呼的村人見狀，紛紛讓開了道，熱情的揮手道別。

惠娘看著漸漸落後的眾人，笑了聲。「市井俗人當真是變臉最快之人。」

李空竹亦是笑道：「雖說變臉快，倒也算是真性情。」啥事都寫在臉上，沒有多少陰謀跟彎彎腸子，也是最好提防和利用之人。

「這倒是！」

將惠娘先送去麥芽兒家，跟林氏交代了幾句，便又重上車向自家行去了。

待到了地方，車夫才吆喝著停車。他們還未下車哩，那等在小廚房的幾人就走了出來。看到他們，李驚蟄率先跑過來，咧著嘴的衝她高興的喚道：「大姊！」

這邊的趙君逸在跳下車後，扶著李空竹慢慢的自車上下來。待付了車錢，向院裡行去時，李驚蟄正好跑到她的跟前。

笑著摸了下他的頭，那邊跟在郝氏身後的李梅蘭則喲了聲。「大姊跟姊夫當真好生恩愛，這大白天的家裡也沒個人，竟放心將鑰匙交給別人。」

李空竹瞥了她一眼，和後腳跟出來的麥芽兒招呼了聲。麥芽兒點頭應了幾句，就藉口辭別家去了。

李空竹將主屋鑰匙拿出來，開了門，領著他們進去。一直在後面沒得到回應的李梅蘭，才一進主屋，就忍不住嫌棄的撇了下嘴。

「都有那麼多銀子了，怎地還住得這般破爛哩。」

「銀子是有，不還得拿出來給妳訂親！」毫不客氣的反擊，將李梅蘭噎得閉了嘴。

李空竹懶得理會她，趙君逸則去小廚房搬了正燒著水的爐子進來。

李空竹讓他們趕緊脫鞋上炕暖著，給每人上茶，又拿了些剩下的山楂零嘴上桌。

李梅蘭拿著根山楂條，想著昨兒去鎮上看到的事，就哼笑了句。「大姊還真會哭窮，昨晚鎮上開的新鋪搞抽獎活動，那頭獎都有一兩白銀哩，還能缺了錢去？」

「多少銀子，也是別人拿的錢。」李空竹毫不給面的堵她一通，當即令李梅蘭臉紅得不行。

一旁的郝氏見狀，趕緊接腔。「好好的，咋又吵起來了？都是姊妹，將來可還得相互依靠才行哩。」

「別！」李空竹在那兒擺著手，將包在帕子裡的二十兩銀子甩在炕桌上。「我可不想依靠她，這銀子拿去後，她該咋幸福就咋幸福去，將來能少來往還是少來往的好。」

郝氏向她嗔道：「這是啥話？再怎麼著還是骨肉親，外人還能對妳好不成？」

李空竹冷笑著端碗喝水，掃了圈，見趙君逸坐在下首，就問了句。「當家的，你不冷？」

男人搖頭，掃了眼那邊把那包銀子拿過去的李梅蘭。

李空竹自是也看到了，銀子一扔上去，李梅蘭那臉就抖得跟抽筋般，想不注意都不行。

之所以不願看，是不想倒胃口罷了。

那邊的李梅蘭將帕子拿過去後，就迅速打開來。郝氏在一邊看著，也趕緊往前湊。這一打開，裡面的幾個銀錠子，立即閃得兩人花了眼，郝氏還很驚嘆的伸手去摸了一把。

李梅蘭看後，眼珠轉了幾轉，就將銀子推給郝氏。郝氏接過，趕緊將之給包嚴實了。

李空竹則問著埋頭吃零嘴的李驚蟄。「東西可是搬來了？」

「搬來了！」李驚蟄點頭。「放小廚房那裡了。」

李空竹輕應了聲，那邊李梅蘭又笑道：「看大姊一大早從鎮上回來，伸手就拿了二十兩銀子，聽說昨兒個店裡早早就賣空了，這是分得的銀子？」

郝氏在一旁吸了口氣，瞪眼朝李空竹有些吃驚的問：「這是昨兒一晚上所得的？」

李空竹肅了臉，蹙眉看著兩人道：「這事妳們好像沒必要知道吧？」

「空竹，我是妳娘……」

「啪！」未待她說完，李空竹將碗中水潑了出去。

隨著水浸地濕，郝氏眼紅起來。「妳這是啥意思？我不過問一句罷了，妳還發上脾氣了？這是嫁了人，就不拿娘家再當家了不成？」

「娘這話說的。我如今嫁給趙家為媳，家中有啥，自是由當家之人把持。妳們問我，我又從何說起？潑水不過是看碗中有隻蒼蠅打轉，覺得噁心罷了。」有意無意的看了眼李梅蘭，見她紅了臉，滿眼憤恨，就不由得哼道：「別不知足了，我倒是可以完全反悔不再給，娘難不成還能真去賣了驚蟄？難道就不怕被趕出李家？」

郝氏聽得趕緊捂緊放銀子的腰間。

李梅蘭哼笑。「大姊當真是大義凜然，連府城的生意都做了，還會在乎這一點兒？娘一個人辛苦帶著我們姊弟仨，為了我的嫁妝還要拿出多年積蓄。大姊，妳可以舒心過好日子，我可是心疼娘哩。」

「妳既是這般心疼，不若就另選門低嫁的親！」李空竹說著，也不等她回答，直接快步下了地，趿鞋後就去拉了趙君逸。「當家的，我們走吧！這趙家村怕是不能待了，妯娌不睦，娘家敲詐勒索我，你我還不若就此出村賣身去，將身契交給別人作主。給人當奴才，雖說身分低賤，可我瞅著，能過不少年的舒心日子。」

趙君逸隨著她的拉動，起了身。「去請里長來？」

「嗯，再請了趙家族老，咱們除族吧！」

兩人的對話，讓郝氏跟李梅蘭驚慌的對視一眼。

什麼請里長、請族老，這是想讓她們被外人唾罵，讓她們名聲盡毀嗎？當真是好毒的心思！李梅蘭恨眼看著那邊的兩人，直恨不得將他們當成手中絹帕，給扭碎了去。

郝氏也意識到不好。若真的請這邊的里長和族老，怕是她兩頭都會被人罵了去，這世道哪有嫁出的閨女拿錢給娘家的？要真明擺出來，她不單會被唾沫星子淹死，還很有可能丟了李家的臉，再待不了李家了。

想著一把年紀還被休，她還有啥活路可走？想到這兒，她立刻換上一臉哀泣的喚著。

「空竹，妳這是做甚？不過兩句話的意思，妳這是跟誰賭氣哩？」

李空竹並不理會，與趙君逸邊說邊掀了簾子。

那邊的郝氏嚇得趕緊跑下地，將兩人一把拉住，流著眼淚哭喊道：「妳個不孝的玩意兒，我啥也沒說啊，妳二妹這也是看不得我苦，她也是好心呢！」

「呵！」李空竹冷笑著一把掙脫她的手。「娘這話是說我讓妳苦著了？」剛給的銀子就不認帳，以前原身賣身的錢和每月的月例錢都交予了她，她能苦著？當真是天大的笑話！

郝氏僵住，看著她一臉冷冷的表情，下一瞬，竟摀臉痛哭起來。「妳、妳這是在說啥話啊？當初我辛辛苦苦懷著你們的時候，被你們的奶是又打又罵的……我啥也沒說，我啥也沒說啊！妳幹麼要這麼對待我喲？」

她囫圇的說著什麼懷胎辛苦，又哭著說啥也沒說，就像是李空竹在逼她什麼似的。

李空竹哼笑，正想還擊，一旁始終沈默的男人卻皺眉淡道一句。「鬧。」

下一瞬，就見郝氏止了哭泣；再下一瞬間，竟是直直的向後倒了下去。

炕上的李驚蟄跟李梅蘭嚇了一跳，雙雙大喊一聲。「娘！」

李驚蟄更快，從炕上直接跳下來，想將向後倒的娘扶住。沒承想，他個子小，這重量哪是他承擔得起的，下一刻，就直直的跟著倒了下去。

李空竹見狀，趕緊就要過去攙人。

不想，已從炕上趿鞋下地的李梅蘭，卻猛的一把將她推開。「妳對娘做了什麼？妳個毒婦，不願多給銀子，好好說話不成嗎？竟是將娘弄得暈了過去。李空竹，妳好毒的心思啊！」

她不分青紅皂白，尖著嗓子就先發制人的控訴，那能穿透人耳膜的聲音，令李空竹很不悅的皺起眉來。

「太鬧。」男人再次出聲。

「你說什……」李梅蘭尖叫，下一瞬，竟驚恐的瞪大眼來。她發不出聲了？怎麼回事？李梅蘭瞪眼向他們看來。

李空竹則轉眸向趙君逸看去。犯得著為了她們動手暴露嗎？她能制住她們的。

無視她詢問的眼神，男人朝前邁了幾步，不知怎的，李梅蘭竟後怕的向後退了幾步。

不明就裡的李驚蟄被壓得憋紅了眼，見他過來，就衝他喚了聲。「姊夫，你幫俺把娘扶起來行不？地上涼，躺不得哩！」

李梅蘭搖頭，伸手就想去攔，不想男人冷漠的眼神直直朝她射了過去。

李空竹見狀，趕緊快步走過去，拉住男人的衣袖，給他使眼色。「當家的，你腿不行，我來就行了。」

趙君逸未理會她，行到郝氏跟前時，只輕微一個彎身，提著其衣領，就將她給拎起來。一旁的李梅蘭有些不可置信，而李驚蟄則很崇拜的看著他道：「姊夫，你力氣好大！」

男人垂眸看他一眼，下一瞬，竟提溜著郝氏，像扔死狗一般，向著炕上扔去。「砰」的隨著一聲悶哼，郝氏已直直的坐靠在炕牆處。

若不是那腦袋歪著，手腳攤著，證明她是暈著的，怕是沒人會相信有人能將人給扔成這般坐姿。

李空竹擔憂的看他一眼。李梅蘭可不是個好惹的，若她拿住此事威脅他們的話……

「舌頭可以不用要了。」似看出她所擔心之事，趙君逸看向那邊臉色灰敗的李梅蘭。「長舌之人，向來令人厭惡。」

李梅蘭搖頭，眼眶開始紅了起來。

那邊的李驚蟄看著他娘被扔得飛起後，嚇得驚叫一聲，趕緊跑去炕上檢查。待看到身上沒有一點瘀青時，又不由眼放亮光的看著趙君逸感嘆著。「姊夫！你好厲害！」居然能把娘給扔得飛起，還不傷一點皮肉。

「驚蟄。」李空竹喚他。「你姊夫有事要跟你二姊說，去外面一會兒。」

「為啥？」

見他不明所以，李空竹瞥了眼臉上已全然沒了血色的李梅蘭，故意拉長調的道：「怕是有些東西看不得哩。走吧！快出去。」說著，就過去拉他，向外推去。

李驚蟄雖說還有疑惑，可被自家大姊扯著、推著的，也來不及猜透些什麼，就已被請出屋的讓去了小廚房。

待聽到李驚蟄走遠了，李空竹才回頭看向趙君逸問：「真要這樣做？」

「嗯。」

淡淡的回話，令李梅蘭全身如墜冰窟窿般，癱軟在地上。

李空竹看得嘆息了聲。「就知道會這樣，偏還不知足，唉！」

知道會這樣？李梅蘭瞪眼，看著那一臉冷然的男子抬步逼近，嚇得她一個勁兒的蹬腳向後面不斷退去。

李空竹心頭哼笑，給趙君逸打了個眼色，讓他先別妄動。

她則去到衣櫃處，故意一番翻找。待過來時，又故意將手捏成了拳頭，給李梅蘭看到。

「當家的！」

趙君逸回眸看她，她舉著握著的拳頭道：「割舌太明顯，不若下毒吧！」

李梅蘭嚇得吸了口氣，連連搖頭。趙君逸眸中劃過一絲愉悅，煞有介事的點頭。「主意不錯。」

李空竹哼哼陰笑著，再轉眸去看李梅蘭，卻見她憤怒沒有了，取而代之的是重換了張可憐又乞求的臉。

搖頭嘆息的蹲身下去看她。「如今後悔了？」見她點頭，她聳聳肩。「我卻愛莫能助了。」

「知我處在怎樣的一個境地嗎？」她還是搖頭，李空竹笑。「當初我來時，就是這般境況，我已多次警告你們了，卻還不知足的想要更多，怨得了誰？」

全然不知後面男人聽得有些黑臉。李空竹享受著男人帶來的好處，伸手就要去捏李梅蘭的下巴。

李梅蘭張嘴想要啊啊驚叫，身子亦不斷向後退。

看著她抖得如篩糠般張嘴想要狂叫，就知應是嚇得差不多了。李空竹隨即一個快如閃電的出手，趁著她不注意時，從地上撿起一顆小泥疙瘩，快速的向她的嘴裡投去，再猛抬她下巴，向著位於脖頸的部分拍打了下，讓她被迫一吞，那粒泥土丸就那麼「咕咚」一聲吞了下去。

李梅蘭登時驚恐萬分的看著她。

李空竹嘻嘻一笑。「別怕，我也吃過哩，雖有點土腥味，不過卻好消化得很。妳姊夫說了，此藥散於體內，無人能察也無人能解，不信，到時妳去找幾個大夫試試？反正我是試過很多次的，都說沒中毒哩。」

李梅蘭聽得更害怕了，看著趙君逸的眼中，是前所未有的驚懼。

李空竹起身，向趙君逸靠去，見他正不滿地盯來，就趕緊撒嬌的挽了他的胳膊，顛倒黑白的笑道：「當家的放心，我記著哩，若我說出你會武之秘，屆時你就會催動我體內毒性發作，讓我發瘋的脫掉衣服，裸奔於鬧市街頭，徹底的傷風敗俗，令世人不齒、家族蒙羞，再沈了塘去。」

她每說一句，地上的李梅蘭就猶如那驚弓之鳥般，瑟縮的抖動一下。到了最後，那臉色比起那死人臉，還要來得更慘烈幾分。

李空竹憐惜的看著她，道：「別怕，二妹，有大姊陪著妳。只要不說出來，生活跟以前沒多大變化的。妳看我，如今不活得好好的嗎？」

李梅蘭掃了她一眼，隨即又垂眸安靜下來。

李空竹瞇眼，又看了眼在炕上癱坐著的郝氏道：「要不，給我娘也餵一顆？我怕屆時二妹不說，但娘卻會說出來哩！」

李梅蘭再次驚得抬眸，無聲的張嘴，似證明已猜中她的心思般。

李空竹聳肩，見趙君逸配合的點頭，就歡快得如那聽話的雀鳥般，又去翻動起衣櫃來。

李梅蘭已經徹底絕望了……

第四十二章

愉悅的看著趙君逸送走了一臉蒼白的母女倆，李空竹笑著回屋，抱了床被子去小廚房。

架子床下先墊了好些厚厚又軟和的稻草，又鋪了兩床舊被子，身上蓋的一床是前不久才新做的，塞了整整近十斤的棉花在裡面，雖沈重，不過蓋著卻相當暖和。

鋪好床，李驚蟄剛上床滾了兩圈，那邊送人的趙君逸就回來了。進到小廚房看到兩人時，眼神有意無意的掃了眼小女人。

李空竹知他這是在記恨先頭說自己也中毒，故意醜化他形象的事，就趕緊招呼了聲，讓李驚蟄先自己整理行李。

李驚蟄對趙君逸剛剛那一手扔母親的力氣，雖然崇拜，仍難免還是有點小小的驚怕。

李空竹則給了安撫的笑，在摸摸他的頭後，就拉著趙君逸向主屋行去了。

一進去，快速的把門關緊，轉身，果然見他正黑著一張臉看來。

她揚了個討好的笑，上去挽了他的胳膊，撒嬌道：「當家的——」

「當初來時是怎樣的境地？還吃過毒藥？」男人挑眉，顯然不吃她故意撒嬌這套。

女人哎喲一聲，將摟手臂改成了摟脖子。「別生氣嘛，俺不是有意的。當時的情況，不編得像樣點讓她們害怕，以後怕更沒完沒了。」

「這樣就能杜絕了？」仰頭斜著眼，盯著不停踮腳想親他下巴的女人，依舊挑眉的瞥著她。

李空竹見親不到，就嘟嘴的埋首在他的胸口，吊在他脖子上，在那衣服上蹭了幾蹭後，才嘻笑著道：「最起碼現下她們會怕你催藥效啊！你想想，會發瘋的脫衣裸奔啊，不管是真是假，她們可都不敢嘗試哩。我之所以說我也中了毒，就是讓她們別想再來打我的主意，從我這兒找突破口，解她們的『毒』呢。」

杜絕了這一突破口，看來她們想不老實都不行。畢竟，她這枕邊人都被「脅迫」著，諒她們也不敢找這一臉冷冷的趙君逸的麻煩。

男人哼了一聲，卻有絲軟化。

女人突然從他懷裡抬起頭，吊著他的脖子，將他向下拉了個猝不及防，踮著腳尖，湊上紅唇，就在他薄唇上咬了那麼一口。

末了，故意在他唇邊吐氣如蘭的低吟著。「別生氣了好不好？」

男人眼一深，垂眸盯著她嫣紅的小嘴看著，墨潭似的眼瞳有絲危險閃過。下一瞬，低下頭狠狠的攝住那令人想念的醉人芬芳，舌頭霸道的撬開她半合的唇齒，加深纏綿了起來。

李空竹被親得腦子空白了一瞬，下一刻，立時回神的嚶嚀一聲，緊摟他脖子的回應起他來。

「大姊，我整理好了！」

正當兩人吻得難分難捨之際，李驚蟄的聲音卻突然闖進來，令兩人迅速的分開來。

李空竹紅了臉，摸著腫脹的嘴唇，見男人已一臉淡然的在那兒悠閒的整理衣襟上的縐褶了，就不由得拿眼橫了他一下。

她不過回應了他那麼一下，他卻霸道的差點將她給剝皮拆骨的吞下去，若不是他及時煞車，怕是這大白天的，她跟他就要……

哎呀，不能想了，她閉眼，臉紅的用手摀臉，不斷的搖頭。那可愛的樣子，令一直用眼角瞟著她的男人眼中閃過一絲愉悅，暗中平復了下心緒，又恢復成一貫的冷然模樣。

剛剛本想以吻懲戒她一番的，誰承想這小妖精，竟會伸出那小舌來回應他。只一下，差點就令他忘了身上餘毒，險些失了理智的把持不住。

好在那小兒的聲音響起來，否則的話……

腦中不經意的閃現出，剛剛她被自己吻得雙腿發軟，躺在懷裡的嬌羞模樣，男人那好不容易平息的燥熱，又再次竄升起來。淡咳了聲，看她還在那兒摀臉嬌羞的，就不由莞爾問道：「不出去了？」

放下摀臉的手，女人嗔怪的白了他一眼，嘟著那紅得過分的豔澤朱唇。「都怪你！」這樣還怎麼去看驚蟄啊？

趙君逸淡勾了下薄唇。「不出便不出吧。」說罷，卻是自己出去擋了那要進屋的李驚蟄。

李空竹在屋子裡聽著他又把驚蟄打發了，在他回來後，就不由得橫了他一眼。男人見狀，只挑眉看她一眼後，便徑直上炕，盤腿打起坐來。

又是打坐！李空竹皺鼻，腫著一張小嘴也不敢出去，只得在炕上陪坐、乾瞪眼的拄著下巴，看他如那雕像般打坐。

待到快晌午時，腫脹的嘴終於消下去。李空竹自屋子出來時，就見李驚蟄正扛著劈好的木柴從雞舍那邊過來。

她笑著迎上去。「餓了吧？大姊這就發麵，晌午咱吃肉燥麵。」

一聽到肉，李驚蟄嘴饞的嚥了口口水，搖頭道：「俺是看快晌午了，想幫著做飯哩。大姊，俺一會兒給妳燒火成不？」

「成啊！」接手幾根他抱著的柴禾，李空竹笑得開懷。聽了他這話，直喚著他趕緊隨她去小廚房。

翻出凍著的鮮肉化著，又和了麵，讓李驚蟄燒火，她在一邊又是擀麵又是炒肉燥子的。

待做好，正好晌午頭兒。叫著興奮不已的李驚蟄趕緊端碗擺筷，她也將做好的麵條盛在裝飯的盆子裡，一手端著炒好的肉燥正出屋，那邊的趙猛子卻架著李沖家的小驢車，收了一車果子在外面叫門了。

李空竹命著擺碗回來的李驚蟄開門，又喚了趙君逸出來幫著卸車，待將果子堆進小廚房後，又喚趙猛子在這兒吃飯。

趙猛子看他家來了親戚，就撓頭嘿笑著拒絕了。

李空竹也不強求，在送他走時，交代著下晌讓他媳婦和惠娘過來洗果子，順便再喚一聲王氏也來，讓暫時不用再找人，待過兩天果子多了再找。

趙猛子一一記下後，才重上了車，揮著鞭子離去。

待送走了趙猛子回院，那邊李驚蟄很驚奇的從小廚房走出來。「大姊，那些糕點還真是山裡紅做的啊？」

「你這娃子，吃了這麼久不都知道嗎？還問個啥？」

嗔笑的揪了下他的小包子頭，小子卻嘿嘿咧嘴笑道：「知道哩，就是好奇嘛。」

「好奇完了？」見他點頭，李空竹又摸了把他的小腦袋。「好奇完就趕緊進屋吃飯去，不然麵一會兒可就糊了。」

「欸！」小子歡快的回應，拔腿就向屋子快衝了過去。

站在屋簷下的趙君逸等著女人走來後，才相攜著向屋中行去，只不過在進屋的一瞬間，有些不悅的皺了下眉峰。「小兒，鬧。」

李空竹在後面頓了下，隨即又有些哭笑不得的搖頭。「還真是……」不知說啥好了，就他那性子，放哪兒能不嫌鬧？

飯後，麥芽兒她們三人約著一起過來，幾人再看到李驚蟄時，皆有些好奇的看向李空竹。李空竹只好笑著說自家弟弟要暫住她家，這才讓眾人收回了打量的眼。

這次洗果子時，都不在屋裡洗了，怕過了濕氣在地上回潮，皆端到屋簷下清洗去蒂，而去核這部分仍放在屋裡做。

李空竹在洗果子的空檔，問王氏除了鎮上，附近的村落可有學堂？

王氏聽她一問，停了洗果子的手，轉頭好奇的看著她道：「妳問這做甚？家裡有人要上學？」說著就瞥了眼在裡頭幫著去核的李驚蟄。

李空竹也不瞞，同樣看了眼自家弟弟，笑道：「是哩！」

王氏訝異。「妳娘放妳這兒，讓上學？」

「那倒不是。」繼續著手上活兒的李空竹搖頭。「我自作主張要過來上學的。」

王氏更覺驚異了，要過來上學的？這是不準備還回娘家了？這李驚蟄可是李家的娃子，放在趙家村……「妳不怕……」她說著，用嘴努了下那邊。

李空竹搖頭。「我有招哩，嬸子只管跟我說說這附近有沒有學堂便是。」

王氏沈吟了下。「倒是離不遠的柳樹村有個老秀才有教，一年束脩雖說不貴，也不便宜，一年下來，少說得一兩銀子左右。這還不論書本費啥的，這些都得自己出錢買哩。」

李空竹點頭。「雖說念書貴了點，可再苦也不能苦了孩子，再窮咱也不能窮了教育，有了學識，才是出人頭地最好的方法。」

王氏聽得愣怔，看著她那滿臉堆笑的臉龐，有些發起呆來……

隔日李空竹等惠娘她們過來熬山楂時，說要去鎮上的事。一聽她說要去買拜師禮，兩人皆驚訝得不行。

特別是麥芽兒，簡直有些搞不懂她了。「嫂子，俺知妳心好，可妳這樣做，妳讓老趙家這些族裡的人咋看哩？」

這是娘家的娃子，妳接來養，本來就有些讓人詬病了，還給上學識字，這讓另外的本家心頭作何想法？特別是隔壁的兩房。

惠娘也有些擔心。「別好不容易消停下來，屆時又來場大鬧，以前妳占著理還沒話說，如今這樣，一些外人也會覺得妳偏心了。」

「這我自是知道，妳們放心好了，我心裡有成算。」

兩人見她一副胸有成竹的樣子，也不好多說，點著頭讓她放心去買就好。家裡要熬煮的山楂不多，她們也是能忙過來的。

李空竹說了幾句客套話後，便喚著整裝好的李驚蟄出了院門。

家裡都是女人，趙君逸不好留在家裡，跟趙猛子換了活兒，改由他去收取果子，趙猛子留在家裡搗果兒。

因出村前還能同一段路，李空竹與李驚蟄便坐上卸了棚的驢車，同趙君逸向村外趕去。彼時一直注意著他們的王氏，早早就在村口望著了，再見到他們時，就趕緊揮手讓停車。

李空竹待車停時，就笑問：「嬸子，妳有啥要帶的不成？」

王氏搖頭。「我等著跟妳一塊兒哩。」

「一塊兒？」

「嗯！」王氏又問能不能上車同行？

她都說要跟自己一塊兒了，李空竹自是不會拒絕，笑著邀她上車。

待等她一上來，就見她立即拉著自己的手拍了拍。「昨兒下晌俺回去想了一宿，妳那『再苦不能苦了孩子，再窮不能窮教育』的話頭，可一直在我這心坎裡回啊回的，也覺得是這麼個理兒。這不，尋思著，妳懂得多，就想著跟妳一塊兒去買了那拜師禮；吉娃也不小了，如今正是可以啟蒙的時候。」

能多一個小娃子讀書，自是好的，李空竹笑著點頭同意了。

那邊王氏又摸了把李驚蟄的腦袋。「這娃子攤上妳這麼個大姊，是個有福氣的。這以後，讓俺家吉娃與他一同作伴，這一路來回，也顯得不那麼冷清了。」

「正是這麼個理兒。」冬天時可接一下，夏天天長，兩小娃子可自行結伴回來也不怕啥，倒是個不錯的主意。

車行到大道的一個拐彎處，就分了道。李空竹三人自車上下來，與趙君逸約定好回程的時間後，便相攙著向城鎮走去。

待行到了鎮上，首先去買了拜師要用的六禮，李空竹又買了些貴重的糕點跟細棉布疋，再就是又秤了不少鮮肉。

一旁的王氏看得有些傻眼，拉著她直問，咋拜個師要買這般多的貴重之物？李空竹卻笑回：「不是拜師用的，是給族中長輩送點心意過去。」

王氏閉了嘴，眼珠轉動了下，也就明白過來。

待東西買齊，幾人又向書店行去。李空竹選了兩本《幼學瓊林》，一本分給了王氏，除此之外，她自己又從舊書櫃裡找了本遊記與專門講解耕種的書籍。

王氏見她一下拿好幾本，就忍不住的問她：「妳咋買這麼多哩？」

「這些是農用書，裡面講如何耕種。家中不是有二畝山桃地嗎？眼看開春了，正愁如何用哩，想從這裡面找點子。」

「妳識字？」王氏訝異後，又恢復神色的想著，定是在內宅學過。

果然，下一刻李空竹笑道：「當下人時，跟在主子身邊學過幾個，倒是認不大全哩。」

王氏有些羨慕。這個時代的農人大多是睜眼瞎，對識字之人有莫名的敬畏與崇拜。

李空竹見她這樣，趕緊招呼她再去買了些較粗質的筆墨紙硯。

待結算完出來，王氏一臉肉疼的捂著荷包嘆道：「這書果然不是那麼好念的。回家後，我得天天督促我那孫子好生學著了，不然，這一兩多的白銀可不就要打水漂了？」

李空竹抿嘴調笑。「這點嬸子不用愁，吉娃聰明著哩，就算考不了狀元，以著念過書的本事，將來怕是做一方掌櫃都綽綽有餘哩。」

「那就借妳吉言了！」王氏閃了下眼神，重又恢復笑意，與她閒話家常起來。

待到了約定時間，幾人到了那分道口時，就見趙君逸已等在那裡了。

車上的果子裝得不多，只有小半車。李空竹皺眉看過去時，就聽男人淡道了句。「上車。」

待幾人上了車，王氏看著那不多的果兒，就忍不住問：「咋這麼少哩？」

李空竹從筐裡拿了個果子在手，眼神同樣詢問的看了趙君逸一眼。

趕車的男人一臉平淡，並不覺得有什麼的道：「果子有些難採，另外今兒一早，他們去採摘時，還碰到了另一批結隊的壯漢與之爭搶。」

當時他收果子時，那些獵戶質問他，可是又另找了別人來搶採果子這事？雖他給否認了，可還是令那些獵戶有些不滿。

要知道如今果子越來越難採了，要是再加一批進來搶果子的話，到時進山尋採一天，怕還不夠跑腿的錢，一些人還因此生就了不想再採的想法。趙君逸見此，給出了每斤再加一文的承諾，才暫時安撫了那幫採果之人。

李空竹聽完解釋，雖知道這是遲早的事，可怎麼也沒想到，才短短不到兩天的時間，就讓人打聽出了他們果源的來路，開始了跟風搶摘。

「那以後要咋辦？」王氏在一旁也聽出來了，關乎自己的利益，這讓她不得不跟著擔心起來。

「反正也做不了多久，要採就採吧。無非是提早停止生產罷了！」李空竹無所謂的笑了笑，做了這麼久的山楂，也該是歇息的時候了。

王氏轉眸看她，見她不似在故意說假話，就有些不是味兒的道：「難不成以後都不做了？」

「那倒不是。今年秋紅時，會再做的。」一臉輕鬆笑意，顯然並沒受此影響的李空竹，笑著回了這麼一句後，又另起了個話頭。

王氏看得心下有些失落，手伸進籃子裡，摸了摸那本新買的舊書，也不知自個兒是投對還是投錯了？

一行人到了家，李空竹跟著將果子卸下後，待吃過了晌午飯，就挎了個籃子喚著趙君逸，讓他領著自己，去找趙家族輩裡最年長的長輩。

待一家家的送完糕點，最後，又提著肉跟布疋來到位於村子最偏處的趙家族長家。見到那獨有的兩進五間明亮大青磚大瓦房時，李空竹還很是感嘆了番。怎麼也沒想到，一個鄉下族長的房子，竟修得這般氣派。

感慨的拾級而上，敲響那透亮的紅漆院門，應門的是族長的孫媳婦。

看到兩人，媳婦子很熱情的將他們迎進去。

坐於大堂，李空竹看著那端上來不怎精細的瓷茶盞，不由得挑眉一下。

笑著不動聲色的接過，喝了那麼一口，入口的茶醇香回甘，雖算不得頂級之茶，可有這等味道的，想來也不便宜了。

那倒茶的媳婦子看了眼她拎放在一邊的籃子，笑問道：「有啥事不成？」

「想找族長回點事兒。」並不相瞞的起身掀了蓋籃的巾子，遞給她道：「雖說有事相找就登門，有些太過沒禮，但這件事，也不算壞事，想來族長也會同意才是。」

媳婦子不經意的掃向籃子，見裡面居然有細棉布疋，還有那油紙包裡似肉的東西，便眉眼帶笑的接過來，嘴裡的話就似那流水般，嘩啦個不停。「哎喲，這說的是啥話？老爺子本就擔著族中長老，誰上門來不是有事相找，難不成還能是串門子？」

說著又故作悄聲的湊近她，道：「要真是串門子的話，怕也沒幾個人敢來。俺家那老爺子，脾性雖看著好，實則沒幾人能招架得住哩。」

李空竹聽得抿嘴輕笑，那邊的趙君逸只淡瞥了這邊一眼。

媳婦子發現，就趕緊喲了幾聲，調笑著趙君逸疼媳婦。呵呵的笑了幾句後，便提著籃子去喚人了。

李空竹謝過她後，與趙君逸坐在屋中下首，問他可有見過族長？卻只聽他哼了幾哼，並不作答。她無趣的聳了聳肩，又拿著那好茶喝了兩口。差不多等了半盞茶的工夫，才聽到外面有說話聲傳來。

李空竹趕緊整了整衣襟，自座位起身，那邊的趙君逸見狀，亦是跟著起身。不過相較於李空竹的謹慎，趙君逸則顯得淡然許多，仔細看的話，還能從他眼中看到少許嘲諷。

隨著說話聲漸近，李空竹垂眸看地，作出恭敬狀來。

外邊的媳婦子叫著爺爺小心門欄，當兩人邁步進屋時，媳婦子又開口喚道：「趙三哥、嫂子，俺爺來了。」

「族長！」李空竹深蹲行禮，那邊的趙君逸只淡淡的拱手。

已七旬有餘的老頭，將李空竹上上下下打量多次，才喚她起身，扶著孫媳婦的手去了上首就座，待坐定後，才揮手讓兩人坐下。

李空竹道謝，小心的去一旁的位置，坐在趙君逸的下首。

趙君逸盯著上位的老者，淡淡的勾唇道：「幾年不見，老爺子依舊那麼矍鑠。」

上首的白髮老頭，聲如洪鐘的哈哈笑了幾聲，見孫媳上茶，就勢端盞刮沫吹茶，待呷了口後，才放盞笑道：「還未看你功成名就之時，怕是不能這般早死啊！」

趙君逸冷哼，李空竹則覺得訝異。這老頭難不成知道趙君逸的事？

第四十三章

趙家族長在打趣過後，又捏鬚看了眼下首驚訝瞪眼的李空竹，點點頭。「雖說聽著那麼點風聲，如今看來，倒真真變了不少。也不知跟了你這麼個小子，是福是禍啊！」

李空竹有些慌了，那邊的趙君逸卻冷淡至極。「是福是禍都與老爺子沒多大關係，你只須管好趙家族人便可。」

「雖說強讓你入了趙家族譜令你不滿，可也別忘了，依著趙姓給你帶來了多年安寧，做人，可不能忘恩才好！」

「呵。」趙君逸冷哼。「當初答應之事自是不會忘，於某些人來說，卻無太大關係。」

「非也！」族長搖頭。「當初趙老頭待你如何，想來你心中自有定數，你與他後人之間的那點事，我也聽聞一點。雖說無理取鬧了些，但於你來說，也不過是些鄉野潑皮與潑婦罷了，不值一提才是。」

趙君逸聽罷，抿著嘴沒有吭聲。

一旁李空竹看著兩人打太極，在那兒你一句我一句的等了半晌，見這會兒終於有空了，就趕緊添了句：「那個……族長，我有話來著。」

族長聽罷，才將焦點轉移到她身上，滿面紅光的臉上，顯現慈愛之笑。「妳有啥話？儘管說來便是。」

「咳！」有些堵嗓的李空竹瞟了眼趙君逸，見他沒多大反應，想來是沒話反駁了。「那個，我娘家弟弟要住在我們家中，且今後還由我來供其上學識字。為著這事，怕引起族中不滿，想與族長聲明一下。」

主要還是防另兩房不滿，到時來鬧的話，若沒有族長肯定，怕是會有些麻煩。

趙族長捏鬚沈吟了下，再看她時，眼中別有深意。「既是娘家弟弟，引起不滿倒也無可厚非。」

李空竹滿頭黑線，對於他這半真半假的調笑有些捉摸不透，面上卻不動聲色的起身行禮。「雖說空竹嫁於趙家便是趙家兒媳，先輩們也沒有父母在，就養著娘家弟弟的先例。可於我來說，養弟弟也是為了將來打算，至於是何種打算，如今雖還沒確定，但也不妨跟族爺說一說。」

頓了下，她抬眸對上上首雙眼閃著精明之光的老者，認真的一字一句道：「將來空竹的計畫裡，是讓整個村落都受益。」

族長眼皮子不經意的跳動了下，雖對這話有些好奇加心動，面上卻不表露的呵呵笑道：「倒是好大的口氣，妳可知讓整個村落受益之事，並非一朝一夕？還是說，妳覺得妳那收果洗果的幾文錢，就是給村落增進收益？」

當真是好毒的一張嘴。李空竹心頭暗評，面上亦是不露半分。「這樣說來，倒是空口白牙了，不若這樣可好？

「家族子弟，我如今還沒有那個能力供著，但妯娌兄弟家中的小兒，只要年滿八歲，我照樣送上一人前去念書，可行？」

至於選誰，當然是由她說了算，趙苗兒是女子不用，趙泥鰍她打算為她所用，送他去念書，也不過是在先期投資罷了。

族長聽她說完，認真的看她半晌。良久，才終是哈哈的大笑出聲。「妳倒是好心思，一早抓住要用之人，如今又來討個好……」

連連失笑的搖頭，招手喚來孫媳相問。「妳這嫂子都送了些啥來？」

那孫媳婦有些臉紅，憋脹著張臉，嬌嗔道：「爺爺您說這話，倒像是孫媳眼皮子淺似的……」

「無人說妳眼皮淺。老頭只想知道，值不值那麼個兒！」老人揮手止了她的話頭，別有深意的別了眼下首的李空竹。「妳只管與我說說都送了些啥便是。」

「有幾尺細棉布，加上差不多五斤左右的肥膘。另還有一包糯米酥、一包水晶糕。對了，還有幾斤白糖哩！」

她扳著手指細細數著剛剛從籃子裡拿出的東西，一旁的老人卻邊笑邊捏鬚搖頭。「倒是好重的一份禮。」

李空竹笑道：「雖說掛了點家常之事在裡頭，卻是真心想送禮，還望族爺心裡別嫌了小輩才是。」

老人見她這麼會兒已是嘴甜的喚了幾聲族爺，倒是呵笑了幾嘴，別有深意的看了眼自家孫媳婦，嘆了口氣的笑回：「這禮也收了，又見了晚輩禮，想來我老頭若是不應的話，怕也枉為長輩了。

「……行吧！這事我且先應著，彼時若真來鬧，我便走上一遭吧！」故作沈吟的想了下，老頭終是鬆口的答應下來。

「謝族爺！」李空竹聽罷，趕緊又笑著起身行了一禮。「想來有族爺坐鎮，屆時就算再是潑皮無賴之人，也不敢在您老面前放肆吧！」

老頭則無奈的笑著揮手。「行了、行了！也別說那漂亮話，若沒有實質之利，就算我再威嚴坐鎮，也於事無補，於他人心中也不公。」

老狐狸！李空竹皺鼻，老者卻看得哈哈大笑。「我乃一族之長，自是要為族中考慮。丫頭也別忘了妳先頭所說的於村落有益之事。」

不是說她口氣大嗎？心中雖這般想，面上卻笑得恭敬。「自然，若真有那麼一天，空竹自是會記著今日的話。」

老頭聽罷，故作欣慰的點頭。

那邊一直靜默的趙君逸卻不耐的起身。「既是談完了，就告辭回家。」

李空竹點頭，老頭卻是連連失笑，手指著男人，無奈的嘆道：「你這性子，還真是何時何地都這般不管不顧啊！」說好聽點叫耿直，說難聽點，叫目無尊長。

「不過是互惠互利罷了。」趙君逸冷淡的瞟他一眼。

若要真論起來，還是他算計占便宜居多。老狐狸一雙眼可精明得很，這小女人雖說也心有成算，他還是不想讓老頭既占了他的便宜不算，還又要占了她的便宜。

話落，男人直接伸手將女人的手抓握過來。「回吧！」

「啊？喔！」愣了下的李空竹，盯了眼他主動相拉之手，點點頭，趕緊跟著他的腳步向屋外行去。

行出院時，媳婦子忙叫著停步，將籃子遞過來。

閒話道別時，趙君逸卻徑直鬆手，先行走掉了。

待到好不容易話別了媳婦子，李空竹有些喘氣的追上男人，拉著他的衣袖問道：「當家的，你與那老爺子是不是有什麼約定？」從剛剛他們的對話來看，怕還是個不小的約定哩。

「……嗯。」感覺到她拉衣的動作，男人頓了下，隨後又放緩速度，與她並肩而行。

還真是？這樣看來，那老頭子應該知道一點他的事嘍？沈思的李空竹，想著能不能從老頭子那兒打聽點什麼？

不想男人回眸看她那樣，就有些忍不住的蹙起眉尖。「少與那老頭來往，那是隻老狐狸！」

看人尤其準，當年他便是中了這招。彼時的他不過是哀莫大於心死，老頭卻乘機遊說他納入趙氏族譜。本想著尋一方安隅之地，暫且安居，誰承想時至今日，自己真有起復之望！

李空竹聽他這樣說，又實在好奇他的事，開口想問，卻又聽他道：「該知道的時候，自會知道，無須打聽這般多。」

「那得等何時去？」

她不滿的嘟嘴，男人卻笑意進眼，難得促狹的來了句。「不若猜看看？」

「壞蛋！」鬆了拉袖之手，女人橫了他一眼後，提腳便向前衝。

待讓他遠遠落於身後，她才回頭衝男人做了個鬼臉。「想我猜？沒那麼容易，且等我變心之日吧！哼！」說罷，又再次狂跑起來。

身後男人凝眼看了會兒，哼笑一聲後，亦是提腳加快速度的追起來。

兩人你追我趕的情景，再次成了村裡一道獨有的風景，惹得鄉鄰們又再次駐足，疑惑的看去。

心情甚好的跑回家，彼時洗好果子的幾人，正給果子去核，看到她時，皆問事情可是妥了？

李空竹點頭，笑著摸了把李驚蟄的小腦袋後，就坐下跟著一起去果核。

當天傍晚下工，又跟王氏約定了翌日同去柳樹村的時辰後，大家各自家去歇下。待到第二天一早，李空竹便提著六禮，領著穿戴齊整的李驚蟄前去王氏家。

彼時王氏也在家等著她，兩家人一會合，便相攜著出了村。待到了柳樹村，正好趕上上課，兩人著了煮飯的婆子相告，與那老先生見面。

送上了拜師用的禮品跟束脩，老先生又考校了兩小兒一番。

待問他們想學啥時，李驚蟄脫口便道：「俺想學農耕跟算學！」他還記得大姊讓他幫著種地哩，他一定要學好了去。

想學算學也是因為昨兒聽王嬸說，她想讓吉娃學盤帳，將來不管咋說，有一方手藝，去那開鋪的店裡給人當個管帳先生，一年也能掙不少銀子哩。

他不求掙銀子，他只想幫大姊。大姊如今就是開店做生意的，那他將來就幫大姊盤帳好了。想著的同時，他立時轉頭對李空竹笑道：「大姊，等俺學會算學，就去幫妳盤帳。」

李空竹欣慰的笑著摸了把他的小腦袋，點著頭的直誇他。「你有這份心就好，大姊等著哩！」

「哼！」一旁的老先生很不滿的冷哼了聲。「不過是些阿堵之物，爾等這般嚮往，當真是有辱斯文。」

李空竹滿頭黑線，卻也圓場的道：「都是小兒在說，真正教導，還是得請先生全面教授，彼時，我們也好酌情的看著來學。若真是那有才之士，怎麼也不會耽擱了娃子的前程，這點還請先生放心。」

說著，又拿出一串銅板。「先期就請先生費點心了，幫著小婦人看看這兩娃子的資質如何，也好因材施教。」

老先生聽後，將她打量了眼，隨即又閉眼的淡嗯了聲，搖頭晃腦的說了一堆之乎者也後，才將那串錢收下。

李空竹見狀，笑著施禮道了謝，隨後將兩小兒留在那兒上課。

兩人一出來，王氏就連連拍著胸口，一臉讚嘆的道：「當真是讀書人哩，這一堆話說得俺是一個字也聽不懂。」

李空竹笑而不語，只覺老頭有些過於酸腐。那一堆之乎者也，不過全是堆廢話，只識字還好，若想深修，將來驚蟄怕是得另尋個好的學堂才是。

兩人相攜著回了村。彼時離晌午頭還有些時候，回到家的李空竹，見只有麥芽兒兩口子在，就問惠娘是不是回去了？得知肯定的回答後，便幫著一起熬煮山楂。

待到晌午頭趙君逸拉果子回來時，車上的果子比昨兒又少了一些。

「再這樣少下去，會不會到月底果兒就給斷了啊？」麥芽兒有些擔心的問道。

李空竹前去幫著卸車，聽了這話，倒是無所謂的聳了下肩膀。「不過是提前一個月罷了，待二月中旬回春後，妳覺得還能繼續做山楂嗎？」

雖說是這麼個理兒，可還是讓人覺得有些不舒服。麥芽兒嘀咕著前去幫著卸車，咬牙切齒的低咒道：「一幫子撿現成的傢伙。以前大把的爛在山上，也沒見誰有那心思去琢磨；如今人家做出來了，又都跟著模仿，真不要臉！」

李空竹無語的看她一陣，直覺好笑的搖搖頭。「行了！趕緊搬吧！」真要論起來，她還是撿來的主意哩，這話罵得，不是連帶將自己也罵進去了嗎？

這邊將卸完果子，那邊廂的趙苗兒卻來了，後腳跟進的還有王氏。

只是洗果子，李空竹倒也未攆了趙苗兒。大家在做活的其間，趙苗兒嘟嘴問了句。「三嬸，妳家的客人呢？」聽說來客，她特意前來看的。

王氏看了李空竹一眼，見她沒多大反應，就知這事不打算瞞著，就笑著道：「那哪是客人，那是妳三嬸的弟弟，如今送去念書了，將來認了字，要幫妳三嬸做事哩。」

「念書？」趙苗兒有些不解。「念書是啥？」

「就是認字啊，就好比說苗兒妳會寫名字不？」見她搖頭，王氏一臉自豪。「待過兩天妳吉娃哥學會認字後，王奶就讓他給妳寫妳名字好不？」

相比起吃來，沒用的認字，趙苗兒倒是不咋感興趣，聽她這麼說，就趕緊搖頭吧唧著嘴，傲嬌的來了句。「不要！俺要吃糕糕！」

「妳這娃子！」王氏好氣又好笑。「妳懂個啥，要知道讀書費著銀子哩，那一本書的錢，就能買好些糕糕撐慌妳。」

「騙人！」小娃子不信，跑過來就纏著李空竹要糕糕。

李空竹無法，只得笑著拿了小半塊水晶糕，哄了她一會兒後，這事才揭過去。

待洗完果子，王氏拿錢時看了下天色不早，就問李空竹可是要去接娃子？想著李驚蟄今兒是第一天上學，李空竹自是不想假手他人代接，就點頭說同去。

送趙苗兒出院後，兩人便又相攜著向柳樹村而去。

那邊廂出來給趙苗兒開門的張氏，看到兩人走遠的背影，就忍不住問閨女。「妳三嬸跟妳王奶幹啥去？」兩人這般親密，聽說昨兒還一同去了鎮上，里長婆娘還真會使那眼力勁兒。

「去接驚蟄小舅舅下學哩！」趙苗兒推著她娘讓路，她蹦跳著進院說道。

哪承想，就是這麼一句，讓張氏心頭驚跳了下，關門的手頓在門框上，還以為聽錯了的，快速回頭衝閨女又問了遍。「妳說啥？啥下學的？」

「接驚蟄小舅舅下學啊！」趙苗兒瞪大眼珠，不解的看著她娘，道：「王奶說，吉娃也在上學哩，還說要給俺寫名字……娘，上學好玩不？」

「妳個死娃子！」張氏瞪她一眼。

那邊廂的趙銀生卻從自家廂房露了頭，一臉怒容的問自家婆娘道：「才說什麼？老三家的把娘家弟弟送去念書了？不是來串門子住些天就回？」

張氏沒好氣的瞪他一眼。「成日裡就知道在屋子裡躲懶，外面發生啥事你也不知，如今人家早就巴著娘家了，看來想借娘家的力哩！」

「王八羔子！」趙銀生喝罵著，捋著袖子就朝東廂嚷去。

「我說大哥，這口氣咱可不能忍了。以前怎麼著有我們的不對，可如今那頭直接接了娘家的弟弟過來念書上學，這不是狠狠的打我們趙家人的臉嗎？這讓外人怎麼看？哪有娘家人還在，就給別人養兒子，讓他姓之人當少爺的？」

趙銀生一口氣說完，正好進了屋，看著一家幾口子就哼哼著。「一會兒我就去要個說法。我家雖是個閨女，可我不能容忍趙家的兒郎給別人養兒子啊。

「大哥，一句話，你去是不去？若要去，咱兩兄弟就同去堵了那小娘皮，就憑著這一點，今兒她就是再裝可憐，再是多有理，也沒人會站她那邊去？有錢怎麼了，有錢，他娘的也得講究個規矩！」他一邊抖著手指，一邊很憤憤不平的扠腰打轉，讓一旁聽著的趙金生不禁沈眼。

還不待他回應，那邊廂的鄭氏卻直接跟著捋了袖，三瓣嘴兒翻翻的附和吼道。「去，怎麼不去？去堵了那賤皮子，逮著了別的話不用多說，先揍了再說，讓他娘的沒規矩，讓他娘的敢犯賤。」說著的同時，一張胖臉猙獰得很，直恨不得眼前立即出現李空竹的影子，馬上下手去擰了她的脖子。

趙金生看了她一眼，沒有吭聲的垂眸想了一下。

那邊的趙銀生有些個急了。「咋地，不想再得罪了？你放心，就算得罪了，她也撈不著好，村子裡姓趙的可是占多半，她要還想在這村裡混，就得把這個坑給填平了，不然，咱就嚷嚷著讓趙家族人來主持公道。她不是想脫族嗎？這麼毀名聲的事，要是她敢脫，到時咱就給她宣揚一番去，到時，看她脫了族拖累了那合夥的，人家還幫不幫她？」

「對，當家的，趕緊走吧！」鄭氏也心急得不行，對於李空竹可以說是新仇舊恨加在一起了。「別一會兒沒堵著，人回了家，那院門一堵，要想再鬧騰可就得拆院牆了。」

趙金生橫她一眼，見她縮了脖閉了嘴後，才嘆了口氣。「這事，還是等人回來問問的好，若大搖大擺的去堵，到底鬧著不好哩。」

趙銀生怒道：「有啥不好？要堵就得堵個正著，讓她沒法辯了去，要等人回來去問，人直接來一句，不去了，咱們還有啥可撈的？」重點就是要撈好處。他一個閨女，又不送上學，跟著來鬧，沒好處怎行？

趙金生自然也聽出來了，只覺他們二房兩口子，這是想拿了他們大房當槍使？

「且在家等著。」趙金生心頭有些不舒服，並不想如了二房的願。「堵門口也是一樣，只要不進了屋，問清楚就是！」

「當真是窩囊！」趙銀生哼唧著，別了眼鄭氏。「你們不去，我去！」說罷，提腳便出了屋。

鄭氏見狀，亦是跟著轉了下眼珠。「俺去看看雞回圈了沒？」說完，提腳亦是跟了出去。

趙金生一瞧，明知了自家婆娘的打算，卻未相理。只是聽著外面開門的動靜後，亦是趕緊抬腳向外面走去了。

正跟王氏去柳樹村接孩子的李空竹，不知道另兩房這麼快就已經在設計堵她的事了。彼時她跟王氏趕到柳樹村，接了兩小兒出來，問著兩小兒可還習慣？

吉娃一邊小跑，一邊搖頭說先生講的，他一句也聽不懂。李驚蟄亦是在一邊附和，不過他比較聰明，說不懂就當場問先生，等先生解惑後，就明白過來了。

王氏在一旁聽得好氣又好笑，看著那跑得飛快的孫子，忍不住喝道：「別以為跑得快，俺就拿你沒法子，等會兒回去，看我咋收拾你。」

吉娃嘻笑著衝她做了個鬼臉，再轉身，那小腳丫子虎虎生風的跑得更快了。

王氏在後面不停笑罵著。「完了完了，這銀子還沒聽著響哩，就要沈底了。」

李空竹亦是笑著寬慰了幾句。

一路上，幾人的歡聲笑語就沒停過，眼看著快到村口了，李驚蟄也有些忍不住的想快跑回家，看吉娃在前面跑得哈哈的，亦是提腳跟著跑起來。

李空竹在後面看得驚呼了聲。「小心點，別滑了腳。」

第四十四章

「知道了！」小兒的話音傳來，人已竄出老遠。

彼時村口處,已經圍擠了不少趙姓族人。看到兩小兒跑進了村，人群中不知誰眼尖的，頓時就高喊了聲。「回來了！」

「在哪兒？」那邊等得不耐煩的鄭氏，趕緊站上一塊光滑的石頭，揮著膀子高喊。「圍起來、圍起來，不能讓人跑嘍！」

那邊的趙銀生趕緊跑出人群圍著的圈，正好兩小兒跑過來。吉娃這一跑來，見圍著的眾人都是認識的長輩，就很開心的打招呼。「二子叔、三娘嬸、大伯、雲嬸……」

他一一叫著這群大人的稱呼，完全沒有發覺半點詭異之處。可離他不遠的李驚蟄卻感覺出有些不一樣。且不管這些人他認不認識，單說這些人看他的眼神，除了那打量外，還透著一股怪異。

不自覺的向後移了幾步，那邊的趙銀生卻迎過來。「你是李家的娃子吧！」

「啊？嗯！」李驚蟄雖說知道自家姊夫有兩兄弟，卻從未見過，見他笑著相問，愣了下的同時，又很快的回應。

那邊的鄭氏也跑過來，看著他手中抱著的布包時，不由得眼中生恨，冷哼著快步走了過來，二話不說就去搶他手中的布包。

李驚蟄被搶得愣怔，仰頭看去時，就見一耷拉著眼皮，豁著三瓣嘴的醜女人，正對著他很凶惡的瞪眼。他被嚇得向後退了幾步，人群卻漸漸朝他圍攏過來。

那邊的鄭氏在搶過布包後，毫不客氣的就拿著那布包一個大力抖動。瞬間，那裡面的書籍混著筆墨紙硯立時就滾落出來。

「啊——」李驚蟄看得驚叫一聲，蹲下去就要撿那掉落的書籍。

鄭氏卻眼尖的一個抬腳，一腳就將他踹到了人群中。那邊人群裡，有些酸子心理的人，也跟著將那書順道踩了幾腳後，就踢到更遠的地方去了。

李驚蟄看得眼淚都出來了，在那兒蹲著小身子，仰頭就衝鄭氏吼道：「妳憑什麼踢俺的書？妳是誰啊？」

「憑什麼？」鄭氏冷哼。「老娘的兒子都沒享受的權利，你個姓李的憑什麼？」

李驚蟄愣了。「俺在俺大姊家，俺大姊送俺去上學，關妳什麼事？」

「啊呸！那是你大姊家嗎？」鄭氏恨眼的瞪他。「她住的是趙家的房子，嫁的也是姓趙的，就是我老趙家的人。看一會兒老娘不把她治服貼了，他娘的，不要臉的賤貨！」

蹲在地上拾東西的李驚蟄，本來驚得連連縮了兩下脖子。下一瞬，他快速從地上跳起來，伸著脖子就向周邊大喊。「大姊快跑！」

「嘿！你個小崽子……」鄭氏見此，掄著胳膊就想去打他。

那邊的趙銀生趕緊將她擋下來。鬧可以，打卻不可以，他可是來要銀子，不是來惹事的，之所以讓她來，不過是來攪和的，讓老三家的以後更恨她罷了。

被圍在外面的吉娃聽到了裡面李驚蟄的叫聲，頓時就有些著急了，扒著站在最外面的趙家族人。「你們在幹啥啊！驚蟄哥哥咋了？」

他是里長的兒子，自是沒人敢把他咋樣，那被扒住的人笑著將他推往另一邊。「沒啥事，裡面是你趙二叔他們，正有事哩，你個小娃子趕緊家去吧！」

吉娃不依，硬要往裡闖。裡面的李驚蟄見趙銀生攔著鄭氏，趕緊又衝外伸脖子的喚著。「大姊，快跑啊！」

這時的李空竹跟王氏也到了村口，一來就正好聽到李驚蟄的叫聲，那邊吉娃一看到她們，趕緊撒著腳丫子跑過來。「娘、趙三嬸，驚蟄哥哥被圍在裡面了。」

那邊的人群在看到李空竹時，不自覺的讓道出來。

王氏見這陣勢，不由擔心的看向李空竹，心裡直覺這趙家兩房人還真會生事，鬧得這般大，這是想搞啥？

李空竹心頭冷笑，看著讓出的道，不鹹不淡的往圈中走去。「這是做甚？驚蟄你叫我跑啥哩？」

正在裡面喚著大姊快跑的李驚蟄，在聽到她的聲音後，更是急得不行。「大姊，妳快跑，這裡有壞人！」

「喲！這是搞啥啊？咋這麼大的陣仗啊！」王氏在外面也忍不住開口了。「這村裡有啥事不成？還是說有啥我不清楚的？」

眾人聽她有意相幫，皆有些不屑的癟了下嘴，心想妳跟著是混好了，他們這些親族人可都沒占著一點好。

有那明事理的，就笑著說：「趙老二說要公道啥的，想著一家子的事兒，我們倒是勸著別這般鬧，這不聽勸，也是沒法子哩。」

「什麼一家子的事？那養著娘家人也沒吱一聲，也叫一家子？住著趙家的房，姓著趙家的姓，沒點規矩能成事？」有人就不愛聽了。平日裡沒撈著好就算了，如今既然硬要鬧大，這個熱鬧不湊白不湊，誰讓那趙三郎的婆娘平日不會做人？

李空竹不理會那些人的各執一詞，走將進來時，李驚蟄看到她，趕緊向她跑來，一雙眼紅紅的衝著她喊。「大姊！」

李空竹淡嗯了聲。

那邊鄭氏見她一身的簇新襖子，那臉蛋也跟三月春花似的，嬌豔得能滴水了，就不由暗恨的沈了臉。「遭天譴的玩意兒，如今有錢了，那心氣也高了呢！」

李空竹將她打量一番，見她手提棒子又捋袖的，就不由得哼笑。「是又怎麼樣？這是又想揍人不成？要知道上回將我膀子打脫臼，我沒告官，已是看在兩家人僅有的一點情誼上，給的最大面子了。」

「我呸！」鄭氏扠腰大喝。「還想告官？妳信不信老娘今兒就把妳打殘了，那官府也不敢管？賤蹄子的玩意兒，妳還當是以前哩，以為人家會盼著去妳家賺兩個錢，就會昧著良心往妳那邊站？我呸！」

她把棒子直直的指向她。「妳他娘的養娘家人，送娘家人上學堂，家裡人沒同意，族裡也沒這規矩，妳以為還能去告官？笑死人了！妳去問問，自古以來，哪個族裡要懲治族人，有那不識趣的官府來管的？」

李空竹聽罷，訝異的挑了下眉。變聰明了？這幾句話說的，還是以前那個愛發瘋的渾不吝嗎？

瞥了眼那邊的趙銀生，見他堆著滿臉油滑之笑的過來，按下鄭氏指人的棒子道：「大嫂，咱們是來討說法的，妳拿個棒子在這兒，看把人嚇唬住了。」

「哼！賤娘皮子，就是該揍！」

果然，三句話完又露了本性。李空竹眼神深了下，道：「便是該揍也輪不到大嫂妳來，妳這樣代表的是誰？是單獨趙家，還是族長？若是趙姓小家，咱們好像已經分家了，要打也輪不到妳來揮捧子。若是後者麼，怕妳根本就沒那資格！」

「妳他娘的說什麼？再說一遍！」一激起本來面目的鄭氏，頓時尖叫起來。心頭本就恨她，這會兒再被她一激著，那被趙銀生按下的棒子又抬起來。

趙銀生看得趕緊去攔，沒承想，她似有所察覺般，偏了方向躲過去，下一瞬又直直向李空竹揮來。

李空竹拉著李驚蟄趕緊後退，後面圍觀的人也怕遭殃，跟著後退。

鄭氏先前本就是鐵了心要打她一頓出氣，看到她後退，更加激起了她的暴怒心情。一邊嘴裡嚷嚷叫著賤人、賤皮子，一邊手上的棒子，舞得是虎虎生風，向她不斷揮來。

圍觀的人群中，見鄭氏發瘋似的亂揮，在急著倒退的同時，亦有那酸子心理的人，不知是誰，使黑手的暗中乘機推了李空竹一下。

李空竹猝不及防，直直的被推得向前趔趄而去。

「咚」的一聲，一棒子狠狠落下，好巧不巧，正好打在她額頭正中心。李空竹怎麼也沒想到，她雖故意激怒她發瘋打人，也做好了挨一棒子的打算，卻沒有預料到，人群中居然還有人使黑手。

眼前被這一棒子打得黑暗起來，李空竹一手摀頭，一邊趔趄的向一旁倒去。

李驚蟄見狀，嚇得立即大哭，伸手將她扶住，待她全身重量都壓下來時，急得大哭大喊。「大姊！哇……大姊——」

圍觀眾人見把人給打著了，有那膽小看熱鬧的媳婦子，亦是跟著驚叫起來。

一時間，人群哄鬧嘈雜。趙銀生亦是被這突然的狀況搞得有些懵，心下急得暗道不好。要知道這事根本不算大事，頂多就是求族老作個主，罰點銀子罷了。

若出了人命，可是要挨官司的。衙門那地方，不管有理沒理，都得先挨了板子再說。

一想到這兒，趙銀生整個人不由得抖了一下。再去看那邊的李空竹，見她向後不斷的退著，還翻著白眼，就急白了臉，心裡把那蠢得要死的鄭氏罵了個千遍萬遍。

那邊的鄭氏也沒想到這麼容易就將人揍到，且還是正中額頭。

鄭氏立時就湧現出一種不知明的快感，聽著李驚蟄哇哇的哭喊，她甚至將棒子一拄到地，理直氣壯的哼聲道：「哭求個啥？那是她自找的，賤人自己做了犯族規的事，就算老娘不揍她，也有的是人想打死她去。」

李空竹捣著頭上麻痛的腫包，還在死命克制暈眩感，扶著她的李驚蟄也不停打晃。聽了這話，她正想著要如何利用這場鬧劇時，外邊人群卻傳來一陣陣哄鬧聲。

「我倒是不知，這個族裡，還由得妳來放肆了？」一道極響、極威嚴的聲音傳進來，人群早在哄鬧間，不自覺的讓開了一條道路。「亂定規矩還想要打殺人，妳是哪房的人，這麼不要臉皮的事也說得出來？老頭子今兒倒要看看，妳算個什麼東西！」

趙族長由孫子攙扶著緩緩而來。一路走來，還很威嚴的將眾人一一打量了一眼。一些人在族長犀利的眼神掃來時，皆嚇得趕緊低頭，不敢吭聲。而他身後跟著的，是一臉冷霜的趙君逸。

隨著人群散開，男人亦看到了裡面幾人，見女人正一手捣額，一邊身子掛在李驚蟄身上打著踉蹌時，眼瞳就不由得急縮了下。

下一刻，還不待眾人看清，就見他已行至她身邊。從滿臉淚水的李驚蟄身上將人接過來，聲音已冷到極致的問道：「誰幹的？」

「是她！」李驚蟄見靠山來了，指著鄭氏喊。

那邊的鄭氏正因族長的到來，嚇得有些膽顫哩，再一聽他這話，那寒毛不知怎的就豎立起來。看著指她的李驚蟄，立即一個瞪眼過去。「賤崽子，你指誰哩？」

「就是妳打的！」李驚蟄抹著臉上的眼淚，依然大聲的指控她。

眼看她又要捋袖子了，那邊的趙族長重咳了聲。「妳是哪家的？」

鄭氏心頭抖了一下，那邊的趙銀生只覺怕是要完了。他們本想纏著李空竹先去找族長說理的，不承想，竟讓趙君逸先一步告了狀。

心頭有些不甘，趙銀生面上卻笑著趕緊上前。「族爺！你咋來了？」

「哼！我倒是不想來，你們不是吵著要公道嗎？我不來，咋主持公道？」老頭的眼神不鹹不淡的看了他一眼。

趙銀生驚了一下。連先頭聚集大家起鬨的事都知道了？他這是聽誰說的？

那邊趙君逸在接手女人過去時，將她手搗的大腫包看了個正著，瞇眼盯著還在梗脖的鄭氏，冷笑的衝著族長哼道：「此事若不給個滿意的答覆，怕是答應過老頭的事要不作數了。」

趙族長聽得趕緊回頭衝他橫了一眼，卻見他將人立刻一把抱了起來。

李空竹本就暈著，被他突然的甩抱，弄得徹底暈了過去。

趙君逸看得心下一緊，瞇起的眸子愈加危險起來。

趙族長見狀，趕緊衝人群喝道：「來幾個人，將這渾不吝的給我綁了，抬去我那兒！」

「憑啥！」鄭氏不服，還在梗脖高呼。「是那個賤人擅自作主，將娘家弟弟接來養，我這是為了討公道哩。」

「公道？」族長瞇眼看她，又看了眼趙銀生。「你也是來討公道的？」

「我、我就是來問個清楚。」趙銀生意識到不對，趕緊咧嘴笑道：「就是心裡有些不順氣，想來堵個正著，讓她沒法辯了去，就尋思著要個明白的理。畢竟接養娘家弟弟，沒跟家裡商量一聲，也是沒將我們當一家人哩！」

發現事情有變，他趕緊一半真話、一半假話，為自己辯解。「我說大嫂也是，都說了是來說理的，讓妳別衝動，妳倒好，咋就那麼任性的揮棒子哩？唉，真是攔都攔不住。」

鄭氏聽了不滿。「老二，你咋變卦了？」

「我變卦啥？」趙銀生不滿的看她。「大嫂，妳可別想往我頭上扣屎盆子啊，我從頭到尾可都說了是要來討個說法，沒說一句要揮棒打人的。妳揮捧，我還攔了好些下，妳咋還想著扯上我哩？」

「你……」鄭氏梗住，回想著，他確實除了在家裡說了那番氣話外，並未說過要堵著打人，可看他那態度，很明顯也是有些贊成的。

趙族長看著兩人互咬，對自家孫子道：「沒人動，你另去找幾個人來，兩人誰也別想逃脫了去。我趕上了是將人給打暈，我要沒趕上，是不是得把人給打死了去？老頭活了這麼大歲數，掌管族中幾十載，還沒聽過誰人犯了族規就要把人打死的。」

那邊孫兒聽此，趕緊點頭，回頭衝還在發愣的人群喝道：「都站著幹啥，還不趕緊來把人綁了？也不怕實話告訴你們，咋兒趙三哥跟嫂子是來找了爺爺的，說的就是這事，爺爺也是同意的。你們這群人，圍著看熱鬧看夠了，一會兒還有得你們受的！」

眾人從先頭的驚愣，轉變成恍然，再來就是全部獻殷勤的跑去圍住鄭氏，都伸手準備將她抓起來。

「你們幹什麼！幹什麼！啊——」鄭氏怎麼也沒想到情況會急轉直下，看著來捉她的眾人，驚得趕緊將身邊的棒子又揮起來。「不是我，不是我，該抓的是李空竹，抓那個賤人！走開！啊——」

眾人被她揮著棒子逼退了好幾步，就算有膽大的上前，也免不了被打上幾棒，挨得多了，也就沒誰敢上前了。

看著只顧圍著卻不敢上前的眾人，趙族老冷喝一聲。「怎麼？我的話不好使！你們都不想在趙家村待了不成？」

族長這話一落，那邊被捉住的趙銀生，心頭跟著咯噔了下。

抬眼不可置信的看著族長，開始哆嗦著嘴，道：「我是啥也沒幹啊！我、我就想問個清楚明白哩。大嫂發瘋打人，我、我還攔著，這、這裡有人可以給我作證的，族爺，你可得想清楚啊！」

趙族長哼了幾哼。那邊的鄭氏卻像瘋了似的，根本聽不到這話，嘴裡還在不停咒罵著讓去抓了李空竹，手上的棒子亦是揮得愈加起勁。

趙君逸抱著李空竹才走不遠，聽著這頭的動靜，只淡淡的用眼角掃了一眼。下一瞬，一個疾閃出手，一枚細細的鋼針就那樣似長了眼般，穿過人群，向那正在發瘋的渾不吝直直的射去。

「啊！」鄭氏驚叫，下一瞬，直直的向後倒了下去。

圍觀的眾人聽了族長的話，皆都驚著哩，沒承想，鄭氏又突如其來的尖叫了聲，那穿透耳膜的吼聲，差點沒將他們嚇死過去。

轉眸看去，只見剛還發著瘋咒罵不已的人，這會兒竟已癱倒在地的瞪著雙眼，在那兒不停抽搐著。

有那不明所以的，直驚得問著是不是在發羊癲瘋？有那膽大的上前查看一番，見除了瞪眼在那兒抽搐外，根本沒有其他像羊癲瘋的症狀。

「看著不像哩！」

「該不會是……」明眼人對視一眼，這是見揮棒子不頂用了，想換個大病來逃罰？

那邊的趙族長顯然亦是這樣認為的，皺眉看了眼那還在不停抽搐的人，命自家孫兒道：「不管了，先抬去家裡正堂，再著人去請趙金生過來！」

「是！」那孫兒得令，給幾個族人使了個眼色。

得了令的幾個大漢，趕緊伏身將人抬起來。趙銀生見被人抬走的鄭氏依然在抽著，就不由得生了幾絲疑惑及懼色。

第四十五章

趙君逸抱著發暈的李空竹往家裡走，那邊王氏已趕緊叫了村中的男人去柳樹村請大夫過來。

跟著行到趙家，卻意外發現趙金生居然等在門口。趙君逸不鹹不淡的看了他一眼。

趙金生在看到他抱著李空竹時，嚇得一臉擔憂的走過來。「這是咋回事？這人，咋還暈了？」

趙君逸瞇眼看他。

趙金生被看得有些噎住。「先頭二弟來找我說老三家的娘家弟弟之事，讓去堵人，我沒同意哩。出去了一趟，回來沒見著你大嫂，我正打算去尋。」

說著又看了眼他懷裡暈著的李空竹。「該不會……」下一刻，他又作出很氣憤的表情。「死婆娘，成日裡渾不吝還拎不清的，看老子一會兒咋收拾了她去！」

「讓開！」心頭煩躁得根本不想多聽他一句的男人，冷然的皺眉，將他掃了一眼。

趙金生寒毛直豎，識趣的讓開，見他抱人進了院，忍不住又道：「一會兒弟妹藥費多少，我來付吧！再怎麼樣，俺不能讓你們吃了這虧哩。」

趙君逸轉眼，別有深意的盯了他一瞬，直盯得他有些心虛的移眼，才淡道：「我不管你們心中有何打算，再想打這邊一分主意，屆時別怪我再不念半分舊情。」

趙金生頓住，那邊正好有人過來叫他趕緊去族長那裡。趙君逸說完這話，沒再相理，徑直向家中走去。

王氏幫著關了院門，喚著還在流淚的李驚蟄，趕緊去燒點熱水煮雞蛋，一會兒給李空竹額上的腫包去瘀。

李驚蟄聽罷，連連點頭，抹著眼淚，向廚房奔去。

王氏家裡還得做晚飯，看了眼照顧得還算周到的趙君逸後，便提腳回家。趙君逸將李空竹小心的放在鋪好的炕上，滿眼冷冽。

那兩房夥同趙家族人時，他早已聽到風聲，也早早去了老頭那兒等著，著了老頭的孫媳前去查看。那孫媳到後沒多久，他就已向這邊奔來了。

哪承想，就這麼短的時間，還是讓她受了傷，這讓他懊惱至極的同時，亦是相當憤怒，以至於在抱她離開時，給老頭下了狠話，讓他狠懲那兩家才行。若是不願，屆時就別怪他自行解決。

李驚蟄燒了熱水過來，問著可是要用？趙君逸轉眸看他半晌，點頭讓他端盆過來。扭了濕帕，小心的給女人擦著凍在睫毛上的冰渣，再次看到紅腫高脹傷口時，眼中愈加冷冽起來。

猛地一個起身，喚李驚蟄前來。「好生看著你大姊，我且出去一趟。」

李驚蟄張口就想問他去哪兒，可看他那一臉深沈，不由得閉上嘴，點點頭。「俺知道了。」

趙君逸瞥了他一眼，淡嗯了聲，隨即快步出屋，再一個跳躍飛身，便出了院牆，向著村口快步閃身疾奔。

趙君逸再次回來時，卻是帶了前回給李空竹看病的老大夫。

大夫翻著她的眼皮看了看，又扎了一針，見她緩緩醒來，覺得沒甚大礙後，又開了盒化瘀的膏藥，便提著箱子，要求趙君逸再送他回城。說是這會兒城門已關，若他不送的話，自個兒就去村中借宿。

趙君逸看了他一會兒，付藥錢時，多給了十個銅板，又吩咐李驚蟄將大夫送去村中趙猛子家借宿。這會兒小女人醒來了，他暫時沒有那多餘的閒心再去送人。

李驚蟄對於趙猛子家只知道個大概位置，可看他姊夫那樣，也知這會兒不是磨蹭的時候，點點頭，便拉著大夫出屋。

待人出去，趙君逸便拿著個剝了外殼的雞蛋，用布巾裹了，坐在炕邊，輕柔的給她揉著額頭散瘀。

那手上動作雖輕柔，面上卻冷得嚇人。「明知她是怎樣的性子，就不知躲遠點？」

李空竹只覺頭還是有些暈晃，睜著眼，直哼哼的看著他那油燈下忽明忽暗的冷漠容顏，嘟囔道：「我也想啊！當時本打算把她給惹急眼，最好是來鬧場大的，好不容易有族長坐鎮，我尋思著，只要能讓那兩家吃虧，哪怕背上挨個兩下也沒啥。誰能想到，那背後居然還有黑手哩，當真是一失足，悔千古！」

「呵！」男人冷哼，手上的力道不自覺的加重兩分。

「嘶……輕點！」女人嬌哼。

「如今知道疼了？」男人挑眉看她。「妳想藉機劃別人，怕別人也在借妳機哩。」

「這話怎麼說？」

見她疑惑，趙君逸垂眸看她一眼，未將在門口碰到趙金生的一幕告知，而是伸著長指，輕輕在她的腦門上彈了一下。「無須管太多，任他們隨意去弄。」

想要何種心機來便是，事後，他有的是法子去懲了他們。

李空竹摸著被彈疼的地方，嘟囔著。「我是傷者哩，本來就有腦震盪的風險，被你這一彈，指不定就患上了。這可是後遺症，以後會經常頭疼的。」

男人頓了下揉蛋的手，眼中不自覺的劃過一絲懊惱，下一瞬，指尖輕柔的撫過她的額頭。「便是疼了，也是妳不長記性自找的。」

「壞人！」她嘟囔著哼了幾哼，覺得有些個犯噁心，就道：「難受，我要睡覺……」

「嗯，睡吧。」

那邊李驚蟄將大夫送去麥芽兒家後，回來時又碰到了去柳樹村請大夫的人。本想打發了，可又怕招麻煩，不得已只得領回家。

趙君逸看著領回的大夫，又給了十文跑腿費後，便將人打發了去。其間，麥芽兒亦是擔心的跟過來一趟，照樣被趙君逸打發了。

晚飯李驚蟄隨意做了點兒，跟趙君逸將就了幾口後，便乖覺的洗漱上床睡覺。

趙君逸撥亮燈芯，上炕與女人並躺時，看著身旁燭光下的小女人，想著有些事是不是得相幫一把才成？還有就是崔九那裡，已是這般久了，難不成還未成功上位？

想著走時彼此暗中留下的聯絡地點，他想著，是不是得走一趟問一下？

隔壁張氏自從偷聽到趙金生跟趙君逸兩人在外面的對話後，就知怕是要壞了事。她以為老大是偷偷跟著去了，沒承想，卻是在這兒送了個馬後炮。

張氏焦急的在屋裡轉著、等著，好不容易把閨女哄睡後，見自家男人還未回來，實在不放心，趁著天還未黑透，躲閃著向村中行去。

酉時初，躺在小女人身邊假寐的男人突然睜眼，聆聽著外面的動靜。

不一會兒，那驚天的哭聲跟哀號越來越接近。

聽著那人仰馬翻的吵鬧，其中鄭氏叫罵最響亮。

大罵著趙金生狼心狗肺，說著憑什麼休了她，她為趙家生了兩個兒子，是趙家的功臣，敢休了她，那是要被天打雷劈、遭天譴的。

趙銀生似在哼唧著呻吟不止，張氏哭喊著鄭氏害人，讓她快讓了道，不然自家男人就要死了。

鄭氏卻似聽不見般，發狂的在那兒不停辱罵著，襯著這夜深人靜的夜晚，那高喝叫罵聲，顯得尤為突出。

懷裡的小女人被吵得嚶嚀了聲，趙君逸埋頭看去，見她蹙眉不已，那眼珠轉動著，眼看著馬上就要醒來了。

眼中有絲不悅滑過，趙君逸伸手，輕輕的在她頸間點了下。見她小腦袋就勢一歪，又睡了過去後，才小心的掀被起身，抬腳向外面行去。

外面的吵鬧還在持續。

鄭氏滿嘴罵著挨千刀、遭天譴，又哭又鬧，巴著院門不讓他們進，硬要趙金生給個說法，收了休書。

先頭在村口時，她突然被什麼尖銳的東西刺疼了脖子，一下子動不了，說不了話不說，還全身打擺子，讓她疼了足足半個多時辰。

待她疼過能說話，又回神後，卻發現族長居然作主，幫趙金生寫了休書，把她給休了！不但休了她，還在她鬧時，又按著族中規矩，打了她二十棍。就在她又痛又不甘心的時候，趙金生那個挨千刀的，居然在回來的路上，讓她趕緊收拾好，連夜滾回娘家去。這樣狼心狗肺之人，令她怎能不懷恨？

「天殺的！老娘這些年做牛做馬的伺候著你趙金生，又生了兩兒子，這麼大的功勞，抵不上人家賤娘皮子挨一下？老天爺啊！祢下個雷劈死這個挨千刀的吧！我的天喲——」

又哭又嚎的叫人耳膜都受不了了，那邊同樣挨了三十棍的趙銀生，被族人抬著，很是不耐的已連連翻了好些白眼。

張氏自從去族長家聽了這事後，就知自家是徹底讓老大家擺了一道。

見鄭氏堵著門，就很氣憤的道：「大哥趕緊把人弄走吧！俺當家的可是皮開肉綻了，沒她這麼好的精力哩。再這樣下去，要是出了人命，能再次用休妻來賠罪不成？」

趙金生恨恨的瞟了她一眼，心中冷哼，對於鄭氏這種蠢婆娘也是耐心用盡。走過去，伸腳就將她一腳踹開來。「死婆娘還不趕緊讓開，這是趙家的門，輪不到妳在這兒撒野！」

「啊！啊——你個殺千刀的，你個要死的死王八！沒天理啊！沒天理啊——」她嚎叫哭喊著，抓著門框想起身抓他的臉。

奈何卻因著傷痛，又被趙金生發現意圖，接著再踹她一腳，讓她站立不穩的滾在地上趴著。

「啊——活不了，活不了了啊！」見占不著便宜，她就不斷的高哭尖叫，外加拍地作為發洩。

那邊抬人的趙家族人卻不管這些，見有空兒出來，趕緊抬著趙銀生向院中快步衝去。

鄭氏見狀，回頭又紅著眼的大吼。「不准走！」

「妳他娘的要再鬧，妳信不信老子連包袱都不讓妳收了，就把妳扔村口雪地裡去？」受不了的趙金生出口威脅她。

「你敢！王八羔子，你還敢休老娘了，你他娘的有了那賊心不成？你個遭天譴不得好死的玩意兒……」

正罵得起勁的鄭氏突然啞了聲，在那兒驚恐的瞪眼，不停的張著嘴。又來了，又來了，到底是怎樣的詭異，怎地就讓她次次碰上了？

站在一邊的趙金生也驚了一跳，見她驚恐著一張臉，直直的向他看來，眼睛不由得瞇了下，抬眼四下尋看，見除了夜裡的涼風跟那透著光亮的雪景外，並未發現任何可疑的東西。抬著趙銀生回屋的族人走了出來，見鄭氏老老實實的趴在那兒，不斷的東張西望，還以為被趙金生用什麼方法治住了，就紛紛衝他比了個大拇指表示厲害。

趙金生有苦說不出，只得僵笑著送幾人走了幾步。再回來時，見鄭氏還趴在那兒，直直的盯著他看，那眼神居然還帶了點祈求。

趙金生意味深長的看了她一眼，哼哼著走過去，二話不說就提著她的領子，快速的拖進了院子。

「哢嚓」一聲，門閂落下，宣示著這齣鬧劇終於落幕了。

趙君逸從自家陰影的牆頭步出來，看著那緊閉的大門，眼神暗沈不已。

隔天李空竹醒來時，依然躺在炕上不能起身。只因她一下炕，就有些頭重腳輕還犯噁心。已經肯定這就是腦震盪，只能儘量別動，躺著休息幾天才好。

歇炕的期間，還發生了一件小插曲。

因著沒法起炕，又想上廁所，趙君逸卻直接說要抱她，給她把屎尿。

這讓她深覺自尊受創，又害羞的堅決回絕了，可即使是這樣，男人還是拿著廢盆進來，放在炕上，讓她就此在炕上解決。

想著男人淡定自如的端著她的排泄物出屋，李空竹直覺羞臉不已，紅著臉捂著被子，久久不敢露出頭。

趙君逸回來時，見她還捂著小被，那露出的耳尖居然都泛紅了，不由得很是愉悅了一把。

李空竹感受到男人的注視，很彆扭嬌羞的喝道：「我餓了！」

他難得的勾唇笑出了聲，卻惹得她在被子裡狠狠的捶著被子洩憤。男人趕緊止笑，抿著嘴又走了出去。

待聽他出去後，李空竹才掀開被子露頭，輕吁了口氣，用手輕拍熱得發燙的臉頰。真是，當真是難為情死了，長這麼大，還未像如今這般不中用過。

麥芽兒是在她吃過飯後來的，再次看到她躺在炕上的模樣後，狠狠的將隔壁那兩房給罵了個狗血淋頭。

「俺昨兒聽說他們聚在一起時，本想著去村口等著給妳打聲招呼，可見著趙三哥去了族長那裡，還以為他們要倒楣了。哪承想，妳也跟著受了罪。」說完，又狠狠的朝那邊方向呸了口。「不過那渾不吝的被休了，倒是痛快不少！」

李空竹犯著噁心，說不了太多的話，聽了這話，只笑了笑，並不多言。

麥芽兒見狀，拍著她的肩，讓她安心養病，跟著說了幾句後，便抬腳出屋，向小廚房行去。

趙君逸得空，跟著進來看她，卻見她嘟嘴賣萌道：「當家的，今年這年頭於我不利哩！咋才開個頭，我就碰到這般多倒楣的事？看來哪天我得去廟裡上上香才行。」

「嗯。」男人見她臉色還好，就坐下伸指，從身上的天青色荷包裡拿了藥膏出來，用指尖挑起了少許。下一刻，就輕輕在她那瘀青的額頭上塗抹起來。

「看來雞蛋並不好使哩！」

沒頭沒腦的一句話，令男人瞥了她一眼，似在說她倒是樂觀。女人卻衝他嘿笑幾聲。

男人無語的默默將藥塗完後，道：「累了就閉眼歇會兒。」

「嗯。」女人點頭，甚是聽話的閉上眼睛。

看著那鬈翹眨動不已的睫毛，男人坐在那兒耐心的等著。待聽到她的呼吸均勻綿長後，才緩緩起身，抬腳向屋外行去。

養傷期間，李空竹除了不用做事，還聽了不少八卦。

比如隔壁兩房鬧了不和，那鄭氏明明被休了，卻賴著不走；而趙銀生也被打得已是好些天不能下炕，讓麥芽兒拍手直說好。

惠娘因著生意好，在貨賣完兩天裡又過來了。

來時，見她又躺上了炕，念叨了她幾句，順帶說了下二月花朝節的事，說是挨著日子近了，不若趁此去府城的靈雲寺逛逛。

「那寺不僅許願極靈，還有長年冒著熱氣的溫泉水及邊上的幾株桃樹呢！年年不到化雪時節，桃樹就開始抽芽、開花苞，每年府城的大富之家都會在這時節前去賞花。待還不到立秋，桃子成熟了，那些富貴人家更是每每都會高價相爭，不為別的，就為了那桃比別處大，還比別處甜呢。」

李空竹一聽，腦中突然一閃，登時豁然開朗，樂意至極的應了邀。在等著二月花朝節時，山楂果卻在離正月底沒幾天，已經開始出現了斷流的情況。

彼時的李空竹早已養好了傷，對於這一現象，幾家人坐在一起商量了下，尋思著再做幾天存點貨，待到花朝節過後，便停了生產。

誰料，這事才相商沒幾天，府城就來了消息。

是因惠娘找同在大戶做活的一些下人宣傳，得到了一定的效果，再加上齊府過年時，送禮的那些個糕點跟山楂幾樣，也是極大的在上層給渲染了一番。

那些大戶在尋到源頭後，紛紛跟齊府招呼了聲，想著再買些回去。

「雖說明知咱們開店的地方，卻還是跟齊大奶奶打聽、招呼，這些大戶人家，怕是想著這裡頭有齊大奶奶的分兒哩。」惠娘沈思後謹慎的開口。「來下訂單的是齊府的人，從他嘴裡，我還問出了其他大戶的消息，居然還有些只是平日裡面上過得去，或是不怎麼深交的人家。」

說到這兒，她頓了下。「齊大奶奶既然答應下來，且還由齊家來包訂糕點這事，我尋思著，齊大奶奶怕是想拿著糕點做些人情吧。」

一些不大來往，或是並不深交的人家，憑著這一事，怕是能漸進不少。

「妳說，咱們要不要趁這次送糕點進城時，再與齊大奶奶說一下分成之事？」將之拉進來，也好落實其他大戶的猜測，於他們也會更有利。

李空竹點頭。「既這樣，那店中從今兒開始就斷了山楂貨品吧，咱們全力保府城就行。」

「正是這麼個理兒！」

幾家人商量完，便全力著手熬製冰糖這一類的高級山楂。雖說果子斷了流，但他們把店中供應停了後，也能勉力供上府城所需。

待到全力趕工完活時，已過了二月初二龍抬頭之日。彼時惠娘再將貨品拉去鎮上存著後，又回了趟村，與李空竹說了不如同去府城的事。

李空竹看了眼趙君逸。在惠娘相邀後，她就已經有些迫不及待了，在養傷其間，她甚至還把買來的農用書給翻了個遍。

雖說沒找到她想要的東西，但對於如何種植，卻是茅塞頓開了不少。

趙君逸雖不知她又想到了什麼主意，不過對於她看農用書這事卻是知之甚詳。這會兒見她一雙眼巴巴的看著自己，不由得好笑道：「這個家好似一直是妳在當。」

既是當著家，還問他做甚？

李空竹不滿的睨他一眼。她這是尊重他，徵詢他的意見哩，竟然這麼煞風景。

一旁的惠娘看得抿嘴直笑，那邊的麥芽兒卻是羨慕得不行。「去府城啊，俺也想去哩。」

「那就一塊兒去！」到時幾家人去租個小院住著，比起住客棧可是能省下不少銀子。

趙猛子在聽了後，還不待麥芽兒搖頭，就趕緊擺手道：「不成、不成，她去不得哩。」

「為啥？」李空竹跟惠娘皆疑惑相問。

那邊的麥芽兒卻有些羞紅了臉，難得扭捏的掐了趙猛子一下。趙猛子被掐得嘿嘿直樂的撓著頭。「就是不能去哩！」

李空竹正待開口問清楚，那邊的惠娘卻立即恍然明白過來，悄悄的拉了她一把，隨即附在她耳邊，輕聲的嘀咕著。

李空竹驚訝的瞪大眼，再去看麥芽兒時，卻直直的盯在她那還平平如也的小肚上。「這麼快？」

記得才說要懷孕時，是過年前的那幾天吧。這才一個月的時間，竟是懷上了？

麥芽兒點頭，又有些羞澀。「才上身，還未過三月，本是不能說哩！」

李空竹了然的點頭。「既是這樣，那就待下回再去吧！」

第四十六章

惠娘問著可是今兒能走？李空竹想到念書的李驚蟄。自上次的事件過後，這娃子決定要考科舉了。他想先當官，等有了身分，別人都不敢欺負他大姊後，再幫大姊種地、盤帳。

雖然不知他從哪兒知道當官後就不會有人欺負自己，但對於他的認真，李空竹還是樂見其成的，她原本就打算讓李驚蟄先考科舉。這個時代，不管如何，一定要有了身分才能走得通，行得遠。

是以，她的先期投資就是這些對她親近的孩子。若可能的話，她還想等有錢後，請先生來村裡蓋所學堂，免費教村中娃子上學，這樣一來，於她的將來也是有好處的。

畢竟這些學生將來不管是做官，還是給大戶人家做掌櫃，於她來說，都是生意場上的一條路子。雖說時間點有點遠，可對於她如今事業才將起步的狀況，卻是正好。

「暫時先停一天吧，我尋思著想等驚蟄下學回來後，問問他可是要同去？」

惠娘聽後點頭。「那成，今兒我們兩口子就留在這兒等一天吧。」

那邊的麥芽兒聽罷，趕緊扯著自家男人回家，說要給他們住的屋燒上炕，免得待會兒過去後，屋子冷。李沖拉著驢車說是與他們一起，而惠娘就暫時留在這邊。

待到下晌去接了李驚蟄回來，大家又同在一起吃了個飯。

晚上送走他們後，李空竹便喚來李驚蟄，跟他說了去府城的事。

「怕是要待個近十天，尋思著不放心你在家，不若與我跟你姊夫同去？」

李驚蟄坐在炕上，低著頭不知在想什麼，半晌，才抬起他那稚嫩的臉龐道：「大姊，我不想去。」這一去，就要耽擱好些天不能上學。

讓先生不喜不說，他也不想就此荒廢學業。自那天大姊因護他被人打了頭，就讓他心裡老不是味兒了。

王嬸也說，為了讓他在這邊念書，大姊還答應給其他兩房的兒子也念書。那念書可是捨著大錢來的，有多少人家為供一個學子，全家只能吃糠嚥菜，可見，念書就是個撒銀子的事。

他本不想念了，卻被先生告知。「要治這等蠻人，只需用個秀才舉子的身分，就可令他們低頭哈腰。」

這話裡，雖說有先生故意誘他念科舉之書的意圖，卻也著實令他完全改觀過來。想著平日裡一說到見官、見鎮長、見族長就會有人變了臉色，不就因為那些人有身分嗎？有了身分，才能鎮住那些無理取鬧之人。也因著先生的這句話，那天他在下學回來後，才會跟自家大姊說了先考科舉之事。

李空竹見他一臉的認真執拗，就忍不住伸手去摸了下他的頭。「不用繃這麼緊，學習也得有張有弛才行，老繃著可不好。」

「不繃哩，如今我正學得帶勁。」

見他一臉相信我的表情，李空竹心頭嘆了下。這孩子，自那件事後，就不咋愛鬧騰了。

平日裡，板著一張小臉，簡直認真到了極致，照這樣發展下去，可是得向趙君逸靠攏了。

有些不甘心的再次出聲相問。「真不去？」

「不去！先生還佈置了幾篇大字哩，我得趕緊寫了，不然明兒可交不出去了。」說著，就趕緊滑下炕，順道還求趙君逸，道：「姊夫，俺想回屋寫，能借一晚桌子嗎？」

「嗯。」趙君逸不鹹不淡的回應後，睜眼下炕，待將桌上的油燈放上炕桌後，對李驚蟄道：「回屋點燈盞去。」

「喔！」小娃兒在回答後，趕緊轉身向外面跑去了。

趙君逸搬著桌子，跟了出去。李空竹看著那飄蕩的簾子聳聳肩，仰躺的歇在炕上，看著頭頂映出的昏黃燈光發呆。

待到男人再回，鋪了炕後，她就勢一滾，滾進男人的懷裡，摟著他的腰，很撒嬌的在他懷裡蹭了蹭，嘟囔著。「驚蟄這娃子，會不會被我給帶鬱悶了？」

「不會。」男人大掌撫著她的小腦袋，輕柔的摸了下。「不過是到了長大的時候罷了。」

「胡說！」女人抬眼，不滿的看他。「他才八歲。」想她前世八歲時，因老爹還在世，可是還瘋著鬧著哩。

「八歲不小了。」男人挑眉看她。想他八歲已能單手劈斷一根手臂粗的木柴，也有上戰場的雄心了呢。

「說不過你！」老古董！瞥了眼他傲嬌的挑眉，又躺回他懷裡，說起另一件事。

「麥芽兒居然懷孕了，想她上回說起時，才不過一月有餘，如今卻不聲不響的懷上了。」想想，還真是奇妙不已，她嘆著。「當家的，你說懷孕是怎樣的心情？」

頭頂是一片沈默，久未聽到聲響的女人再次相問，卻不想這回聽到的，竟是男人那平穩而綿長的呼吸。

女人咬牙，恨恨的抬眼向他看去，卻見男人一臉平靜的睡著，臉上鬆下的表情，全然沒了白天的疏遠與冷漠。

「喂！趙君逸！」女人伸手輕拍了下他完美至極的右面側顏，見男人不動不響，直恨得牙癢癢，一口向著他的胸口咬去。

使盡全力一咬，卻換來她的嘴痠軟無比。再去看男人時，卻見他依舊保持著那張平靜至極的臉龐，沒有多皺一下眉頭，或是挑動一絲嘴角。

這還有什麼不明白的？李空竹眼神恨恨的，伸手很無情的在他臉上亂揉了一陣後，才氣惱的將燈盞吹滅。

黑暗中，女人拉緊被子，一個翻身便爬上他的身，看著身下依舊無半點異常的男人，她開始了一番連環轟炸……

半個時辰後，女人已是髮絲凌亂，氣喘吁吁的徹底累癱了。側身回到原處，抬首看著不管是在他懷裡亂蹭，還是在他臉上亂親都沒有得到半點反應的男人，不由得吼了句：「趙君逸，我恨你！」

說完，已徹底沒了力氣，睡了過去。

待她真正到了雷打都不醒的夢中後，男人才緩緩的吐出胸口積攢了多時的濁氣。抬手不經意的撫額，揮走了一顆滲出的細汗，心下卻是連連暗嘆。

當真是好險，差一點，只差一點了！

若不是小女人手法太過生疏，沒有找準位置，怕是他早已失控得難以抑制了。他心頭有史以來出現了第一次的埋怨，怨崔九當真是來得太遲了！

第二天一大早，李空竹頂著一臉怨氣，從起床後，就一直沒好過。

做了早飯，待吃過後，就領著李驚蟄去了麥芽兒家，商量著讓他這些天暫住在他們這兒。末了得了林氏點頭後，她又著李驚蟄給兩位老人家磕頭。

待一切安排好，才出了院，上了惠娘兩口子的驢車。揮手跟送他們的趙猛子兩口子道別後，驢車便緩緩向村口駛去。

待到了鎮上，因要裝上存在店裡的山楂點心，便又租了輛驢車。惠娘與李空竹坐在租來的驢車上，緩緩的向環城鎮外行駛。車上點著的爐子甚是暖和，李空竹與惠娘兩人很閒情的拿了茶盞點心出來，邊飲邊聊著。

待出了餘州縣後，李空竹便掀起一角的車簾向外看去。雖看到的依然是茫茫雪景，卻還是甚覺新鮮的不願放了簾子。

如今已經時至二月，天氣也慢慢回暖，雪雖還沒到化的時候，可人的皮膚卻能明顯感受到溫度的變化。

惠娘見她興致頗高，就笑道：「怎麼，懷念了？」

李空竹笑著搖頭。「有些不記得了，想找找回憶哩。」說著，想將簾子掛起，就詢問的看她一眼，才將簾子別在一邊，繼續道：「當初被打還鄉時，可是一屁股的血肉模糊，躺在那硬板車裡，哪還有閒情欣賞景致？對這兒的印象，還是去年上半年回家探親時的事呢。」

以為是勾起了她不願回憶的事，惠娘歉疚的說了聲對不住。

李空竹倒是覺得沒什麼的搖搖頭，整著自己身上新穿的細棉碎花掐身小襖，另起了話頭，問著她可是好看？惠娘點頭，兩女子便就著針線問題聊起來。

行至傍晚天將黑之際，一行人才到了府城城門口。因他們是外地人，自是免不了被查問一番。當然，若是給好處的話，就容易多了。

掀簾看著前頭李沖陪著笑臉的拿出半吊錢，遞給一個看似頭兒的壯漢。那壯漢手拿銀子，掂了那麼下，想來很是滿意，隨即拍了拍李沖的肩膀後，就衝著後頭高喝了聲。「放行！」

將簾子放下，李空竹並未有太多情緒，繼續聽著轉動的車輪，漸漸向城中行去。

由於天色將晚，惠娘他們熟門熟路，領著她跟趙君逸兩人去一家看似不錯的平民客棧，待隔日再去租間房。

要了兩間中等房，已花去了半兩銀子，加上還要看顧驢車，李沖得到柴房親自守著，是以又多加了五十文添做草料錢。

李空竹回客房將燈芯撥亮，趙君逸去要了熱水跟熱茶。

李空竹拿出包裡準備的烙餅，遞給趙君逸一個。「可是餓了？」中午時也只吃了個烙餅就涼水，也不知他能不能受得了？

「尚可。」男人接過餅子，又出去問小二拿了雙碗筷。待回來後，將餅子掰碎放進碗裡，澆上開水，再遞給她道：「少吃涼，對身子不好。」

李空竹伸手接過，心頭最後一點因昨兒他故意裝睡惹起的怒氣，也消失殆盡，點頭很是感動的將那碗水泡的烙餅吃了下去。

很難吃，卻吃得心間暖意至極。

翌日，一行人兵分兩路。李沖跟惠娘自是前去送貨，而她跟趙君逸在問清城中方向後，便隨意逛了起來。

府城相較餘州縣來說，自是又大了好幾倍不止；街道上的百姓，除了極常見的細棉外，偶爾還能看見穿緞子的人在其中。

攤上的小販也是各種各樣，隨處可見擺賣字畫的酸秀才。還有那高三層、四層的大酒樓，這會兒天色雖早，卻能聽見有小曲飄出來。

兩人尋著熱鬧的街道，找了處比較平民的湯麵館，一人要了碗骨湯麵。

待吃過了湯麵，又問了店主這城中可有哪些好玩之處。

店主看兩人似從外地來，自是介紹了些城中有名之處，尤其是對城郊佛寺多說了幾句。

「再沒幾天可是花朝節了，咱們這地方雖說過花朝節早了點，可靈雲寺卻不早了。有了那口溫泉，寺裡的花兒都被侍弄得比別處早開哩。在這一天，有不少富貴之家會前去賞花，雖說到時擠不進去，可這會兒卻是能去逛逛的。」

李空竹點頭謝過。與趙君逸出來時，男人問她：「可是要去？」

「你咋知我要去那裡？」

挑眉好奇的相問，卻換來他不鹹不淡的道：「只說去與不去。」

「不去。」李空竹搖頭，抬頭看天，道：「今兒咱們先逛街，中午跟惠娘會合後，再去租房，待到明兒再去了那靈雲寺。不但明兒要去，花朝節時，也會去。」畢竟難得一年一度的觀花節嘛！

說著，就蹦跳著過去扯了他的衣袖，從懷中取出荷包，得意的哼哼著。「我可是拿了鉅額財產來的，今兒我要搜羅這府城一條街，你就暫且做了我的跟班，給我拎東西吧！」

話落，就笑著扯著一臉極不情願的他，開始大肆搜羅起來。

快晌午時，趙君逸雙手捧著快高過他臉面的禮品盒，一張冷臉黑得就差沒能蘸筆寫字了。再看了前面的女人，本該意氣風發才是，不想，卻是一臉肉疼的手捂荷包吸氣不已。

「這府城的東西咋這麼貴？同樣是糟子糕，環城只需十文就能買一盒，這裡居然要二十五文！真是，就算宰人也不是這樣宰啊！」

後面男人聽著她一路碎碎唸，只覺無語至極。既都覺得貴了，為何還買了這般多，沒看到這盒子摞得都快擋他臉了嗎？

然而這不是重點。重點是，這讓他一個大男人，抱著這大盒小盒走在這人來人往的大街上，別說丟臉了，光是那被人看著的詭異眼光，都令他不舒服至極。

若不是他臉臭得可以，又冷到極致的話，怕這些人就不只光看了吧！

回到客棧，惠娘兩口子已經等在大堂。看到兩人時，惠娘趕緊起身相迎，李沖則幫著接過趙君逸身上的盒子，眼神雖訝異了下，卻未多說什麼。

惠娘顯然也看到了，卻沒心情過問太多，只拉著她的手道：「先上樓，我有話與妳相商。」

「何事？」見她臉色不好，李空竹亦是收了臉上的笑，猜想著難不成去齊府出了什麼事？

「先上樓，這不是說話的地兒。」她眼睛環視一下四周，欲言又止的樣兒，李空竹趕緊點頭隨她去樓上。

待幾人皆進屋，坐於桌前後，惠娘才嚴肅的道：「齊府大少奶奶想要了方子。」

李空竹愣住。要方子？詢問的眼神向她看去。「妳可說了分成之事？」

「我本欲要說這事來著，可誰承想……」

惠娘亦是皺眉不已。想著當時進去她才磕完頭哩，還不待開口說話，那齊大奶奶就一連串的話頭問下來。

一旁的管事嬤嬤亦在一邊敲著邊鼓，那話裡話外的意思很明顯，就是想獨要了方子，齊府自己做大。

當時她聽得心頭涼了半截，卻又不好明著拒絕，只說了是與李空竹合夥，她是大頭，得先與她相商才行。

李空竹皺眉，有些氣餒不已。很明顯這是抱錯腿了！當真是如何就這般不順遂了去？心頭有些煩躁，面上卻不顯的安撫著亦是同樣心情的惠娘，道：「先別急，她可有說讓我何時進府？」

「明兒辰時三刻。」惠娘又擔心不已。「如今手頭還有著幾十畝的地哩，若真給剝奪了，豈不全賠進去？」

賠錢那倒不至於，大不了到時再出新品，她還有山楂片、酸棗糕沒出手哩，還有桃林，點子多的是，根本不怕賠錢一說。

可關鍵是，就算點子再多，沒有靠山，即使轟動一時，怕是下一刻就要進了別人之手。這種被人拿捏著的小人物命運，當真是令人不爽。

見她眼露愁容，又緊鎖眉頭的樣兒，趙君逸有些不悅，面上卻不鹹不淡道：「要如何幹，去幹便是，無須擔心被人報復掌控。」

說得倒是輕鬆，李空竹睨了他一眼。要真是想咋幹就咋幹了，她還至於這般受夾縫氣嗎？

惠娘自是也沒將這話放進心裡，只一臉焦急的拉著李空竹。「現下要怎麼辦？」

「暫且走一步看一步再說，別太過擔心。該來時，怎麼也擋不住。」回神的李空竹安撫的輕拍了拍她。「與其這樣，不若坦然面對。下晌時咱們還得去租房子，靈雲寺花朝節咱們照去……至於明兒上齊府之事，待明兒再說。」
惠娘聽此，雖說擔心，卻也無可奈何。
那邊李沖卻是安撫的撫了她肩膀一下，見她回眸看他，就搖搖頭。「先聽弟妹的吧！」
見她有些失落的點頭，李空竹強打起精神笑道：「晌午了，咱先去吃了飯，船到橋頭自然直，天下沒有餓死的勤快人。」
「……嗯。」惠娘再次有氣無力的回話後，才起身，與她同出了屋。
走在最後的趙君逸卻眼深如墨。小女人明顯不信他的話，讓他很不爽的同時，又甚覺無奈。終究是最初甩手甩得太徹底的緣故嗎？
幾人沒什麼胃口的吃了頓中飯。
下晌找著牙行，又租了處臨郊的小院。
當天晚上，雖說大家興致都不咋高，可李空竹還是做了幾道大菜，以當作喬遷燎鍋底。待到酒足飯飽後，眾人各自沈默睡去。
天色將亮，李空竹便起了床。
另一邊惠娘亦是早早的將飯菜做好。待聽到她這邊的動靜後，就趕緊走過來。
進屋正逢李空竹打理好，惠娘看了下她的裝扮，就搖頭走過去，拿著條凳子讓她坐下後，就去拆她包頭的碎花布。
她疑惑的問：「怎麼了？」
「雖說不用太講究，可也不能讓人看輕了去。穿不得綾羅綢緞，裝扮卻不能矮了氣勢。」她這裝扮適合鄉下，雖顯得可親，到底失了幾分嚴謹。

惠娘說著的同時，已著手拆了她盤髮的木簪子。

一頭青絲就那樣順溜直下的直觸到地，惠娘見狀又趕緊手法嫻熟的將之托起，指尖快速翻飛間，不一會兒就梳了個嚴謹又不失俏皮的婦人墮髻。

從自己頭上拆下兩支點翠銀簪固定，待完事後，又拿來胭脂水粉，給她輕敷於臉。待點上口脂，只見面前的小婦人，膚若凝脂，靈動似水，一雙閃著水光的翦水雙瞳，尤其惹人憐。

見她儼然似換了個人般，就不由得讚嘆一聲。「從前就知妳是個美人胚子，回來這般久，也習慣了妳的隨意打扮。卻不想如今再一梳理整裝，仍如舊時的模樣，喔不，應說比之舊時來，更顯柔和靜美才是。」

由於沒有鏡子，李空竹聽了她這話也沒多大感覺，只覺頭部有些不大習慣。用手摸了下那緊實的髮髻，轉眸問她：「用了妳的簪子，妳可還有？」

「自然是有。」惠娘笑著喚她趕緊出去吃飯。「時間有些緊，耽誤不得哩。」

李空竹點頭，隨她一同出了屋子。

第四十七章

院子裡趙君逸剛從外面回來，待看到她從小屋出來，不由得愣了半晌。

下一瞬，則眼深的將她上下打量了番，尤其是她那上了妝容的嬌顏，令他很留戀的多停頓了一會兒。

從來都知她有著一副好嬌容，如今上了妝，更顯嬌豔明麗來。

這會兒，她站在簷下的臺階上，身著細棉小碎花服，配著那嬌俏的婦人髮髻，眉眼笑得柔和的看著他。那一顰一笑都透著暖意，令他心頭也瞬間溫暖明亮起來，有那麼一刻停頓了思路，只覺此生唯願沈溺下去，永不再管了那凡俗之事。

李空竹用手摸了下頭上的髮簪，步行下階後，在男人面前轉了個圈。「可是好看？」

「……嗯。」男人回神，一雙眼仍在她身上停留著。

那邊惠娘見了小倆口的溫情，倒是識趣的去了廚房，叫著自己的男人擺飯。

趙君逸見她在自己回答後，很得意的嘻笑起來，就不由得挑了半分眉峰，視線在她頭上掃了圈後，不再作聲的抬步向廳堂走去。

正逢端飯出來的惠娘，見兩人溫情完了，趕緊喚著吃飯。

飯後，由惠娘領著李空竹向齊府行去。

隨著越漸接近齊府，李空竹腦海中原身的記憶也越漸清晰起來。

行走在那寬寬的青石板路，一幢幢很寬闊的宅院首尾互相呼應著。入眼的青磚、白牆、碧瓦，無一不顯示著這一帶的人家多麼顯赫。不知怎的，李空竹心頭有些發起了悶，待行至那熟悉又陌生的角門處時，沒來由的還生了幾分膽怯的心。

自嘲的搖頭失笑，捶了自己胸口一下，讓一旁正準備上前叫門的惠娘嚇了一跳，轉身擔憂的問：「怎麼了？」

「無事。」待將那怯意壓下後，李空竹立即又端正了身姿，搖搖頭。

惠娘仔細將她打量幾眼後，見並無不妥，才又上前去叫門。

穿過那一重重垂花門，走過那一道道抄手遊廊，李空竹竭力的壓制著腦海中竄出的陌生記憶，目不斜視的抬頭挺胸，來到那主母的正院。

聽著婢女們的報備，後背條件反射的起了層雞皮疙瘩。她暗中捏拳，幾個深呼吸後，才拾級而上的進屋。

繞過了富貴屏風，行到正廳，平視看去，雙膝很不情願的跪了下去。「原二等婢女李空竹，拜見大少奶奶！」

從府中出來，李空竹已是一身冷汗。想著剛剛的對話，才知這真正的上層貴人是何等的威嚴，厲害在不動聲色之間，以氣勢壓人於無形。

惠娘正一臉心焦不已的朝裡不斷望著，見她出來，趕緊上前問道：「如何？」

伸手比了個噤聲的動作，李空竹回頭看了眼才關上的角門，抹著冷汗，與她相攜，道：

「暫且安心。」

惠娘見此，雖有心多問，但也知這不是說話之地，點著頭，攜著她，忍耐心頭的好奇，向著巷外走去。

待回了租住之地，進去時，正逢李沖在院中餵驢子。李空竹這會兒心神已回歸正常，問了趙君逸去向，待得知他出門後，便不再多問。

著了他們兩口子坐於堂屋，便將相商的結果告知他們。「方子給他們了，但我也要求了同賣。不過，他們是走高端大戶，我們走平民價，賣給一般百姓。」

只有這樣，齊府才不屑與她爭那點銅板的平民利益，也只有這樣，才能繼續保證他們的收益，還能再借了齊府之勢相護。相較於再不能賣，這已算得上是很好的結果了。

惠娘聽後，輕吐了口氣。「只要還能做就成。」一做平價他們也有大頭拿，不愁賺不多。

李空竹亦是點點頭，心下卻想著，在找到更好的合作夥伴，或是更大的靠山之前，店裡還是暫時不要出新品了。不然，多少都不夠人惦記的，她也不想再被逼著妥協了。

這事也算是告一段落，幾人隨後又相商去靈雲寺之事。

惠娘是徹底的放下心中的大石，這會兒說起靈雲寺也來了勁頭。「倒是有點遠哩，怕是明兒得早早前去才行。晚了，上香可就不靈了！」

「嗯，我知哩！」

約定好了時辰，兩婦人又相約著再去逛街。沿著熱鬧的街頭，一路的吃吃買買，直到快晌午頭時，才又買了些肉類跟乾菜。

再次相攜回來，兩人決定做頓大餐，以彌補昨晚沒吃好的遺憾。

正當兩人在廚房忙得不可開交時，外出的趙君逸回來了。彼時男人到他們住屋看了一圈，見女人不在，便又提腳走了出來。

耳尖的聽到了從一邊廚房傳來的剁肉聲，男人尋思了下，又提腳向廚房走去，在進去時，又順手拿了個放在屋簷下的木盆。

晃進廚房，見兩女人剁餡的剁餡，理菜燒火的理菜燒火。

李空竹正將剁好的餡拿著個小粗瓷盆裝了，不經意的抬眸，正好見到了提盆進來的趙君逸，笑道：「當家的回來了。可是要熱水？」

見他點頭，她趕緊舀了半瓢用來洗菜的熱水。待再舀了涼水兌溫後，就衝他道：「好了！」

男人端著木盆點頭，自她頭上掃了一眼，不說話，卻又不走。

李空竹疑惑。「還有啥事？」

「……無。」回答得極緩慢又像不願，李空竹看著他很是不解，正待再問時，卻又見他迅速的轉身向外走去。

李空竹愣了下，下首燒火的惠娘亦是愣了下，問：「怎麼了？」

「誰知道。」無語的聳聳肩，隨即又見怪不怪的揮手道：「常態，不用管。」

說著，就去拿發好的麵團出來。

廚房裡的對話，一字不落的全進了正在洗手的趙君逸耳中。男人沈眼一瞬，下一刻則冷漠的將水倒掉後，抬腳去了屋中。

中飯主食是餡餅，炒了肥鍋肉、燉排骨，拌了乾菜、炒雞蛋，外加一個熱湯上桌後，大家圍桌而坐。

除趙君逸外，其他三人吃得很是痛快。

飯後收拾完，李空竹回屋歇息時，見男人坐於炕頭，難得的沒有打坐，盯著走進來的她。

「怎麼了？」想著他中飯吃得不咋多，又追問一句。「是不是不舒服？中飯都沒見你用多少哩。」

「難看。」

「嗯？」正倒水喝的李空竹轉眸看他，卻見他正盯著自己頭上的髮簪，不由得皺眉。「哪裡難看了？惠娘都說我像換了個人哩，就你多事！」早上問他時，還說好看來著，如今就難看了？這男人……皺著鼻子不滿的衝他哼了幾哼，待喝完水，便向炕邊走去。

才脫鞋哩，就見男人手極快的向她的頭上伸來。女人猝不及防，讓他拿個正著，不待反抗，一頭青絲就那樣肆意的滑了下來。

李空竹是真來氣了，回過神，扒著頭髮，很不滿的衝著他問：「你幹麼？」

「難看。」

男人依舊是那句話，卻惹得女人很氣憤的低喝。「難看又沒讓你看，你管我！」說罷，鞋子用力一甩，甩出老遠後，才上炕去拉大被，準備蒙頭大睡。

「嘩啦」一聲，氣憤拉被之人的手頓了下，下一刻在翻動被子時，眼睛卻被一道閃著銀光的簪子吸住。

不可置信的回眸看了男人一眼，卻見他極不自然的低咳了聲。「簪子太過難看，實在與妳不配。」

「我懂！」女人反應過來，極認真的連連點頭。「不配的簪子插在我頭上，讓當家的覺得礙眼了。」

男人無語的轉眼看她，卻見她很歡喜的伸手去撿那支掉落在炕上的絞絲點翠銀花簪，末了又極嚴肅的回頭看他。「當家的放心，這支簪是與我極配之物，俺定當以性命相護。」

趙君逸只覺得再待下去，怕是要尷尬，趕緊又再次的低咳了聲。「屋子太過悶了。」起身，快速的跨著大步向屋外走去。卻不想，正待他抬腳出門時，女人那很是認同的聲音又傳過來。「當家的說得是，這屋子真是太過悶了，一會兒俺就去扯了那窗戶紙，捅破了它。」

模稜兩可的話語，令男人難得的老臉一紅，頓著的腳步亦是在這刻快快的提了起來，跨出門後，又快速消失在小院中。

屋裡的李空竹伸著脖子向小院望了一會兒，待看不到他的身影後，才將簪子放在心口，手舞足蹈不停的翻來翻去外加悶笑不已。

翌日一早，李空竹起身梳洗後，綰了個昨兒從惠娘那兒學來的俏皮婦人髮髻，末了將男人送的那支點翠銀簪插上。

得意的跑到男人面前轉了一圈。「可是漂亮好看了？」

男人面無表情的盯了她一會兒，隨即默默的轉身離開。

李空竹見此，很無德的大笑幾聲後，才跟著出了屋。

去廚房幫著拿碗準備擺飯時，惠娘亦看到了她頭上的絞絲銀簪。「還說昨兒個咋這麼急著還簪哩，敢情這是有人相送了？」

對於她曖昧的眨眼，李空竹倒是大方得很，故意又炫耀了遍。「可是好看？」

「好看、好看！」惠娘有些受不了的推了她一把。「趕緊擺飯，吃過了好早早出發。」

「知了哩！」

辰時不到，四人便裝扮齊整的坐著驢拉板車向城外行去。

一路上，李空竹笑得甚是甜蜜，對身邊的男人不停眨眼，直把男人看得相當無語的同時，又彆扭起來。

李空竹心頭悶笑，見惠娘識趣的把頭轉向前頭駕車的李沖，趕緊挽上男人的手臂，頭枕在他肩上輕聲道了句。「謝謝！」

昨兒他因著彆扭，從下晌開始就故意躲著不與她打照面，晚上亦是在等她快睡著時才回屋，害她心頭高興甜蜜無處說的同時，又不能正經的與他說聲謝謝。現下有這麼個機會，自是不能放過了。

男人沒有吭聲，沈著的深眸裡，卻有亮光滑過。

一路甜蜜的依偎到城郊的靈雲寺。

幾人下車，等李沖將驢車寄放好後，才相攜著爬上那長長的臺階。

寺廟是依山而建，坐落在山峰的最頂峰，棧道兩邊有著叢叢樹林，不過這會兒除了光禿禿的枝幹外，一點也看不出開春後那種林蔭遮道的景象。

幾人上山時，兩女人是毫無形象的倒在自家男人懷裡粗喘著氣，看著那近在眼前的山門，久久不能平復那急跳的心臟。

「走吧！」看著兩女人已恢復過來，趙君逸單手拖著還不怎麼想動的女人，向著那山門行去。

這會兒寺廟已開了大門，有掃地僧人正打掃著門前雪粒，看到幾人前來立即停了掃地的動作，立在原地唱了聲佛號。幾人亦是跟著雙手合十敬禮後，僧人又比了個請的手勢。

待他們拾級進門，那引領客人的知客僧趕緊出來相迎，得知他們是來請願賞花的，就比了手勢，領著他們前去大殿拜佛。

對於自己運氣不好究竟該拜什麼佛，李空竹不太瞭解。添了二兩銀子的香油錢，本著禮多人不怪，她挨個兒把幾個殿堂的大佛小佛全拜了個遍。

待拜完，那知客僧才領著幾人向寺中的溫泉處行去。

行至溫泉處，李空竹他們聞到了空氣中飄散的硫磺味。在溫泉的周邊，寺裡還種植了各色品種的花兒，這會兒雖沒有大開，那花苞卻滿滿的打滿了花枝。

幾人一路行著看著，李空竹又特意問了桃樹的位置。

那僧人聽罷，又領著幾人向溫泉的西面走了一段。行到離溫泉背面不遠處，那正打著小小花苞的桃林，豁然呈現在眾人面前。

李空竹眼前一亮，雙手合十道了個謝後，趕緊向著那桃林奔去。行到那小片的桃林處，抬頭看著那一個個打著可愛花苞的枝幹，伸了手，小心的用指尖輕觸了下那帶露水的花苞。立時，晶瑩的水滴隨著這一顫抖，嘩啦啦的向地上滑去，落入泥土，轉瞬不見。

「還真是春天到了哩。」李空竹笑著在樹林間來來回回的穿梭不停，張開雙手，像是完全忘了疲累，努力的吸著空氣中硫磺與桃花共存的味道。

「看來這一冬真把她給憋屈壞了。」一旁淡定的幾人，看她這樣皆不由得莞爾。

惠娘更是打趣的道：「妳這樣，是不是想變蝴蝶飛走啊？」

正伸臂閉眼深呼吸的李空竹聽罷，不由得笑著睜了眼。「我倒是想。」她這是想著家中二畝山桃林哩，若嫁接成功了，可是筆不菲的財富。

只不過……嘆息了聲。如今依舊束手束腳著。

走過去與他們會合後，又走走逛逛了一會兒。

待觀賞完了，幾人又往回走。

在知客僧的帶領下，幾人去了那泉眼處。看到溫泉，李空竹倒是很想泡，可也知這是寺廟，由不得她放肆，無奈，只得跟惠娘一起洗了下手，以示淨化。

待一切閱覽完，幾人又去了大殿那裡聽住持講經文。

住持是個可愛的圓胖老頭，雖說講解內容還算直白，但於李空竹這種四六不懂的來說，無異是聽天書。

好不容易講完，要走時，那可愛的圓胖老頭，一句與佛有緣，又訛得李空竹捐出了身上的所有銀兩。要不是有事相求，李空竹也不可能如此大方。想著捐掉的錢，她一臉肉疼的連齋飯都沒吃，就下了山。

一行人回到家，已是晌午過了。因著搭了銀子還沒吃上中飯的李空竹，這頓很不爽的做了個全肉包子宴。

待肉菜一上桌，女人吃著那滿嘴流油的肉包子，還很不服氣的問幾人：「你們說，像我這種大口吃肉又喝酒的人，哪一點像與佛門有緣之人了？」

老頭幾句話一說，不過唇齒一碰，卻害得她瞬間沒了十兩銀，這銀子賺的，簡真令她各種的羨慕嫉妒恨。要知道她累死累活，熬好些天的山楂都不一定能掙這麼多。真是，人比人，還真是氣死人。

幾人看她一邊埋怨，一邊狠咬了那肉包的樣兒，皆不由得悶笑出聲。

幾天後，迎來了花朝節。

準備再次上寺的李空竹決定今兒一文不帶。彼時他們一行四人，待吃過早飯趕來靈雲寺時，卻發現今兒寺廟山腳這裡卻完全變了樣。

那天他們來時，這裡還冷冷清清一片蕭瑟，今兒竟搭起了好多擺賣的小攤。來趕節的百姓很多，走走停停的一路閒逛著，不時還能聽到此起彼伏的叫賣聲。

今兒上山的人尤其多，他們四人擠著才到半山腰，就見又有人不斷往下走來。邊上有那好奇的人忍不住上前問了，待得知山上賞花的寺廟被那大富之家齊家給包了後，皆不由得氣憤、指責不已。

「年年不是這家就是那家，何時我們這些平常百姓能正常看上一回？」

「都說了讓你前一、兩天來，非得賭氣的硬要撞正日子；也不是不能看，待下晌他們回去後，咱們再去，或是明兒瞧都一樣哩。」

「那還有啥意思了？」

人群中吵鬧抱怨的不少，李空竹幾人對望一眼，決定暫時下山去逛一會兒，待到下晌再說。

在山下熱鬧的來往攤攤中，幾人買了兩壺熱茶，又買了些點心，拿著幾張油紙，找了處棧道兩邊的石板處坐下。然後邊品茶吃點心，邊看著熱鬧的街景說笑。

趙君逸在坐了不到半刻鐘時，就藉口一聲離開了。這一去竟是等到了近晌午也未見回，彼時等著來看花的百姓，也在這會兒聽到山上傳來另一條消息，說是那齊府老夫人心善，允了百姓前去一同觀看。

聽到這個消息，那向著棧道上湧的百姓瞬間就多了起來。李空竹他們坐的地方自不能再待了，只得起身，收拾著準備同去山上。

推擠間，惠娘對始終臉色不變的李空竹道：「妳回回都這般放心他？」這些天，自來到府城後，那趙君逸總有那麼會兒不在。要是她的男人敢這樣，指定不能這麼任了他去。

李空竹聽得心下雖有些發澀，面上卻笑得很開懷。「惠娘姊妳這話說的，咋這麼像那大宅門裡的主母懷疑夫君養外室哩？我當家的雖平日裡冷了點，卻是個實實在在不把錢的主兒。就算他有錢，可憑他那又跛又醜的容顏，又有幾個姑娘敢不嫌棄的跟了他？」說著還拍拍她的肩。「放心好了，我心裡有數哩。」

從來都知道他有事要做，她斷沒有強留的權利，以前盼著能在他心上長草，如今既是種了草，又生了根，自是不會再害怕了去。

雖說是這麼個理，惠娘還是覺得她對趙君逸管得太鬆散了，以致在往山上行去時，開始給她灌輸一些調教男人的方法來，直把李空竹說得有些哭笑不得，李沖則在後面黑臉不已。

一行人推擠的行到寺廟，只見那朝寺裡擠的人頭，簡直比那花兒還多。幾人擠了擠，見實在進不去，只好放棄，在一邊先等看看。

這一等竟等到了未時人流才少了點。彼時幾人雖說沒了興致，但都等了，還是跟著進去看了看。

從山上下來，已是快到申時。眼見天都暗下來了，趙君逸卻還未回來，李空竹心頭莫名的起了絲慌意。

惠娘亦是嘀咕不已。「咋還沒回哩？」又不是不知有人在等著，搞得這般久，哪有不擔心的？眼睛瞟了眼身旁的李空竹，見她面上雖鎮定，可那眉眼間輕蹙的痕跡卻出賣了她。

「要不……來找找去？」

找？能上哪兒找？李空竹哂然一笑，搖搖頭。「先回去吧，不用管他。」

「又不管？」惠娘雖訝異，可見她那樣，到底沒敢多說什麼，轉眸看了眼自家男人，尋思著讓他給拿個主意。

李沖卻沒有說話，拉來驢車，招呼兩人趕緊上車，道：「一會兒天黑，城門可要關了，既是決定先回了，就趕緊吧！」

李空竹嗯了聲，率先上了板車。惠娘見狀，也跟著上了車。

待一行人回了院，天已經徹底的黑下來。

李空竹強打著精神，幫著做了晚飯。待到吃飯時，又沒甚胃口的只喝了點米粥。

她回到屋子，坐在炕上，將燈芯挑亮到最大，拉著被褥將炕鋪好後，就躺在那裡，看著屋頂發起呆來。

第四十八章

趙君逸跟著來報信之人，來到一處破舊的小驛館。跟那領路之人行到後院一處極簡易的房舍時，領路之人卻又停步在外，轉身要求其拿出身分證明。

趙君逸將崔九留給他的牌子亮出來，又與那人接對了句暗號後，對方才客氣的讓他入了那小屋。

一進去，屋中陰暗的光線，令男人不由得蹙眉一瞬。待適應後，見屋中有一單膝跪地之人，冷道：「四皇子有何吩咐？」

「君世子。」來人聲音低悶暗啞。「主子說，既是著他相幫，怎麼也得有所回報才是。」

「哦？」揮手讓他起來回話。

來人拱手謝過，起身後從懷裡摸出一張羊皮地圖與一紅色瓷瓶。「主子著我負責探尋搜索三皇子的罪證，這張圖是兩國邊界的地形圖，其中有一處是三皇子夥同靖國九王，共同私開的鐵礦之處。」

趙君逸愣住，下一瞬，眼中冰寒隨之聚起。

那人並不懼他，將那兩樣物事交予他，又道：「主子的意思，希望世子能從中相助。畢竟這裡位於兩國交界，又是世子極熟的一帶。」

趙君逸暗暗壓下眼中狠戾，接手過去後，打開地形圖，細看了幾眼。待合上時，嘴角不由得嘲諷半勾。「承蒙四皇子看得起，自當全力效勞。」

說著，又開了那紅色瓷瓶。「這是……」

「這藥是用來緩解世子身上奇毒；至於解藥，主子讓世子暫且再耐心相等一段時間，說既是答應過世子，一定會將其從靖國弄來。」

「四皇子有心了。」趙君逸冷冷的勾起了一邊嘴角。「君某身中奇毒，平日看著無礙，卻的確不能長途跋涉太久。」既是連緩解之藥都配好了，這把力怎麼也得出了，更何況靖國九王……

他眯眼冷哼，又問那人。「不知何時出發？」

「自是越快越好，來時已耽擱了不少時日，主子的意思，越快查個水落石出，於世子也越快相見。」

「知了。」將瓶子收於懷中，趙君逸著外面站著的守門人送來筆墨。待寫好，又烙上了火漆封好，交給守門人，道：「將這封書信替我送去幸康街，交予我妻。」末了似又不放心的添了句。「可是知道？」

「自是知道！」雙手接過書信後，守門人抱拳保證道：「世子放心，此信定會平安到達夫人之手。」

「嗯。」男人揮手著他出去後，才對屋中之人道：「走吧！」

那人眼中雖訝異他的痛快，面上卻不顯的拱手抱拳一禮，又先行一步去屋中的多寶槅處。

伸手輕轉上面放著的一個青瓷花瓶，只聽「喫嚓」聲響，先頭還直平的牆，這會竟裂開來，現出一扇石板門。

那人過來，作了個請的手勢。趙君逸眸子輕閃，面上卻不動聲色的半頷了首，抬步向裡面走進去。那人看他進去後，亦快步的隨後跟上。

石板門在兩人皆進去後，隨著那青瓷瓶一個自動轉回歸位，再次「喫嚓」一聲的關上了。

李空竹直等到夜深人靜也未見趙君逸回來，彼時油燈因燈芯燒焦一截，變得不再明亮。嘆息著將被子拉高，聞著被子裡他獨有的清冽香氣，翻來覆去的怎麼都睡不著。

極輕微的一聲「嘎吱」響動，令炕上女人耷拉的臉瞬間精神了起來。下一刻待翻身起床時，又甚覺有些不對勁的衝著外面輕喚了聲。「當家的？」

「……是你嗎？」得不到回應的女人，心不由得提高。不肯定的趿鞋下炕，慢慢踱到剛發出聲音的窗邊，不確定的再輕喚了聲。「當家的？」

除了呼嘯而過的風聲，外面安靜異常。

李空竹皺眉沈吟了一瞬。「難不成聽錯了？」

喃喃自語的又聽了半晌，見真沒有多餘的動靜後，就不由氣餒的拍打起窗戶來。「到底去哪兒了嘛，竟連個信也不知道帶了嗎？」

這般久以來的親密，難不成都是白混了？

隨著她連連的拍打，窗戶這兒竟傳出了怪異的「吱啦」聲。

拍打的手頓了一下，下一刻，女人快速的拿起支桿將那窗戶撐起來。打開的一瞬間，沁涼的夜風直襲而來，令靠在窗口的油燈，禁受不住的熄滅了。

突來的黑暗，並未令女人有多害怕，相反的，她現在心頭因著男人之事，滿腦子都在想著是不是他故意做出來的惡作劇？

將半個身子探出去，好在夜晚的月亮很亮，即使在油燈熄滅的情況下，也能讓她將院中的景物看得一清二楚。左右來回看了看，並未發現半分異常後，她又不由得失望的欲將身子縮回來。

眼睛不經意的向下瞟了那麼一下，只一下，就令女人趕緊縮了回去。她並沒有摸黑上炕，而是摸索著去開了屋門，走出去，快跑至那窗口的位置。蹲下身，撿起那靜躺在地的一封包好的書信。

心，竟有些發起了顫，拿信的手指亦是抖得厲害。

她蹲在那裡，內心掙扎糾結翻絞，想著這信的內容，是既想看又害怕看。怕一打開不是她想看到的，怕這是他寫給自己的訣別信，怕……結果是今後再也不見。

涼風陣陣，女人凍得鼻涕直流，手拿信封還在抖著，她卻在心裡已將自己罵了千百遍。

正當她無措不知如何是好時，那邊早已聽到動靜的惠娘披著襖衣，手搗燈盞的開門步了出來。「空竹?!」

「惠娘姊——」聽到聲響的女人，轉頭向她咧了個比哭還難看的笑來。「這兒有封信哩。」

惠娘在聽到她喚自己時，就趕緊走了過來，在她話將說完時，正好行至她的身邊。見她只著了單衣蹲在那兒，就不由得趕緊彎身將她提了起來。「大半夜的，妳啥也不披的蹲在這兒，這是做甚？」

說著的時候，又騰了一手來抓握她的手。見入手冰涼，就更加不悅的唬著臉。「手這般冰，妳是在這兒待了多久？這受過重寒才好多久，怎就這般不愛惜了自己？」說著的同時，就要把她拉回屋裡。

李空竹搖頭不願，她想快快看了手上的書信。

惠娘卻難得嚴肅的回頭命令她：「聽話！信回屋再看，這外面黑漆漆的，妳咋看？」

也對喔！李空竹點頭，只好暫時隨她進屋。

一進去，惠娘趕緊將她屋裡的燈盞點亮，又拉著她趕緊上了炕，拿被子給她裹起來。「我去熬碗薑湯。手這麼涼，一會兒最好喝點薑湯發發汗，不然再受寒的話，身子如何禁得住？」她邊念叨著，又準備轉身出去熬湯。

李空竹見此，趕緊伸手拉了她一把。

「咋了？」

搖頭，將另一手握著的書信遞給她。「妳幫我拆一下，我、我有些不敢拆。」

對她這種掩耳盜鈴的做法，雖說好笑，卻又覺得可憐。惠娘嘆息的坐下來。「趙三郎的？」

「可能是。」嘴上說著不確定，心頭卻極肯定。

惠娘見她呆呆的看著自己，不由又是一嘆。「那我拆了啊。」

「嗯。」

女人眼巴巴的緊盯著被她拿著的信封。惠娘猶豫了下，倒是極快的將信封沿著火漆印撕開來。

下一瞬，一直看著的女人便伸手來要。「給我吧！」

惠娘點頭，將拆好的信封遞過去。只見女人拿過，狠吸了幾口氣後，才極力穩住心神，伸手進信封，將那單薄的潔白宣紙抽出來。

緩緩打開，卻怎麼也未曾想到，入目的短短兩行，竟令女人先前心頭如坐過山車起起伏伏的狂跳，終是落地的歸於平靜。

指尖觸著那蒼勁有力的字跡，不由得咧嘴笑了起來。

「呵，呵呵呵……哈哈哈……」女人由先頭的悶笑到大笑，後來變得有些受不了的搗肚狂笑，且還邊笑邊不停搖頭。「真、真是丟死個人了！」

惠娘不知信上的內容，見她這樣還以為發瘋了，嚇得趕緊去拉她的胳膊。「妳怎麼了？沒事吧？」

「沒事！」搗著笑疼的肚子，李空竹哎呀著又抹去了眼角笑出的眼淚，見惠娘一臉不相信的樣兒，趕緊安撫的拍拍她。「真沒事，當家的來信，說要離開幾天，過幾天就會回趙家村，讓我們先回哩。」

「真的？」

「真的！」她堅定認真的點頭，令惠娘找不出半點不妥。

無奈，惠娘只好點頭。「行吧！若真沒事了，我去給妳熬碗薑湯。」

「不必麻煩了，我沒事哩。」吵著她起身已是很不好意思了，哪還能再去麻煩她？

「怎麼就沒事了？妳乖乖的摀著，我去去就回。」嗔怪的看她一眼後，惠娘才安心的下了地，拿著燈盞走出去。

待惠娘出去後，屋裡之人才又將信紙拿出來。

後幾日回村會合，勿念——趙君逸。

除了那署名，就只有一行字，便是這短短的一行字，卻令她整個心境從陰霾、不知所措，徹底扭轉得豁然開朗。

李空竹將信紙放於心口位置半晌，又小心的疊進信封，放於枕下壓著。拉著被子蓋過鼻子，聞著被子裡混合著的他的味道，喃喃自語著。「能回來就好！」

幾日她還等得起……

既是跟趙君逸約好了，李空竹心頭也算暫時安穩下來。靈雲寺也去過了，如今只需等雪化時再來一趟便可。

現下山楂停產，回去後，還得著手準備另一建房事宜，是以，隔天一早，李沖就去退了房。她跟惠娘把帶來的東西，全部打包好，放在驢車上。

待李沖回來，一行人便朝環城鎮返回。天黑才回到鎮上，在惠娘的居處將就了一晚，翌日，一行人才慢悠悠的回到村裡。

麥芽兒幫著燒了炕，幾人在李空竹家會合時，屋子顯得並不冷。一行人坐在炕上，就此將去府城時所掙的銀子分了帳。

分完銀子，李空竹又問麥芽兒：「瞅著開始化雪了，待地皮軟和後就能建房了。你們準備何時動工？」

麥芽兒點頭道：「俺當家的也在尋思這事，想著先去磚窯把磚瓦訂下再說，還有就是墊地基的碎石這些，總之先期得做足準備才行。」

李空竹亦是點點頭。「何時去，著猛子老弟告知我一聲，我也要開始準備了。」

家裡暫時沒有男人，所有事都得她親手來操持。

「這有啥啊，到時俺讓俺當家的幫著一起訂了便是；還有那拉碎石啥的人，嫂子只管交給他就成。這有專門打石的匠人，買他的石頭，自是會送貨上門的。」雖說不知趙三哥為啥去趟府城不跟著回來，不過既是要修房，憑著兩家的關係，便是一路相幫也沒有啥。

惠娘也跟著搭腔道：「如今正逢淡季，反正鎮上的雜貨生意也不咋好了，屆時我讓當家的也來出把力吧。他在外長年行走，幫著找夥好工匠還是成的。」

「倒真是謝謝了！」有人幫手自然好，不然以她四六不懂的，可真是要摸瞎了。

「這有啥！」另兩個女人皆嗔怪的瞪了她一眼，都尋思著待一會兒回去後，跟各自的男人說上一聲。

說說笑笑間，晌午大家又一起幫著做了飯，待吃過後，又怕她寂寞，陪著到了下晌李驚蟄下學的時辰，才告辭家去。

送走她們的李空竹，看著突然安靜下來的屋子，想了想，拿出兩盒包好的禮盒，鎖了門後，便去了王氏家。

彼時王氏正準備接孫子下學，看到她時，還很高興了一把。「聽說妳回來了，本打算待明兒妳整頓好後，再去尋妳看看，沒承想，妳先過來了。」

李空竹笑著把禮盒遞過去。「該是我這做晚輩的先來才是。白天沒來，趕在這時候，嬸子還請莫要見怪。」

「哪兒的話。」王氏嗔怪的看了她一眼，假意的推了兩下禮盒後，便將它收了起來。

「妳這時來正好，眼看學子要下學了，趕緊隨我去吧。小子們雖不怕，到底日頭不太長，還是有些擔心的。」

「是這麼個理。」

李空竹笑著與她一同出門。路上王氏問她去府城的一些事，待知道山楂點心的方子被府城的大戶人家要走後，還很是驚了一把。「這往後就沒得賣了不成？」

「那倒不是。」李空竹笑了笑。「也能賣，不過就是掙得少了點。生意就這樣，有得做總比沒得做要好。」

「是這麼個理。」王氏乾笑了聲。還以為她這回上府城又發了一筆，沒承想，竟是讓人給拿住了。唉！這世道還真是哪兒混都不容易啊。

兩人快到柳樹村時，碰到了下學歸來的兩娃子。

吉娃一如既往的愛跑愛跳，在前面走著，率先看到她們，遠遠的，就聽他衝著身後不停高喊。「驚蟄哥、驚蟄哥，你大姊來了哩——」

「這娃子，啥時都沒個穩當勁兒。」王氏在一邊聽得失笑連連。

李空竹亦是跟著笑了幾聲。

李驚蟄在聽到吉娃的喊聲後，愣了下，下一刻拔腿快跑過來。「大姊——」李驚蟄高興的咧嘴喚著。

李空竹喚著他慢點，待到他近前，就忍不住摸了下他的小腦袋。「跑這般快做啥？喝太多冷風不好哩。」

「沒事哩！」小子笑眯了眼，看著她問：「大姊，妳啥時回來的？」

「昨兒就到了，不過鎮上城門關得早，只得等著今兒才能出城，上午到的家。」招呼幾人向家裡走。

那邊的吉娃又問有沒有買好吃的，惹得王氏一陣笑罵，要追著他打。李驚蟄則問東問西起來，最主要還是好奇府城究竟長啥樣？

「待哪日先生放假，大姊也有空，就帶你去。」

「真的？」

「真的！」看著他閃爍的明亮大眼，李空竹笑得很慈愛。「大姊的話，何時沒兌現過？」

「沒有哩！」小子高興得一蹦老高，學著吉娃向前跑，還很炫耀的跟吉娃說以後要去府城的事。

惹得吉娃聽了後，開始不依的磨著王氏也要跟去。

王氏作勢要吼，李空竹卻笑著攔下，說一起去。王氏聽後，眼神輕閃的直笑說是跟著沾了光。

回村後幫李驚蟄從麥芽兒那兒拿回他的行李。兩人回到家，李空竹晚上簡單的做了個雞蛋打滷麵。

吃完飯，李驚蟄在這邊小屋提筆練大字，不時抬頭看著在昏黃油燈下做衣衫的大姊，忍了又忍，終是有些忍不住的開口輕問。

「大姊，俺姊夫哩？」

做針線的手頓了下，下一瞬，女人笑答：「你姊夫在府城有事哩，要等一段時間才回，不用管他。」

「喔！」說著，小子又再次低頭練起字來。

李空竹卻停了手，無心再縫下去了，坐在那兒，看著油燈發起呆來……

連著出了好些天的大太陽，一冬的積雪，也在這些天慢慢地化成水，浸入了土地中。挨了一冬的冬小麥也漸漸露出頭，給那灰灰的大地增加一點點綠意來。

村裡這幾天流言不斷，主要還是圍著李空竹與麥芽兒兩家打轉。

這些天趙猛子不停的跑著磚窯和購買碎石石板之類。一些人看著拉回的東西，都猜著這怕是要修房子了。那些有心思的，紛紛上門問著兩家人可是要做活的工人。

李空竹對於這些，全權交給趙猛子去管理，讓他在村裡找些能幹老實之人。定的工價是兩家商量好的，按大眾規矩來，一天四十文，包中飯一頓飯，但比起在鎮上或別處，這一頓飯裡必含一葷。

至於想應聘手藝活或是攬大活的那種，則是直接拒絕了。由於這件事，雖說幫了一些人，但也得罪了一些人。

那些好吃懶做想撿便宜沒撿到好的，自然就免不了說酸話。這酸話當中，首當其衝的就是趙君逸未歸這事。畢竟已經好多天了，自他們從府城回來，可一直沒見著趙君逸的影兒。

村中有人開始說趙君逸怕是遭了難，更有甚者還造起了李空竹不檢點的謠。說什麼指不定跟她合夥的三家人當中，有哪個男人跟她有一腿，或是兩個都有一腿，被趙君逸發現了，於是李空竹聯合那兩個情夫，把趙君逸給怎麼了。

對於這些人的想像力，李空竹暫沒那空閒去管，如今她是每天都會去北山南面，看雪融化的程度。

尤其是今天，在看到樹枝變了顏色後，就用手指摸了下。見指尖沾上了綠意，便想著怕是再過兩天該是差不多了。

第四十九章

背著手下了北山，往村裡走時，李空竹碰到好些下地看麥苗的村人。一些要上她家幹活的，自是熱情的招呼著；一些沒輪到的，就少不了癟嘴暗呸。

李空竹對於這些，皆一一微笑面對。

如今白天太陽熱力足了，屋簷下滴滴答答的水珠就跟下雨似的，不停向那地上砸著。每砸一下，那泥坑就沈一下，濺起的污泥點，讓路過的人鞋面時不時會被濺到。

就好比現下已經到家的李空竹，嘆息的看著今兒剛換上的乾淨鞋子。由於走了一路，鞋底積了厚泥不說，這會兒連鞋面也沾了不少小花點。

在石塊上跺了跺腳上的泥巴，回屋後，她拿出凳子放在屋簷下，端著針簍子，趕製起了春裝。

麥芽兒來時，已是正午時分，今兒她家中燉肉，就端了碗過來。

叫門時，李空竹正好將一件寶藍的男式春衣縫上最後一針，看到她，趕緊放下針線出來迎她。「妳如今不方便，咋還敢這般走？化雪的泥濘之地滑溜著哩，妳可得小心了。」

「沒事！俺結實著哩。」笑著進了院，麥芽兒將碗遞給她後，便向屋簷處的凳子行去。

坐在凳子上拿起她縫好的那件春衣看，笑道：「嫂子，妳如今這手藝真是越來越好了，瞅瞅，連個打褶的地方都沒有了。」

「妳就打趣我吧！」嗔怪的看她一眼，李空竹去廚房端了碗出來，遞給她道：「可是吃飯了？」

麥芽兒笑著起身接過。「沒哩，剛做好，尋思妳一人在家難做菜，就整碗端過來。」

「那趕緊回去吃飯吧！我這早上還剩了兩個饅頭，倒是快得很。」

「嗯！」她說著就真抬步向院外走。李空竹在她後面跟著相送，到門口時卻又聽她道：「俺當家的的說可以挖地基了，想著下晌先集合一下要來上工的人，還得去鎮上找李姊夫，讓他將工匠請來，想明兒就動工哩。」

「行！」李空竹點頭，想了下。「我除了做飯還要做啥？」

「還能有啥？」麥芽兒笑著瞋她一眼，又似想起般的道：「對了，還得去幫著掘這第一鍬哩。」

「知道了！」

送走了麥芽兒，李空竹熱了饅頭，就著送來的肉菜，隨意吃了後，就出門去趙猛子家。彼時只林氏跟麥芽兒兩人在家，李空竹就做飯的事跟兩人商量了下。當初說好的葷菜，自是要兌現，且李空竹不想糊弄的只扔個幾片肉了事，想著一定要讓工人吃好。

林氏有些心疼錢，覺得要真給這些人吃太好，那銀子也遭不住。

「吃好點，那些人才有幹勁。看著主家這般好，幹活就會細緻點，嬸兒妳說是不是這麼個理？」

「雖說是這個理……」林氏尷尬了下。「可咱們又沒多少銀子。再說了，以往大家修房都是一樣，糊弄著過得去就行，也沒見誰的家就修爛了。」

麥芽兒見她婆婆這樣，跟李空竹暗中打了個眼色。

李空竹自是也不想與其過多爭辯，只說：「嬸子若覺得費銀子，那肉菜的錢，就由我來出吧，嬸子只管菜錢和各家勻出米糧就好。」

林氏聽罷，哪有不答應的理。雖說有些覺得不好，到底還是捨不得多出銀子。幾人又相商了在哪兒做飯，一致都覺得陳百生的舊宅挺好，離工地近，便想著租借下來。

協商好，李空竹自然要去王氏那兒說一聲。來到陳家，跟王氏說了租借舊宅鍋灶之事。

王氏聽了，倒也爽快的答應。李空竹見此，又邀她一起幫著做飯，說是一天給二十五文，王氏自然是欣喜的應允。

李空竹還打算向村人買糧食。「如今開春，離新糧也快了，我尋思著，與其去鎮上買，不如買了村裡人自家的。放心不說，還能讓各家想賣糧的，也省點腳程費。」

「這個不難，一會兒我就去幫妳問問。」王氏讓放心交給她就好。

李空竹卻想跟她同去。王氏見此，自是同意，卻想著，她怕是想以此來讓村中一些人閉口吧。

倒是讓王氏給料中了。

李空竹讓王氏帶去買糧的這幾家，是專門愛碎嘴的人家，或是沒有得到上工活的人家。去到這些人家裡，她才起了話頭，這些人家雖表面酸上幾句，大多還是願意賣的。

李空竹見此，又說要收下磨好的，說是三天後來取，磨好的可多給兩文價。為怕食言，她還交了定錢。

這些人家哪有不同意的理？特別是一些臉皮薄又跟著說過她的人家，都有些不好意思，隱晦的道起歉來。

李空竹也不計較，只說了自家男人確實走得比較久，可沒辦法，府城的生意要緊，他想要闖蕩，自己也不能攔著；還說過幾天還得去府城一趟，到時指不定就能跟著一起回家了。

大家見她這樣說，也都有些相信起來，更有甚者，還憤憤不平的罵著造謠者。「鄭氏那婆娘，我就懷疑不安好心哩，還好俺沒相信。」

說著，又趕緊換了笑臉，讓李空竹別往心裡去。

從那些人家裡回來後，她心情是前所未有的好。要知道，把這些個碎嘴的先搞定，明兒就會出現另一種扭轉的流言了。

到了第二天動土的時辰，李空竹在掘了第一鍬後，便將所有後續交給趙猛子和李沖幫忙整理。

廚房這邊加上過來的惠娘，做飯的人便增加到四人。李空竹負責肉菜，一早就去了鄰村殺豬鋪那裡訂了肉，讓其以後每天定點送肉。

這頭一天，頭一頓，李空竹想做白麵肉包。

林氏在一旁聽了肉疼得不行，抽著嘴直吸氣的搖頭說不行。王氏一個性急，讓分開了做，到時看人家會不會說她小氣？

林氏被逼得無法，自是不願認了這小氣勁，嚷嚷著自家有大把的錢，根本不在乎這點小錢。這話一出，倒是惹得王氏心下有些不滿。

李空竹怕事情鬧大，趕緊打圓場，才將這事給揭過去。

頭一天幹活沒啥勁，不過李空竹她們蒸的肉包子，卻是個個實沈，肉又多。這讓一上午還沒進入狀況的一些人，有些不好意思。待下晌時，大家皆變得認真起來，逐漸進入了狀況。

待一天忙活完了，也到了發工錢的時候，李空竹拿著串好的銅板，跟著去了趟工地。挨個兒給每人發了工錢，本還想著給表現好的多一文獎勵，可看了眼那邊照樣在發工錢的趙猛子，就克制住了。

晚上回去時，吃的是晌午端回的剩菜，姊弟倆靜默的吃過後，又各自洗漱、歇下。

進入三月初，雪水徹底的化了個乾乾淨淨，山頭路邊的青草也長了出來。

李空竹得了李驚蟄放假的消息，在頭一天便將活計交給王氏去管，她則去鎮上找惠娘，說了再次去府城上靈雲寺之事。

惠娘沒想到她還要上靈雲寺，忍不住笑問她是不是想通了，準備再去捐點香油錢？

李空竹聽得無語，口中卻跟她坦白了嫁接一事。「如今回暖，正是開花發芽的好時機，我想著去試試，若是成功了，未來前景不可估量！」

惠娘聽罷，以一種妳瘋了的表情看著她道：「我要是沒聽錯的話，妳剛剛可是說要把那靈雲寺的桃樹枝，接到那酸桃樹上？」

「對啊！」

她很肯定的點頭，惹來惠娘終是忍不住的脫口問道：「妳沒事吧？」說著還伸手來摸她的額頭。

李空竹哭笑不得，連連搖頭。「我沒事哩，就是想做這件事。」見她要反駁，趕緊又道：「妳也知我近來都在看些農耕種植的書，有一本書上雖說沒講怎麼嫁接，可也略略提過幾行。我尋思著，反正那酸桃也沒用，就拿來試試，也不過是虧點銀子罷了。可若是成功了，就是巨大的賺頭哩。」

惠娘還是有些不大相信，卻又被她下一句弄得猶豫起來。

「從來第一個吃螃蟹的人都不被看好，可往往第一個吃的人，卻是最先嘗到甜頭的人，越往後，就越不值了個兒。」

「可若是成功了，會不會再招來一些大戶強搶？」惠娘贊同這話，可又有了另一個憂慮。要是只顧一頭熱的整著，若真成功了，比他們有錢有勢的多的是，到時又要怎麼去保護？齊府的例子可還擺在那兒沒多久！

李空竹搖頭。「這事先不管，咱們先把我那二畝地試著嫁接看看，後面的事，我再想辦法。」

上回在府城，趙君逸就說過，讓她想幹什麼就去幹。當時她覺得他有病，可現今認真想想，怕是他已經有能力保著她了。想著待他回來時，得就此事好好問問他。

那邊惠娘聽後雖有些不贊同，可又止不住動了心。想了想，到底跟著點了頭。「成吧，那我就跟著走一趟。」

得了她的肯定回答，李空竹想著明兒早點去府城，便決定在鎮上住下。

惠娘也同意，著了李沖送她回村去準備一下。待下晌接回李驚蟄跟吉娃後，帶著兩娃子直接就住在鎮上。

第二天城門將開，一行人早已迫不及待地坐進帶棚的驢車，由李沖駕車，向城外奔行而去。

兩小兒是頭一次去往較大的城鎮，路上對什麼都新鮮好奇不已。一路下來，嘰嘰喳喳的，從未停過嘴。好不容易挨到晚上，進了府城，也在客棧歇了腳，不想兩小兒還熱情不減的轉著眼珠，四處掃看著。

房間裡，怕他們吃不好的李空竹，特意請李沖去外面買了幾個熱包子回來。倒了溫水放在桌上，喚著兩人快吃，卻見兩人在那炕頭似根本沒聽到般，繼續就著一路上的見聞閒聊著。

李空竹瞋了眼，走過去，揪著兩人頭頂的包子問：「還鬧？這一路還沒鬧夠？」這一路鬧的，連花花草草都被他們當成了稀奇玩意兒，要不是有李沖那麼個嚴肅的人時不時的喝上兩句，怕是這一路下來，幾個大人的腦仁都要被吵得裂開了。

「嘿嘿——」兩小子嘿嘿笑著，趕緊趿鞋下炕。

那邊吉娃坐上後就抓了個肉包子進嘴。「府城真大啊，剛剛進城時，俺看那守門的大兵，都比俺們鎮上的威武！還有街上，都天黑了，還亮著燈，有人逛街哩。」

李驚蟄亦是吃著包子連連點頭，嚥下後，喝了口溫水，隨即眼巴巴的看著同樣坐過來的自家大姊。「大姊，妳說晚上那街上好玩不？」

「想幹啥？」李空竹拿包子的手頓了下，不鹹不淡的掃了兩小兒一眼。「趕一天的路不累啊？有這麼好的精力，都給我自己叫水洗漱去。」

兩小兒聽了對視一眼，縮了縮脖子訕笑，趕緊不作聲的啃了幾個包子後，就乖乖去要了熱水洗漱。

李空竹見兩人識趣，才不緊不慢的繼續吃起包子來。

待吃完洗漱好，就見炕上的兩小兒已點著小腦袋犯起了睏。

鋪好炕，讓他們趕緊歇下。她給兩小兒蓋了被，見兩人都睡了後，才去到窗邊，開了小半扇窗。迎著夜裡襲面而來的涼風，女人向下看著那閃爍著點點星光的街道，看著那偶爾路過的行人，和挑著擔子叫賣的貨郎。

李空竹頭倚在窗櫺上，出神的看著那一個個匆匆走過的行人，想著某個說話不算話的男人，輕輕低喃著。「你說的幾天，到底是幾天呢？」

靖國國界某處小村莊

趙君逸與那名同來喚作劍影的男子，此時正躲在一處村中廢棄的倒塌茅屋內。

夜幕降臨，村莊詭異的並沒有就此安靜下來。聽著遠處傳來陣陣沈悶的車輪聲，劍影拿出羊皮地圖，與身邊之人交換眼色。

「這村莊疑點太多，白日安靜，夜裡吵鬧，本是座貧困之村；可村人雖說衣著襤褸，卻又個個面色紅潤。」更有甚者，有的男子走路沈穩，步伐果斷，根本就不似那普通百姓。

趙君逸接過地圖，藉著透進的月光仔細看起來。找到這處地方已經三天了，可在這三天裡，兩人就似走進了一個死胡同，明明入眼的地方處處透著不妥，卻又抓不住實際的不妥之處到底在哪裡？

還有這夜裡的車輪聲，低沈緩慢，分明就是壓著輜重的聲音，聽著聲響極近，卻又找不到確切的地方。

看著那張描繪仔細的地圖，趙君逸蹙眉深思，用手指輕繪那上面的輪廓。來來回回走了半晌，最後目光盯在一處，手指亦在上面敲了敲。

「世子？」旁邊的劍影明顯感覺到他的異常，忍不住輕聲詢問。

「這裡。」

男人蹙眉輕點，劍影亦是跟著看去。那是一處山脈，山脈中心之處，正是他們所處的這座小村莊。「世子的意思……」

劍影疑惑的看他，卻聽他道：「此村處在極險峻之地，你我進來時，亦是走過重重羊腸小徑才到，若想有物資進出，還能來去自如……」

「暗道！」劍影驚愕，隨即又恍然大悟的在心中連連叫著，難怪找不到聲源在何處。

若真是兩端地下貫穿的話，便是他們再如何尋找，怕也會一無所獲。難怪要選在這裡建村，難怪要在晚上進行。地勢陡峭外人難進不說，夜晚運物，又是最佳的出行時辰。

「這般大的工程，怕是兩人早已暗中勾結多年。」趙君逸將圖紙捲好，眯眼哼笑不已。

要將整個山脈貫穿，還要瞞過所有暗衛盯哨，可不是一朝一夕的事。至於兩人要這般多的鐵礦鑄就兵器，是因夥同一起謀反，還是怎樣，這就不是他該操心的事了。

如今找到了原因，只要再找到正確的位置，繪下圖形，那麼此次探尋，就暫時拉下了帷幕。想著當初走時留信幾日便回，如今這般久未歸，也不知那女人會不會擔心？

劍影聽了他這話，只詢問道：「現下可是要去探尋？」

「自然。」被他喚回神的趙君逸，輕蹙了下眉尖，下一刻又回復冷淡的點頭。「如今村中無人，是最佳的探尋時機。」

得了令的劍影，黑暗中與他對視一眼，下一瞬，只見兩人同時快速的閃出小屋，尋著黑夜裡最能隱藏身形的枝梢飛去，如鬼魅般，竟是不留半點聲響的起起落落……

第五十章

隔天的靈雲寺之行，為了得到桃枝，李空竹免不了又是一番捐款。然而捐出了五十多兩，卻只得了背面半山坡一株才發芽的老桃樹枝椏。

聽知客僧說，那株桃樹，是溫泉桃林的鼻祖。李空竹倒也沒有多想，想著還要在府城待個一天，就跟寺裡約定，待要走時再前來摘取。

得了廟裡的同意，中飯在寺裡吃過齋飯後，一行人便下了山。

下山後，幾人又去附近，找了戶中等的人家，要了兩間房後，便又駕車回到城裡，把客房退了。

趁此其間，李空竹又領著兩小兒去街上逛了逛。彼時由於上山、下山走的路太多，兩小兒就算精力再好，也有些招架不住。幾人沒逛多大會兒，兩小兒就大呼受不住的想回去睡覺。

李空竹自是樂意，提著買好的禮盒，趕著兩人回去跟惠娘他們會合，才向城外租借的民房行去。

第二天天剛亮，李空竹他們三個大人便向山上的寺廟行去。

此時還未到時辰，山門正門未開，幾人便來到約定好的角門敲門。

之後，知客僧就領著幾人去那山坡背面，來到那株桃樹下，李空竹按著枝上的芽苞，剪了大概二畝地所需的枝條後，便小心抱著下了山。

回到住處，又問那家主人要了些稻草墊車，灑上水，小心的蓋著卻能保持通風後，一行人這才返回府城，走東門返家去了。

到了趙家村，已是夜半時分。怕耽擱太久，李沖竟拿出十兩銀去買通那守城士兵，為他們放行一次。

村口處，李空竹從車上跳下去，拿出鑰匙交給惠娘，讓他們先回去，她則帶著吉娃跟禮品，送去陳百生家。

待從陳家回來，惠娘正幫著燒炕做飯，李沖跟驚蟄兩人卻拿著車上的桃枝不知咋辦才好，在一旁乾著急。

李空竹見此，便取來一撮來草木灰，給每個枝頭剪了的地方注水打濕後，再沾上點草木灰，然後仍放在車上鋪著的稻草上，通著風。

晚上幾人簡單的喝了口粥填肚後，便先睡去。

翌日一早，李空竹領著李沖兩口子去自家地裡，把地裡的酸桃枝全剪了個精光；接著又把那要回的桃枝上的芽苞全剪下來，留芽的枝條，則兩面去皮削成扁尖狀。

待剪夠一天的量後，就拿去桃林，找著粗壯點的樹枝削了口子，再把削好的芽苞直接嫁接在上面。這裡沒有嫁接用的薄膜，只得另找了不透風的油布代替。再纏上時，李空竹又另配了點她自認為營養土在裡面。

這整個過程，一共持續兩天才算完活。

彼時村裡已有不少人聽到風聲，跑去那山上確認時，見真是往枝條上面插芽苞，除了覺得不可思議外，還有人嘲笑著她，說她是想錢想瘋了。

有那好心的還上門來勸過，讓她別再惹了笑話，趕緊把那芽苞給拔了，不然到時，他們想幫著說兩句好話，都不知道該咋圓。

其中，王氏是勸得最為苦口婆心的一位。

她再次過來幫著做飯時，就不停的念叨著，給她說教。「我都聽吉娃說了，說妳捐了很多香油錢才得這麼幾根枝條。妳這是做甚？那往上接的玩意兒能活？我活這般大的歲數都沒聽說過哩。」

正幫著包包子的李空竹只是笑而不語。

王氏見她這樣，就忍不住嘆了口氣。「嬸子說話直，不好聽，可都是為了妳好。妳掙的銀子，別人看著眼紅，可我好歹也跟著去做過兩天，知道不是啥輕省的活兒，掙得也艱難，就這般浪費了，到底還是可惜不是？」

「是這個理。」李空竹笑著將包好的包子放在蓋簾上，見另兩個做飯的都在回頭盯她，就忍不住抿嘴笑了聲。「我就是在書上看了那麼幾頁，見有這個方法，就心頭癢癢，忍不住想試一把。」

「寫書那玩意兒能信？」林氏哼著，心裡卻想著，這事得回去跟自家兒媳和兒子說說，可不能摻了去。這明顯是發瘋扔銀子的玩意兒，可不能跟了風。他們家好不容易發了點財，要是就這麼跟沒了，到時哭都找不到地兒去。

想著的同時，林氏又跟著勸了句。「都是些沒幹過活的瞎寫，信口開河罷了。」

王氏點頭贊同，還待再說，李空竹卻笑著搖搖頭。「嬸子，我都接上了，試試罷了，不活就算了。」

見她執拗，另幾人只得無奈的對視了眼，到底不好再多說什麼的閉了嘴。

嫁接後的第三天，環城迎來了開春後的第一場春雨。

李沖兩口子這幾天去跑那買地的種植之事，李空竹這幾天亦是天天上山，時刻觀察著那嫁接芽苞的情況。

好在這些天過去了，那芽苞不但沒有枯死，且還有點回綠的狀況。

李空竹挨個兒看了個遍，見大多成活得還不錯，就知自己的方法成功了。為了找個人分享，她還特意冒雨去了趟鎮上找到惠娘，跟她說了這事。

彼時的惠娘一聽，亦是激動得的拉著她，兩人又從鎮上冒雨的回了村。待到了山上，又挨個兒的都看了遍後，更是激動的手都在抖了。「還真能行，還真是能行哩！」說著，又忍不住去碰了下那小小的嫩芽。

李空竹亦是一臉的與有榮焉，拉著不捨的她回來時，又跟她說起了自己對那周邊山地的打算。「我想趁著如今還未有人發現，地還便宜，將周邊全部買下來。待今年一過，明年咱就可全面培植了。」

「嗯嗯！」惠娘連連點頭，覺得甚好，竟是半刻也不願多停留，拉著她的手，讓她快走，生怕再晚一刻，就會被人發現那芽兒活了似的。

李空竹見拗不過她，無奈，只好再次頂雨的領著她，向陳百生所住之地行去。

陳百生見兩人過來，還很詫異了下。待聽完兩人的話後，更覺驚得不行。雖說不知她們要買那南山偏地做什麼，可見她們堅持要，便想著那南山也種不出啥，還不如讓村人賣了，一家手裡得個幾兩銀，也好過荒著沒用。

「行吧！」陳百生點點頭，看著兩人道：「這事且容我兩天，我得問問村中其他人，若是要賣，也要商量該怎麼賣？」

惠娘心頭著急，怕晚了會被人發現，正待辯駁時，卻見李空竹暗地裡拉著她的衣袖，默默的使著勁。

不動聲色的穩下心神，惠娘笑道：「如此，那我先就此謝過里長相幫了。」說罷，就起身衝兩人盈盈一福。

王氏見狀，趕緊哎喲一聲，讓她快快請起。

從陳百生家中出來，惠娘還有些不放心的問：「妳說，會不會被人發現了？」

「不會。」李空竹搖頭。「那芽苞才幾天？根本沒長，再加上下雨一淋，本來就濕答答的，不認真看哪那麼容易辨出來？放心好了。我猜待明日一過，王嬸就會來招呼我們哩。」

惠娘聽罷，呼了口濁氣出來，暫時安心的又問她銀子夠不夠？若是不夠的話，她現下就回鎮上，去把那買地的銀子準備好。

李空竹卻拉住她，不贊同的道：「妳這來去匆匆，讓人發現了，指不定沒啥事，都能給猜忌的出啥事來。」

惠娘一聽，也覺得是這麼個理。「那行，我就在這兒留一天，明兒雨停了再回鎮上拿銀子去？」

「嗯。」李空竹心中無奈，領著她回家時，還安撫她。「別太著急了，慢慢來。」

「嗯哩！」惠娘聽罷，也覺得自己太過失態了，趕緊讓自己恢復到平常心後，才又與她有說有笑起來。

果然，如李空竹說的那樣，第三天的時候，王氏趁著做飯的工夫，就過來給李空竹帶話。

「商量了一下，大家都知那地兒不值錢，也不想坑了妳們，讓妳們比著跟山地一樣的價錢就行。而且那裡，俺家老頭子和著大家拿來的地契算了算，有近四十畝的地頭哩。」末了，她有些不確定的問：「可是能行？會不會太大了點？」

「不大哩，能行！」李空竹算著山地的價錢。一畝不過一兩多，四十來畝，不到八十兩的銀子，還是很實惠的。

王氏見她一口答應得爽快，就忍不住又問：「妳們要那個是為了桃枝？」

這兩天，有不少人上山去看了那接著的芽兒。雖說看著濕答答的，像是要活的樣兒，可又覺得根本就沒有生根的地兒。那樹根子可是能長老大了，就那麼小塊地包著，活了，那根又往哪兒生呢？

大多數人覺得是沒戲，是以，這地兒才能賣得這般痛快。

李空竹抿嘴而笑，不打算告知太多，卻又不能完全不告訴，只道：「要留著建房賣哩，俺們打算建個桃花林。」

王氏有些聽不懂，整個林子，建房子賣，賣給誰去？這年頭誰家有錢，不是自己蓋心儀的房子，要去買妳那蓋好的房子？貴不說，也不見得是自己想要的。

李空竹見她那樣，打住不再細說，那是個遙遠的計畫，她得一步步的來。

接下來，王氏又問了接買的日子。李空竹作勢想了想，笑道：「那就定明天吧，趁著現在還有錢在手，早早定下，兩頭都安心哩。」

「行！」

定下了時間，李空竹當即就去鎮上通知惠娘，讓惠娘第二天再坐車前來，不用趕著跟她一塊兒。

惠娘自是聽她的。兩人安排好時間，便在第二天正式付錢交契約的時候，又正逢李沖已將種植之事安排妥了，回了鎮。

彼時李空竹便著了他跟著一起，待跟各家賣地之人銀貨兩訖後，又著他跟陳百生去鎮上一趟，將地契寫成一張。

李沖回來，將地契拿回擺上桌後，惠娘那提心弔膽了幾天的心，才終於鬆了下來，吐了口氣道：「總算是妥了。妳不知道，這幾天，我是一天都沒睡好哩。」

李空竹笑罵她享不了福，她亦是連連點頭說是沒有那命，天生就是個愛操勞的。

見地契妥了，李空竹又說起自己的另一想法。「如今雖說一切是紙上談兵，但這片桃林我想將之打造成世外桃源。惠娘姊，妳可想好要與我幹了？要知道這可不是一天、兩天就能成的。」

惠娘從那天她說要建房時，便猜測她怕是不單單只種桃，這會兒再聽她說桃花源，就更加肯定了自己心中的想法。

「早前我就想以妳為大頭了，如今這般大好的機會，我又豈會不要？路，哪有一開始就平坦的？就是要多走，才能寬啊！妳都不怕，我又怕個啥？」

李空竹輕笑著點頭。「能得惠娘姊信任，與有榮焉！」

「噗！」惠娘嗔怪。「少打趣我啊。」

「非也，非也！我是以十分真誠之心說的哩。」

她一臉認真的樣子，逗得惠娘直跺腳，要與她來鬧。兩人嘻嘻哈哈的鬧過之後，李空竹又想起了麥芽兒。

這些天因著下雨又忙事兒，才發現已好些天都沒見著她了。如今買了地，既是決定做，自然也想著讓她來入一份。跟惠娘說了這事，兩人當下便相約著去趙猛子家問問。

待來到趙猛子家時，門是麥芽兒開的。看到兩人過來，不知怎的，她眼中竟有絲尷尬閃過。迎了兩人進去，給兩人倒茶後，她坐在那裡扭著衣裳，不知該咋開口。

李空竹看了她一眼，問著她身子可好？她連連點頭直說好，也不似以往那樣，性子爽朗還嘰喳著。

「是不是反應大啊？我瞅著妳臉色咋不太好哩。」惠娘放了茶碗，亦是覺得她不大對勁的問道。

麥芽兒聽得連連搖頭。「沒哩，就是悶得慌。」說著輕咬了下唇，問李空竹：「嫂子，妳們來有啥事不成？」

李空竹聽罷，將嫁接桃子跟買地的事跟她說了，末了，又問她：「可是要加入分成？若是要的話，隨意交點銀子，到時我比著給妳一成可行？」

麥芽兒聽得有些紅了眼，後又含著眼淚的搖頭。「俺不入成哩。」

「哎喲，妳這是咋了？」惠娘一見她這樣，趕緊上前坐在她身邊拍著她道：「不過問妳點事，咋還紅了眼？」

李空竹亦是瞇了眼，想著她已是好些天沒有來找自己。「是不是……」嬸說了啥？」

想著嫁接一事，林氏跟著王氏也勸過自己。自己當時沒聽，怕是在那時林氏已經在心裡存了心思，不想讓兒子、兒媳繼續陪著她幹了吧。

果然，麥芽兒哽咽了下道：「她跑去俺娘家，跟俺娘說了一通，就怕我跟著幹嫁接這事。俺平日裡看著潑辣，可娘家窮，還有個兄弟沒成婚，腰就硬不起來。」她偷著拿錢回娘家可不是一次、兩次了，自家娘也覺得自家婆婆還算不錯，既然她不同意去冒險，自己也該盡點孝心才是。

「嫂子，俺一直都信妳，可這事……」

見她欲言又止，李空竹明白的點點頭。「沒事，以後妳跟猛子老弟還能來幹活，只是怕這銀子方面……」

「不怕，俺不貪了多去，他們既是要阻著，就阻好了，俺還盼著有天讓他們眼饞後悔哩。」麥芽兒哼唧著，眼中恨光閃過，直恨不得現在就能靈驗，讓那幫子人吃癟才好。

李空竹笑著安撫她兩句，待出來後，心頭或多或少有些不舒坦。

一旁的惠娘拍了拍她。「妳已是仁至義盡了，不要太過在意。」

「我知哩。」衝她回了個嬌笑，兩人才又相約去了山上看看。

變國京都某處暗衛府

此時的趙君逸正臉色蒼白的斜靠於床，閉眼暗中運息調養毒發的內傷。消瘦的臉龐使得兩頰凹陷，而臉部稜角卻凸顯得越發明朗起來。

聽著外面傳來的響動，他輕掀眼簾，看著推門而入之人。來人輕挑了下眉頭，看著他道：「君兄，別來無恙啊！」

「四皇子。」男人淡淡的看他。「君某有傷在身，恕不能起身相迎。」

「無礙。」不在意的揮手，令他安心，崔九坐於床頭看著他道：「此次之事，還未多謝君兄仗義相助，在此，小王有禮謝過了。」說罷，當真起身給他作了個拱手禮。

趙君逸不鹹不淡的看了他一眼，只道：「四皇子何時信守承諾，便是對君某最大的謝儀了。」

「這個自然！」崔九笑道。「此番本王拿得地圖，定能讓三皇兄永久失勢，到時，君兄之事，本王便可全力著手了。」

「皇權內爭，與君某無關，四皇子既然記得，君某便是多等幾日也無妨。」

「非也！此次皇權怕還不能爭。」見他沒甚興趣聽，崔九也不惱。「以本王對父皇的瞭解，怕是會派人日夜監視才是，不會輕易地打草驚蛇。三皇兄與靖國九王，兩人若真是合夥謀劃篡位，若這時被披露出來，且不管這要奪的是哪一方，那麼另一方一定會狗急跳牆。」

「靖國跳靖國的，與變國有何關係？」趙君逸似笑非笑的看著他。若沒有吞併之心，又何須怕了九王狗急跳牆？

要知道九王除凶殘外，腦子倒是比那靖國昏庸之君強太多了。若不是還未到時機，九王又何必與人勾結布局？還是說九王也想趁此聯手，來個以逸待勞？

「君兄既是知道其中之事，又何必明說出來？」崔九手拄下顎，看著他笑道：「靖、變兩國已是多年貌合神離。再說了，以九王的謹慎，怕是會先奪位，再攘外吧。」

冬季探子來報，靖國自入冬時，雪便下得極少，有的地區，甚至還不足腳背深，今年怕不是洪澇就是乾旱，如今的靖國境內，已有不少百姓憂心忡忡。多等幾月就能利用的事，何苦要這般早早的逼急反目哩？

想到這兒，他又看向趙君逸道：「雖說解藥會緩慢點，不過，君兄的腿跟臉卻是完全能治的，可要趁著此次在此一次解決了？」

趙君逸聽得瞇眼，心頭想的卻是此次出來已半月有餘了，若再不回去，小女人會不會心灰意冷？

想著她時不時的來句要找別人，再不就是抓著糖塊在那兒吃著、哭著。光一想到她哭，男人的心就沒來由的揪疼了下。

正待想開口說些什麼時，外面的劍影來報，說是華老已經到了。

崔九剛要喚人去傳，不想房門卻啪的一聲大力的打開來。崔九看得眼皮子一跳，趕緊自座位上跳起來，上前兩步，帶著討好之笑的叫道：「舅爺！」

舅爺？趙君逸眉頭一挑，見到進來之人，六旬有餘，花髮白鬚，精神矍鑠。

看著上前來討好自己的崔九，老人只冷冷的輕哼了聲。「還知我是你舅爺？這成天把我這老頭使喚得團團轉，你那心裡何曾當我是你舅爺過？」

「哪兒的話！」崔九陪笑著上前，伸手比著床上。「友人損傷內脈，論著行醫之術，這變國境內，誰不知華老二字？你說是不是，舅爺？」

——未完，待續，請看文創風524《巧婦當家》3

2017年2月出版

貴妻揚進門

文創風 493～496

既然嫁與不嫁是兩難，又非得選條路走，
要不豁出去……跟那男人賭一把？

喜逢好逑　並蒂成歡／半巧

嚇！昏迷醒來竟穿越到古代，家徒四壁不說，還有嗷嗷待哺的弟妹?!
佟析秋連抱怨都省了，幸好她會繡會畫又會孵豆芽，先賺銀子養家吧，
想她前世也是靠自己在商場廝殺，獨力撐起門戶應該沒問題！
正想著如何讓荷包滿滿，失蹤多年的爹突然出現，派繼母接他們上京，
唉……自由日子到頭了，爹當官又再娶，此時親近前妻的孩子絕沒好事，
果然，那些人打算逼她嫁入鎮國侯府，替未來的榮華富貴鋪路。
官家女兒乃棋子無誤，既然逃不了，不如交換條件，讓弟妹分府自立，
但侯府傳聞甚多，聽說婆婆貴為公主卻是小三，兩房勢同水火？
她要嫁的二房長子亓三郎遭皇帝貶斥，不光丟官，還瘸腿毀容?!
這種夫家是個坑吧……可為謀得生機，也只好冒險一搏了！

文創風 523

巧婦當家 2

國家圖書館出版品預行編目資料

巧婦當家 / 半巧著. --
初版. -- 臺北市 : 狗屋, 2017.05
冊 ; 公分. --（文創風）
ISBN 978-986-328-728-5（第2冊：平裝）. --

857.7　　106003601

著作者　半巧
編輯　林俐君
校對　黃薇霓　簡郁珊
發行所　狗屋出版社有限公司
地址　台北市104中山區龍江路71巷15號1樓
電話　02-2776-5889～0
發行字號　局版台業字845號
法律顧問　蕭雄淋律師
總經銷　知遠文化事業有限公司
電話　02-2664-8800
初版　2017年5月
國際書碼　ISBN-13　978-986-328-728-5

本著作物由北京黑岩信息技术有限公司授權出版

定價250元
狗屋劃撥帳號：19001626
網址：love.doghouse.com.tw　E-mail：love@doghouse.com.tw